小女官大主意 3 完

風 文創 984

林漠 著

目錄

第四十一章

宋甜沒有立即說話，只是仰首看著趙臻，眼神執著而熱切，似蘊著一團火。

「你要健康、快活地活著，做你喜歡做的事，沒有人比你更適合你的目標。」

前世她就發現了，趙臻是有野心的。他想要坐上那個位置，想要有所作為。

趙臻盯著她，鳳眼深幽。

周圍靜極了，只有風捲著雪花飛舞著，發出嗚嗚的聲音。

宋甜很快又笑了起來，笑容甜美可愛。「臻哥，等將來你有能力了，答應我一件事好不好？」

趙臻看著她的眼睛，毫不猶豫。「好。」

宋甜知道趙臻一向有自己的堅持，不輕易許諾，答應別人的事就一定會做到，因此這聲「好」，正是他對自己的承諾。

她吸了吸鼻子，開始向前走，口中道：「那我可記住了，你也要記住。」

趙臻「嗯」了一聲，隨著宋甜一起向前走。

東跨院正房的東暗間是床房，西暗間是炕房。

宋甜與趙臻進了明間，在月仙和紫荊的服侍下脫去外面大衣服，這才一起進去炕房，在臨窗的炕上坐了下來。

月仙拿來潔淨手巾、熱水和香胰子，侍奉兩人洗了手。

月仙和紫荊奉上熱茶和點心，就去外面候著了。

宋甜倚著靠枕窩在熱呼呼的炕上，手裡端著一盞熱茶慢慢飲著。

趙臻原本還正正經經在炕桌後坐著，後來見宋甜如此，便也學著她，倚著靠枕歪在那裡歇息，果真很舒服。

待一盞熱茶喝完，宋甜整個人都暖和起來，她思索良久，這才道：「臻哥，我有一個計劃，你看看可不可行。」

她隱去姓名，把前世黃蓮和張家口堡的監軍韓文昭勾結，用絲綢換回大量純度極高的鐵礦石，在滄州冶煉後再運抵京城這個過程說了一遍，然後看向趙臻，等著他的回答。

趙臻沈思良久，最後道：「可行倒是可行，只是有幾個環節得有軍隊的配合。」

宋甜笑盈盈不說話，只是看他，像隻可愛的小貓咪。

趙臻忍不住伸手摸了摸她的鬢角，低聲道：「到時候我自會配合妳。」

宋甜笑著問道：「十月初五是互市的日子吧？到時候你陪我去市圈看看，好不好？」

按照前世的記憶，此時的互市剛開始不久，還只是初五、初十在市圈交易，等過了一年後，張家口堡會發展成大安與遼國邊境一個重要的互市地點，城內店鋪林立，大安和遼國商人自由來往進行貿易。

宋甜打算先去市圈看看，然後開始布局安排。

趙臻算了算自己接下來的日程安排，便答應了。

宋甜絮絮和他說著話，說著說著就沒了聲音。

趙臻發現宋甜居然說著話睡著了，不由得笑了。

見宋甜睡得甚是彆扭，整個人窩在那裡縮成一團，像隻小貓咪似的，他便搬開炕桌，把宋甜的身子擺正，然後拿過一邊疊得齊齊整整的錦被，展開後蓋在宋甜身上，自己則繼續倚著靠枕歪在那裡，靜靜想著心事。

宋甜就在他身側睡著，帶著少女體香的溫暖氣息縈繞在他的四周，使他莫名安心，趙臻不知不覺也睡著了。

紫荊正和月仙在廂房裡烤火，聽到外面隱隱傳來敲門聲，忙站了起來。「我去應門。」

敲門的是小丫鬟彩霞。

她在棉襖外面又套了件青布披襖，瞧著有些臃腫，小臉卻白裡透紅，甚是可愛。

「紫荊姊姊，我們大奶奶回來了，正在上房和太太說話，特來問表姑娘這邊好了沒有，若是好了，請表姑娘和客人過去吃茶。」

紫荊忙道：「我們姑娘正在和宋百戶商量家中的一些事情，先不過去，到時候我和月仙自去領午飯就是。」

彩霞得了紫荊這句話，點了點頭。「那我這就去向太太、大奶奶回話。」

說罷，她向紫荊擺了擺手，轉身一頭扎進風雪之中。

紫荊關上東跨院的門，拴上門閂，又回了廂房。

宋甜醒了，感到身邊熱呼呼的。

她發現原來趙臻就在旁邊睡著，這會兒睡得正香。

他睡覺時安靜極了，也好看極了。

宋甜靜靜欣賞了一會兒，終於忍不住動手。她在趙臻臉頰上摸了摸，收回手，覺得觸感甚是柔軟，便又再伸手去捏趙臻的臉頰，卻被趙臻抓住了手。

趙臻閉著眼睛，握著宋甜的手不讓她亂摸，聲音帶著些許沙啞。「甜姐兒，這會兒什麼時辰？」

宋甜一聽，想起自己還沒讓趙臻看給他的禮物，當下掀開錦被跳下了炕，打開盛放禮物的箱子，彎著腰扒拉了好一陣子，這才尋出了一個小小的圓形錦盒。

她彈開盒蓋，拿過去向趙臻獻寶。「臻哥，我送你一個能看時辰的西洋懷錶！」

趙臻這時候已經清醒了，大約是睡飽了，鳳眼甚是清明，依舊裹著錦被，專心地聽宋甜講解著這個西洋懷錶的來歷。

這是海商林七送給宋甜她爹爹的，僅此一個，宋甜臨出發時，從她爹那裡勒索了過來。

宋甜把懷錶遞給趙臻。「我覺得這西洋懷錶對你最有用，送給你啦！」

趙臻從不跟宋甜客氣，而且他也的確需要這樣一個隨時能看時辰的物件，便收了下來，道：「妳爹爹有什麼特別喜歡的？」

這西洋懷錶宮裡倒是也有，只是數量太少，根本到不了他手中，如今有了宋甜送他的這個，作戰時倒真的用得著。

宋甜做出一副認真思考的模樣。「我爹喜歡什麼呢？嗯，我爹最喜歡醇酒美人，以後你得了醇酒美人，切莫自己享用，全送給我爹就是。」

趙臻登時張口結舌。

送自己未來岳父醇酒美人，這種事趙臻實在是做不出來。

宋甜見趙臻表情如此有趣，不禁哈哈笑了起來，整個人隔著錦被壓在了趙臻身上。「臻哥，我和你說笑呢，我還想我爹多活幾年長命百歲！」

趙臻俊臉微紅，悄悄移了移身子，換了個姿勢，以免被宋甜發現異常。

他垂下眼簾，濃長睫毛眨了下。「除了這個西洋懷錶，妳還給我帶了什麼禮物？」

宋甜急忙起身。「對了，還有一件貂鼠斗篷、兩套用清水綿填的襖褲、六套中衣，還有兩雙絮了清水綿的鹿皮靴，可以踩雪……」

待宋甜離開了，趙臻這才鬆了口氣，坐了起來，卻依舊把錦被搭在身上。

巡視罷城牆，金雲澤帶著親兵回了家。

金太太接了他進房，絮絮道：「你提到的那個宋百戶來看甜姐兒了，跟著甜姐兒去了東跨院，有一段時間了，還沒有過來——要不我讓人去請這位宋百戶過來說話？」

來到遼東後他升了官職，如今擔任張家口堡的守備一職，乃是正五品的武官。

金雲澤卻知道這位宋百戶正是豫王趙臻，想了想道：「甜姐兒想要在這邊開鋪子，怕是正與宋百戶商議，咱們不用管。」

金太太聽丈夫這樣說了，心中卻依舊擔憂。「我聽宋百戶說，他爹已經給他定下未婚妻子了……」

金雲澤看向妻子，解釋道：「宋百戶的未婚妻子就是甜姐兒啊！」

永泰帝雖然未曾降旨，可這親事卻是板上釘釘的，連沈總督都知道，他每次去總督府答應，沈總督私下裡總是和他開玩笑，叫他「親家」。

金太太又驚又喜。「真的？」又道：「若是真的，這宋百戶堪堪配得上咱們甜姐兒！」

她想像了一下宋甜和宋百戶並肩而立的模樣，頓時喜笑顏開。「宋百戶與甜姐兒，還真是一對金童玉女呢！」

金雲澤道：「自然是真的，不信妳再問甜姐兒。」

夫妻倆正說著話，小廝金寶跑了過來，立在廊下回話。「老爺，宋百戶手下的士兵過來報信，說城外有軍情，請宋百戶回去主持！」

金太太便趕忙讓人去通報。趙臻出來後，同金雲澤一起見了士兵。

負責傳訊的士兵見是金守備陪著宋百戶過來，忙上前行了個禮，稟報說有一夥遼人騎兵進入城北六十里的黃楊屯劫掠。

聽了負責傳訊的士兵的回稟，趙臻當即向金雲澤和金太太告辭，看了宋甜一眼，點了點頭，轉身疾步離去。宋甜急急追了過去，一直追到了大門外，正好看見趙臻騎著馬在一群士兵的簇擁下消失在漫天大雪中。

金雲澤在家待不住，也換上甲冑去守備衙門了。

宋甜陪著金太太立在門外良久，這才攙扶著舅母慢慢走了回去。

金大奶奶謝氏已經看著丫鬟擺好午飯了，見宋甜陪著金太太進來，忙上前道：「母親，大姐兒，飯已經擺好了，咱們先用飯吧！」

宋甜心中記掛著前去迎擊遼國騎兵的趙臻，面上卻是不顯，陪著金太太和表嫂謝丹用了午飯。

用罷飯，宋甜又陪著金太太和謝丹說了一會兒話，見外面雪停了，便提出要去看看張家口堡這座小城。

金太太忙道：「讓妳表嫂跟著過去吧！」

宋甜卻知謝丹已經有了身孕，只是月分尚淺，還沒有告訴金太太，忙道：「舅母，我這是要帶跟著我過來的掌櫃、夥計去看鋪子，表嫂若是一起過去，有外男在，到底有些不方便。彩霞不是本地人嗎？讓彩霞跟著我們過去就行了。」

謝丹在一邊聽了，心中感激，趁金太太不注意，對著宋甜笑了笑，用嘴型道「多謝」！

宋甜對著謝丹眨了眨眼睛。

她做事索利，不愛拖拉，當即告辭金太太和謝丹，由彩霞帶路，帶著葛二叔、秦嶂、秦峻、刀筆、月仙和紫荊出了金家，步行前往張家口堡中心的十字街。

這十字街是張家口堡這座北境小城最繁華的地方，交叉成十字的兩條街全是各種鋪子，只是如今這些鋪子大多都關門閉戶，只有招牌還掛在上方，能夠看出是什麼鋪子。

彩霞陪著宋甜等人把十字街轉了個遍，然後帶著他們去了小城最大的酒樓柳林酒樓，徑直上到二樓雅間。「表姑娘，老爺和大公子每次請客，都是在這裡，這裡的跑堂和老闆都和咱家熟悉。」

果真那跑堂的一進來，看見彩霞便笑了起來。「彩霞妹妹，今日這是——」

彩霞大大方方道：「我家表姑娘想來試試你家的手藝，揀你們酒樓的拿手菜餚儘管上就是。」

跑堂笑著答應了，又恭恭敬敬問宋甜要什麼酒。

宋甜給葛二叔他們要了一罈當地的杏仁酒，自己點了一壺當地的大葉青茶。

跑堂的一出去，宋甜就低聲交代葛二叔。「葛二叔，待會兒你和跑堂的攀談一下，問一問十字街這邊鋪子房東的情形。」

葛二叔聞言，看向宋甜。「大姑娘的意思是——」

宋甜微笑道：「咱們既然要在這裡做生意，自然得先買些鋪面。」

按照前世的記憶，不出意外的話，朝廷明年年初就會放開對互市的限制，一年後張家口堡會發展成大安與遼國邊境一個重要的互市地點，城內店鋪林立，大安和遼國商人自由來往進行貿易。

宋甜打算先買下一批鋪子。

葛二叔沈吟了一下，道：「大姑娘，剛才咱們看了一圈，即使是最繁華的十字街，生意也頗為寥落……」

宋甜笑容燦爛。「葛二叔，您就信我一次吧，咱們這時候買鋪子，絕對划算。」

葛二叔早得了宋志遠的叮囑，大事都讓宋甜作主，因此點了點頭，道：「我都聽姑娘的。」

秦嶂和秦峻兄弟在一邊聽著，心中很是疑惑——這張家口堡如此荒涼，宋大姑娘為何堅持要在這裡買鋪子做生意？

待酒菜上齊，宋甜給了跑堂的五錢碎銀子做賞錢，然後給葛二叔使了個眼色。

葛二叔膽子雖小，卻是個生意精，當下會意，拉著跑堂的攀談起來。

宋甜坐在一邊，端著茶盞慢慢品嚐，聽葛二叔與跑堂的東拉西扯地閒聊。

葛二叔從跑堂這裡打聽到不少消息，還打聽出十字街的鋪子都屬於一個叫周二官人的馬販。

宋甜在旁邊狀似無意地開口道：「也不知道十字街這些鋪子是什麼價錢，若是便宜，我倒是想買幾個鋪子存放貨物。」

那跑堂的聞言，當即滿面堆笑自薦道：「這位姑娘，小的認得周二官人，若是姑娘有意，小的願意為姑娘和周二官人這樁生意牽線搭橋！」

宋甜笑咪咪又給了跑堂的五錢碎銀子。「我姓宋，在金守備府上作客，你幫我把這句話傳達到周二官人那裡。」

回金家的路上，葛二叔問宋甜。「大姑娘，您這次出來帶了多少銀子？」

宋甜笑咪咪道：「咱們帶來的杭州綢緞，葛二叔忘記了嗎？」

這次來張家口堡，因有提刑所的節級王慶帶著十二個士兵護送，再加上有秦嶂、秦峻跟隨，宋甜就讓葛二叔和跟過來的兩個夥計押送了八大車杭州綢緞。

如今王慶還帶著十二個排軍居住在金家西偏院裡，看守著那八大車杭州綢緞。

除此之外，宋甜還帶了三千兩銀票，這是她爹給她的私房錢。

葛二叔這才想起放在金家東偏院那八大車杭州綢緞，不禁笑了起來。「還是姑娘考慮周全。」

下午時分，宋甜正陪著金太太和謝丹說話，金雲澤匆匆從外面回來了。

金太太親自服侍金守備解下斗篷。

謝丹指揮丫鬟送來熱水和香胰子，服侍金雲澤淨手洗臉。

金雲澤在外面奔波了大半日，這會兒終於鬆快了些，在羅漢床上坐定，長長吁了一口氣。

宋甜待舅舅在羅漢床上坐定，忙奉上了一盞雀舌芽茶。「舅舅，外面如今怎樣了？」

她知道舅舅喜歡桐柏山產的雀舌芽茶，這次過來特地給舅舅帶了不少。

金雲澤飲了一口茶，清苦中帶著甘甜的茶液滑過喉嚨，整個人舒服了許多，這才道：

「我在守備衙門剛接到捷報，宋百戶率軍伏擊入侵的遼軍騎兵，斬殺二百餘首級，他率眾乘勝追擊餘寇，至今還沒有新的消息傳來。」

宋甜聽了，覺得驚心動魄，忍不住雙手合十默默祈禱趙臻平安歸來。

謝丹忙在一邊問道：「父親，我讓廚房給您準備幾樣菜餚吧！」

金雲澤這才察覺到自己饑腸轆轆，便道：「讓廚娘下一海碗大肉麵送來就是。」

謝丹答了聲「是」，自去廚房吩咐廚娘。

宋甜又拿了兩碟點心放在金雲澤面前，揀了一枚椒鹽酥餅遞了過去。「舅舅，你先吃些點心。」

金雲澤接過，一枚椒鹽酥餅還沒吃完，小廝就進來回稟道：「啟稟老爺，周二官人派小廝來投拜帖，說一會兒就來拜訪。」

「周二官人？是那個販馬的周青嗎？」金雲澤端起茶盞飲了一口，開口問小廝。

小廝恭謹地答了聲「是」。

金雲澤打開拜帖看，見上面寫著「眷晚生周青頓首百拜」，口中道：「我又不買周青的馬，他來尋我做什麼？」

宋甜在一邊道：「舅舅，這個周二官人，應該是來見我的。」

她把事情的來龍去脈給舅舅說了一遍。

金雲澤聽了，詫異道：「甜姐兒，這張家口堡甚是荒涼，城中鋪子不值幾個錢，妳買它做甚？」

宋甜上前給舅舅按摩肩膀，撒嬌道：「舅舅，這是我和我爹商議好的，我自有主張，您就放心吧！」

金雲澤知道宋甜一向自有主張，不是尋常閨閣嬌女，當下便道：「既然妳已經有了主意，舅舅都依妳，不過強龍不敵地頭蛇，妳和那周青談生意，舅舅得在一邊看著，免得妳被人給坑了。」

宋甜也想要舅舅在一旁為她作勢，忙答應了下來。

而金太太也好奇得很，便也穩穩坐定，等著那周二官人進來。

周二官人很快就過來了。

金雲澤帶著宋甜迎了他進來，請至上房明間坐下。

周青是個二十七、八歲的青年人，瞧著中等身量，肌膚黝黑，樣貌普通。他得知買主正是眼前這位美貌的少女，心中懷疑是金守備要買，假借外甥女之名，便不再繞彎，開門見山說明了來意。

周青是滄州人，自幼父母雙亡，來往滄州和張家口堡這邊販馬，賺了些銀子，買下了十字街總共三十六間鋪子，如今他與一位幽州女子訂下親事，預備到幽州定居，因此想要處理掉手上這批鋪子。

宋甜見周青做事簡單利落，也不廢話，直接問周青這三十六間鋪子一共要多少銀子，又道：「周二官人，您說一個總價錢，若是合適，咱們就成交；若是不合適，也就不用多談了。」

這批鋪子握在手上太久了，周青這些年賺的銀子都押在了上面，他急著套銀子出來去幽州娶妻安家，因此一開口就說出最低價。「總價一千兩銀子，不還價。」

宋甜聽了這個價錢，幾乎懷疑自己的耳朵了——她原本準備至少一千五百兩拿下的，周青居然要這麼低！

周青見宋甜不動聲色，便道：「價錢不能再低了，我當時是八百兩銀子買下的，有原契為證，上面蓋有官府的大印。」

宋甜做出一副勉為其難的模樣來，垂目思索良久，這才慨然道：「既然周二官人急著去幽州迎娶佳人，那我也就不再還價，咱們這就做成這樁生意吧！」

一個時辰後，合同立成，去衙門備好案，兌了銀子，金守備便派了親信陪著宋甜和葛二叔前往十字街接收鋪子。

傍晚時分，宋甜終於回來了。

她與高采烈把房契拿給金守備和金太太看。「舅舅，舅母，以後張家口堡十字街的鋪子，全是我的了！」

金雲澤和金太太都笑了。

金雲澤拈鬚微笑。「甜姐兒呀，妳膽子可真大！」

宋甜笑咪咪道：「銀子沒了再掙就是。十月初五那日城外互市開市，我帶著葛二叔發賣杭州綢緞去。」

金雲澤點了點頭，道：「到時候我陪妳過去，用綢緞換得各種毛皮，一路運回宛州，若是腳程快些，應該能趕上過年前的發賣。」

聞言，宋甜忙央求他。「舅舅，您再幫我找兩個懂行的一起過去，到時候也幫我和葛二叔掌掌眼，好不好？」

金雲澤對外甥女一向溺愛，滿口答應了下來。「妳放心吧，舅舅自然陪妳。」

宋甜忙又道：「舅舅，這幾日若是有宋百戶的消息，一定要和我說。」

金雲澤想起宋百戶的真實身分，心情有些複雜，卻也沒有拒絕宋甜。

第四十二章

轉眼到了十月初四，葛二叔帶著夥計把明天要去發賣的貨物都準備好了，請宋甜過去再檢查一遍。

金家西偏院內，宛州提刑所的節級王慶正帶領十二個士兵在廊下練習刀法。

秦嶂和秦峻這對雙胞胎在一邊饒有興致地看著。

這時候小廝刀筆急急走了過來。「大姑娘過來了！」

王慶聽了，忙收住刀勢，讓士兵收隊，自己跟著秦嶂、秦峻到門口迎接。

片刻後，眾人便見葛二叔陪著一個頭戴海獺臥兔，身穿大紅緞面貂鼠皮襖，繫著條鵝黃杭絹點翠縷金裙的美貌少女走了過來，正是宋大姑娘，忙一齊上前行禮。

宋甜走了過來，含笑點頭。「你們忙自己的事吧，我和葛二叔去看看明日要發賣的貨物。」

王慶等齊齊答了聲「是」，閃到一邊，待宋甜進去了，才跟著進去。

宋甜細細檢查了一遍，確定一切齊備，又去看了士兵們的住處，見都是暖炕厚被，甚是潔淨，這才放下心來，笑著道：「回宛州途中，大家盡心盡力，待到了宛州，除了一人發五兩銀子，再加一個貂鼠，拿回家給家中女眷做圍脖兒或者臥兔兒。」

眾士兵聞言都歡呼起來。「謝謝大姑娘！」

大姑娘甚是大方，一路行來，好吃好喝不說，賞罰分明，只要做得好，大姑娘賞起銀子來毫不眨眼，竟比她爹還要大方得多。

宋甜回到上房坐下，一時無事，便看著表嫂謝丹做針線。

金太太扶著丫鬟從外面進來，見宋甜什麼都不做，坐在那裡看謝丹做針線，便笑著說她。「甜姐兒，妳也大了，多少得做些針線。」

宋甜起身扶著金太太在羅漢床上坐下，撒嬌道：「舅母，我身邊的紫荊和月仙針線都好，我有她們，自然就懶得動手了。」

她興趣愛好太多，針線的確做得不多，即使給趙臻做衣服，也只有中衣和鞋子是她親自動手的，別的都是她裁剪了樣式讓紫荊和月仙做。

謝丹笑她。「妳懶就懶吧，還給自己找理由。」

金太太含笑打量宋甜，見她在屋裡穿著淺粉對襟襖，繫了條鵝黃杭絹點翠縷金裙，頭上戴著海獺臥兔，越發顯得小臉雪白，眉目濃秀，嘴唇嫣紅，便道：「我新得了些皮子，給妳和妳嫂子一人做一個暖手的手筒吧！」

宋甜遞了一盞茶給金太太，撒嬌道：「舅母，乾脆做三個——您若是不用，我和嫂嫂哪裡好意思用？」

金太太正要說話，小丫鬟彩霞進來通稟。「太太，崔參將太太求見。」

崔參將太太約莫三十五、六歲模樣，生得小巧玲瓏，甚是靈巧。

寒暄過後，她笑吟吟只是打量一邊陪坐的宋甜。

宋甜端著茶盞啜飲，大大方方任她看。

金太太見崔參將太太如此，便開門見山道：「不知您這次過來所為何事？」

崔太太也是爽朗人，當下笑著起身。「金太太，請先讓令甥女迴避一下！」

金太太道：「咱們如今人在遼東，入鄉隨俗，不必講究繁文縟節，姑娘在一邊聽著也無礙的。」

見金太太都這樣說了，而宋甜也毫無迴避之意，崔太太笑著坐下，直接開口道：「我這次過來，是受林總兵太太之託來探問一下——」她看向宋甜，笑容越發燦爛。「金太太，不知令甥女是否許了人家？」

金太太一時有些遲疑。「這個……」

她也不知道宋甜與宋百戶的親事算不算正式定下，便看向宋甜。

宋甜對著舅母點了點頭。

金太太心裡有數了，便道：「我家大姐兒已經定下親事了。」

崔太太有些失望。

「哎呀，這個真是……」見金太太、金大奶奶和宋大姑娘都看著她，她忙解釋道：「林總兵的大兒子，如今在城中駐守的林游擊，前兩日曾見了宋大姑娘一面，回家就求他母親央人作媒——誰知妳家竟然訂下親事了。」

林游擊今年才二十一歲，生得很俊秀，因為眼光太高，一直未曾訂下親事，好不容易有瞧上眼的姑娘，誰知竟然訂親了。

金太太聽了，也略覺得有些遺憾，她點了點頭，道：「還是沒有緣分。不過林游擊年輕英俊，緣分到了，總會遇到合適的。」

崔太太跟著感嘆了幾句，又問金太太。「不知宋大姑娘的未婚夫婿是哪一位？」

金太太笑著道：「就是我們老爺麾下的宋百戶。」

聽說宋甜未婚夫婿只是個百戶，崔太太有些不以為然，又說了兩句便離開了。

送罷客人回來，謝丹故意跟宋甜開玩笑。「甜姐兒，妳還不知道呢，那林游擊生得甚是俊秀，今年方二十一，已經是游擊了，麾下也有五百士兵——要不咱們跟宋百戶退了親，轉許林游擊？」

宋甜微笑，大大方方道：「我好喜歡宋百戶，這輩子就認準他了。」

謝丹笑了起來。「妳就是見色起意，見人家宋百戶生得好看，才這樣說的！」

宋甜依舊微笑，心道：即使他生得面若鍾馗，我也定是喜歡他，覺得他好看。

金太太有些憂慮，道：「林游擊比宋百戶官職高，不會為難宋百戶吧？」

宋甜卻篤定得很。「舅母，他可不是輕易能被人欺負拿捏的人，不信您就往後看！」

見宋甜還沒嫁過去，就盲目信任宋百戶，金太太不免想起了宋甜的娘親，一時有些唏噓，半日方道：「將來妳若是受了委屈，一定要回來和舅母、舅舅說，讓妳舅舅、表哥為妳出頭，可不要學妳娘，死要面子活受罪，回娘家什麼都不肯說。」

宋甜沈默了下來，走到金太太身邊，依偎著她輕輕道：「舅母，您放心吧，我會保護好自己的。」

經歷了前世，她早就明白一個道理，一個女子，若是把男人當作人生的重心，一切都圍著對方轉，早晚會被嫌棄的。

即使是女子，也要能自己賺錢，走自己的路，過自己的日子。

這樣無論沒了誰，也都能開開心心活下去！

十月初五一大早，金雲澤臨時出去公幹，不能陪宋甜去市圈參加互市，便派了一位馬千戶護送宋甜過去。

宋甜今日要做活招牌，因此打扮得格外惹眼，海獺臥兔兒，滿頭珠翠，身穿大紅遍地金貂鼠皮襖，繫了條翠藍緞裙，臉上也施了些脂粉，竟比平時更明豔了幾分。

一直到登上馬車，宋甜也沒等到趙臻。然而此地不如京中，臨時有事也屬常態，她便不多掛心，一行車馬往城外而去。

葛二叔早帶了人在市圈中占好了攤位，留小廝刀筆在市圈門外等著宋甜過來。

刀筆接到宋甜等人，引著往前走。

宋甜扶著月仙，一邊走一邊好奇地看著，卻見漢人的攤位賣的都是綢緞、布絹、棉花、針線和梳篦、米鹽、糖果等物，而遼人的攤位上擺的大都是水獺皮、羊皮盒、馬、牛、羊、騾、驢及馬尾、羊皮、皮襖等物。

她把市圈轉了個遍，都沒發現比她家綢緞更好更出彩的綢緞，心中盤算更加篤定。

宋甜只顧想著心事往前走，卻不知這市圈中從未有過這樣美貌華貴的漢人女子出現過，因此她經過之處，吸引了所有人的目光。

一個賣水獺皮的遼人攤位後立著好幾個遼人，其中有一個遼人青年約莫二十三、四歲，生得身材高大，肌膚白皙，高鼻碧眼，甚是英俊，自從宋甜走過來，他的視線就黏在了宋甜身上，口中用遼語問攤主。「漢人女子都這麼美貌嗎？」

遼人攤主用遼語低聲回道：「稟報王子，自從來到這座城，我還是第一次見到這麼美麗的漢女。」

那遼人青年見宋甜走遠了，忙跟了上去。

遼人攤主不放心，連忙揮手命兩個隨從跟上去。

那遼人青年一直跟到了葛二叔的綢緞攤，見宋甜和攤主說話，忙擠上前，行了個禮，用流利的漢語說道：「美麗的姑娘，請您告訴我，您是天上的月亮女神降臨人間嗎？您一定是的，請您接受我的膜拜！」

他自顧自說著話，便要單膝跪下。

宋甜還沒見過這種架勢，忙往後退了一步。

秦嶂和秦峻就在宋甜身側，齊齊上前一步，站到了宋甜身前。

雙胞胎心意相通，一個出左手，一個出右手，飛快地托住眼前這遼人青年的手臂，沒有讓他行下禮去。

遼人青年抬頭還要看宋甜，卻被秦峻和秦嶂兄弟給擋住了。

他探身要擠開秦峻、秦嶂兄弟好跟宋甜說話，這時王慶手按刀柄閃身出來，擋在宋甜身前。「兀那遼人，休對我家姑娘無禮！」

這時陪宋甜過來的馬千戶帶著幾個士兵從人群中擠了過來。「怎麼了？出什麼事了？」

那遼人青年反應很快，當即笑著道：「我姓蕭，排行第六，我要來買這位姑娘的綢緞！」

葛二叔笑嘻嘻從一邊閃了出來。「這位蕭公子，我家貨都在這邊。這邊請！」

蕭六郎看向宋甜，見她被人遮擋得密密實實，根本看不清楚，只得隨著葛二叔看貨去了。

他方才雖然有些莽撞，做起生意來卻不含糊，知道自己外行，便讓人叫了賣水獺皮的遼人攤主過來，讓遼人攤主和葛二叔談生意。

葛二叔以貨易貨，讓同來的精通皮貨生意的大夥計看了遼人水獺皮的成色，然後用綢緞換遼人的上好水獺皮，把這一車綢緞都賣掉了。

圍觀的人中有一個遼國女商人，見狀忙用漢語和宋甜說道：「妳不能全賣了，得給我們留一些！」

宋甜見這個遼國女商人身材豐滿高壯，妝容豔麗，姿態大方，很是喜歡，便道：「若是願意等的話，我這就讓人再去拉一車貨物過來。」

遼國女商人眼睛一亮，當即點頭。「我可以等。」

宋甜吩咐王慶，讓他帶著人押著從遼人那裡換來的水獺皮回去，再運送兩車綢緞過來。

那個女商人讓隨從去拿她們的貨物去了，自己卻留下和宋甜攀話。「妳髮髻上那支鑲寶石的首飾我以前從沒見過，叫什麼名字？」

宋甜今日打扮得滿頭珠翠花枝招展，就是聽說互市中交易的貨物都是價格不貴的生活必需品，她想試一試貴重的珠寶首飾、綾羅綢緞是否有銷路，聽了遼人女商人的話，當即從髮髻上取下那支首飾來，遞給了那遼人女商人，笑盈盈道：「這個叫金嵌紅綠藍紫寶石四季花鈿。」

女商人拿在手裡細看，眼睛發亮。「好漂亮！真的好漂亮！要多少銀子？」

宋甜微微一笑，道：「方才那一車水獺皮，勉強能換得這一支花鈿。」

女商人眼中的光芒黯淡下去，戀戀不捨地把花鈿還給了宋甜，搖頭道：「好貴啊！」

宋甜眼睛彎彎。「貴是貴，卻也真漂亮。」

她拿著這支花鈿，卻不往髮髻上插戴，而是拿在手裡把玩。

圍觀人群中有幾個遼人女子，其中有一位美貌亮眼的遼人少女，見狀忙擠了進來，用結結巴巴的漢語道：「讓……我……看……看。」

宋甜見少女衣飾華貴，便含笑把花鈿遞給了她。

少女想要試戴，對著宋甜結結巴巴道：「鏡……鏡子——」

宋甜看向月仙，月仙馬上遞了個西洋靶鏡過來。

那少女接過靶鏡照了照，發現這鏡子不是先前買的漢人銅鏡，而是一種新鏡子，又輕又清晰，簡直是纖毫畢現。

她左手握著靶鏡，右手把花鈿嵌入髮髻，越照越喜歡，道：「鏡……子，花……鈿，我……都……要！」

她看向人群中的蕭六郎，嘰哩咕嚕說了一串遼語。

蕭六郎搖頭苦笑，另叫了一個賣貂鼠的遼人過來，用貂鼠皮給妹子換首飾和靶鏡。

宋甜微微一笑，讓葛二叔上前談生意。

有了這個開端，馬上又有人拿了各種皮毛來跟宋甜換首飾。

到了中午時分，宋甜綢緞賣出了三車，滿頭珠翠更是賣了個乾乾淨淨，就連耳垂上的那對赤金鑲嵌的紅寶石耳墜，也被一個遼人商人給換走了。

宋甜見貨物賣空，就吩咐葛二叔他們收攤子回去，下午再過來繼續擺攤。

蕭六在一邊眼巴巴守了半日，但凡他想湊上去和宋甜說句話，馬上就有人把他隔開。

見這位美貌的漢人少女始終不理他，蕭六還有事要辦，有些著急，奮力分開人群，高聲喊道：「請問天仙是誰家閨秀？我這就請人去提親！」

眾人哈哈大笑。

宋甜也不理他，只顧吩咐人整理攤位。

蕭六更加猖狂道：「我家有望不到邊際的草場、望不到邊際的牛羊，嫁給我——」

他話還沒說完，只覺脖子一緊，直接被人提著後衣領給拽了出去，扭頭一看，卻是一個穿著甲冑的漢人少年，這少年生得如山窟壁畫中的男菩薩一般好看，身材高眺，力道頗大，竟能把他從人群中給提抓出去。

那少年鬆開蕭六的衣領，正色道：「請不要再騷擾在下的未婚妻子。」

宋甜早看見趙臻了，這時候忙招手道：「甄——宋哥！」

趙臻不再理會蕭六郎，待宋甜出來，便攬著宋甜一起往外走。「我送妳回金家。」

蕭六郎遠遠跟在後面，一直到趙臻騎著馬護送宋甜的馬車離開了，這才用遼語吩咐隨從。「讓咱們的漢人密探去查一查，看那對男女是什麼身分。」

他是第一次遇到如此美貌的漢人少女，身材苗條嬌弱，笑容燦爛，整個人散發著勃勃生機，如草原夏日盛開的野玫瑰一般，令他一見傾心。

無論如何，他都要把這美人娶回上京楚王府！

回到金宅，宋甜先安排王慶帶著人繼續往市圈運送綢緞，然後自己帶著趙臻去見金太太。

金太太忙吩咐彩霞。「快去點兩盞果仁泡茶送來！」

宋甜笑盈盈道：「舅母，不用泡茶了，他是直接從戰場回來的，我先帶他去東跨院洗洗臉、換換衣服——我這次來，給他帶了些衣服。」

金太太雖然覺得有些不妥，可是又轉念一想：甜姐兒與宋百戶已經訂親，身邊又有幾個丫鬟跟著，能有什麼？

於是她笑著道：「那妳帶著宋百戶過去吧，待會兒我讓人送午飯過去。」

宋甜一進東跨院正房，就吩咐留守在家的紫荊。「快去準備洗澡水、香胰子和潔淨的中衣襖褲靴子，他要洗澡。」

方才在市圈，她就發現趙臻臉上手上雖然打理過了，可是男人粗心，鬢角和脖頸那裡還有隱隱的血跡沒洗淨。

趙臻一向好潔，因此她一回來就吩咐紫荊準備洗澡水。

趙臻默不作聲，一切都任宋甜安排。

還是第一次，有人不跟他商量，直接照顧他、安排他，要他洗澡換衣。這種感覺很奇妙，他也說不清是什麼感覺，既溫暖，又妥帖，母妃去世之後，終於又有一個人，把他當作珍寶，細緻地關心照顧……

洗澡水、香胰子等物很快送進了炕房裡。

炕房裡燒著炕，浴桶熱氣騰騰，屋子裡暖融融的，一點都不冷。

宋甜把潔淨的中衣襖褲布襪等都放在了炕上，看向坐在圈椅中雙手交叉兀自出神的趙臻。「臻哥，要換的衣服都放在了炕上。我叫刀筆進來服侍吧？」

趙臻看了她一眼，「嗯」了一聲。
待刀筆進來，宋甜便出去了。她有些累，到了東暗間床房裡，脫去外面大衣服，在炕上躺下，原想著歪一會兒歇歇，竟不知不覺就睡著了。
趙臻洗完澡，換上宋甜準備的內外衣物，覺得舒服多了。
這時候紫荊和月仙進明間擺飯，趙臻問紫荊。「甜姐兒呢？」
紫荊有些靦覥。「姑娘在東暗間歇著。」
她也不知道自己該稱呼「王爺」，還是稱呼「宋百戶」。
趙臻抬腿就進了東暗間。
宋甜在床上睡得正香。她臉上的脂粉還未洗掉，睡著之後有一種脂濃粉豔的感覺。
趙臻坐在床邊，悄悄伸出手指，在宋甜唇上觸了一下，覺得甚是溫暖柔軟。
他又伸手摸了摸自己的嘴唇，覺得自己的唇似乎更軟一點。
趙臻頗有格物致知的精神，便又伸出手指去摸宋甜的嘴唇，想看看到底誰的更軟。
誰知這時候宋甜醒了，睡眼惺忪看著趙臻。
趙臻微微一愣，若無其事把手收了回來，道：「午飯擺好了，起來用飯吧！」
宋甜忙了整整一上午，這會兒早餓得前心貼後背了，打了個哈欠道：「臻哥，你先出去，我這就起來。」

她得先繫上裙子才能出去。

趙臻立刻起身出去了，吩咐紫荊和月仙進去侍候宋甜。

大約一盞茶工夫，宋甜就拾掇好出來了。

她卸了妝，重新梳了簡單的一窩絲杭州攢，髮髻四周圍著一串珠子箍兒，上穿白綾小襖，攔腰繫了條紅羅裙子，打扮得清清爽爽走了出來。

今日午飯都是張家口堡這邊的風味，燉菜饅頭加稀粥。

宋甜不怎麼挑食，吃得很香。

趙臻早適應了戰場上的簡陋飲食，只要餓了，什麼都不挑。

宋甜讓侍候的人也都去用飯，明間裡就她和趙臻兩人。

她吃著飯，問起了趙臻這次作戰的事。

趙臻不願意多提那些血腥之事，簡而言之道：「遼人騎兵進入城北六十里的黃楊屯打草谷，等我們趕到時黃楊屯已經血流成河。我率軍追擊一天一夜，全殲來犯之敵。」

宋甜看著趙臻，眼中滿是憐惜。

前世她曾見過血戰之後，滿身滿臉是血的趙臻，獨自在內帳乾嘔的場景。

趙臻轉移話題。「今日那個遼人是怎麼回事？」

宋甜蹙眉道：「是個粗陋淺薄之徒。第一次見我，單是看臉就提出要娶我，若是下次遇到更美的女子呢？那他不知道要娶多少妻子了！」

第四十三章

趙臻回想了一下，那個邃人似乎長得還算齊整，可在宋甜口中卻是「粗陋淺薄之徒」。他心中莫名有些熨貼，口中卻道：「妳的生意怎麼樣？」

談到這個話題，宋甜可太有興趣了。

她索性放下竹箸，開始講自己今日在市圈做生意的情形，最後得意洋洋道：「待貨物全部賣完，我就讓葛二叔押著那些水獺皮、貂鼠皮回宛州，盡量趕在過年前發賣。過了年，葛二叔再運送綢緞過來，到時候鏡坊的夥計和製鏡師傅也都跟著過來，我要在張家口堡開鋪子做生意。」

說完，宋甜又意猶未盡道：「這裡可真是處處是發財的機會，我得好好把握。」

見宋甜眼睛發亮，臉頰緋紅，顯見歡喜得很，趙臻輕輕問她。「妳很喜歡做生意嗎？」

即使做了我的王妃，還想要繼續做生意嗎？

宋甜用力點頭。「我好喜歡做生意賺錢呀！」

做生意能自己作主，她太喜歡這種感覺了。

趙臻垂下眼簾，濃長睫毛遮住了鳳眼中所有的情緒。

宋甜挾了塊排骨慢慢吃著，眼睛卻在觀察趙臻。

以她對趙臻的熟悉，趙臻這會兒絕對有心事。

宋甜吃完了這塊排骨，又喝口茶漱了漱口，這才道：「咱們大安，貴族官宦之家的女子講究『貞靜』二字，除了親戚拜訪來往，大門不出二門不邁，一生困於深宅大院；貧賤之家的女子，需要奔波掙錢養家，哪裡還顧得上貞靜自持？飯都吃不飽，孩兒嗷嗷待哺，談什麼貞靜。」

宋甜杏眼沈靜地看著趙臻，接著道：「我不喜歡守在深閨，對花流淚，對月思人，日日虛度，我想走遍大安，好好看看這人世間，多多賺錢，做自己想做的事。」

她喜歡趙臻，可是她更喜歡自由。她想要報答趙臻之恩，可是她也想要自由。

對宋甜來說，報恩並不是嫁給趙臻，然後守在王府深宅，日日期盼他回去。

她這樣的報恩，並不能真正幫到趙臻。一個深閨弱女，趙臻想要多少就有多少。

北境的冬日，即使晴天，風也從未停息過。

屋子裡靜了下來，外面北風呼嘯，屋簷下的簷馬叮鈴鈴響成一片。

趙臻雙手交叉，抵在鼻端，垂下眼簾思索著。

經歷了遼人騷擾宋甜之事，他真的很想把宋甜深藏入王府，為自己生兒育女，而自己一心一意往上走，讓宋甜夫榮妻貴一生無憂。

可這樣的生活是宋甜想要的嗎？

她雖然長得像深宅花園內的一朵嬌花，實際上卻是禁得起風吹日曬雨淋，在夏日燦陽中盛開的一朵野玫瑰。把野玫瑰移入深宅花園，隔絕風雨，妥善保護，她真的會開心嗎？

宋甜既不想放棄趙臻，又不願放棄自由，她憑藉直覺，憑藉前世魂魄追隨趙臻那幾年的經驗，知道眼前正是一個稍縱即逝的好時機，自己想要幸福，就一定要抓住這個機會。

想到這裡，宋甜果斷決定，伸手過去，抓住趙臻的手，眼睛看著趙臻。「臻哥，按照如今的情勢，我回到深閨，如何能見到你？如何能幫到你？我若回到深閨，不過是多了一個日日因為思念丈夫以淚洗面的深閨怨婦。

「你我都還年輕，趁著年輕，我們都拚一把，你朝著你的目標走，我盡我的力量來幫你——以後的事，以後再說，反正如今你才十七歲，我才十五歲，誰知道以後會發生什麼？不如抓住眼前！」

趙臻，你才十七歲，或許你以後會遇到自己命定的女子，會發現你喜歡的人並不是我。我已經經歷過太多，我喜歡你、仰慕你、崇拜你，可是所謂的男女之情並不是我生活的全部，我們不如先這樣走下去，為了共同的目標奮鬥。若真是到了需要分開的那一日，我們就坦坦蕩蕩分開，不必糾纏不清。

趙臻抬眼看向宋甜，眼神清明中帶著些少年特有的倔強。

他不善言辭，心中有許多話想要對宋甜說，卻不知道如何表達，良久方道：「妳不幫我，我也要娶妳。」

他抿了抿嘴，繼續道：「妳想做什麼就做什麼，不過以後做生意，須得隱瞞妳豫王妃的身分，免得妳自己不方便。」

宋甜聽了趙臻的話，她只覺腦子裡一團亂麻，須得好好理順。

可是此時的趙臻，是他難得流露軟弱之時，這時候若是不出手，以後再想如此就難了。罷了，與其慢慢理順，不如快刀斬亂麻！

宋甜起身，走到趙臻身側，一把抱住了他。「臻哥，你真好！我都聽你的，絕不讓人知道我的身分。」

趙臻「嗯」了一聲，卻察覺到不對——他這才發現宋甜是站在他身側抱他的，此時他的臉頰正貼在宋甜身前，他的鼻子正貼在一處溫暖柔軟馨香之處。

那裡暖暖的，隔著薄薄的小襖，他能夠聞到帶著玫瑰氣息的體香，稍微動一下，就能感受到柔軟得不可思議的觸覺。

趙臻閉上眼睛，一動不動。

宋甜兀自不覺，用力抱著趙臻，一心一意傾訴著。「……以後你到哪裡，我就到哪裡。

你來北境軍中歷練，我就來北境小城經商。你回宛州，我跟著你回宛州。你去京城，我就跟你去京城。反正我跟定你了，你生得這麼好看，單是每日看著你，我就好快活。」

世上居然有趙臻這樣的人，外形性格無處不合她的心意。

「若是今生不能與你在一起，下一世你可得等著我，下下一世也行，我想要和你在一起一生一世……」

趙臻身子僵直、面無表情地聽宋甜傾訴著愛意。

過了一會兒，他抬手拿起一方帕子，不著痕跡地送到鼻端，繼續聽宋甜傾訴。

宋甜難得表白，一時忘情，開始天馬行空暢想未來。「……你生得如此好看，我也挺漂亮，到時候你我努力加把勁，多生幾個孩子，一定都很漂亮——」

趙臻正用帕子堵在鼻端，忽然開口打斷宋甜。「聽說孩子容易像不知道哪一代的長輩，若是妳我的兒子長得像父皇，女兒長得像我外祖母呢？」

宋甜腦海中浮現出永泰帝和定國公夫人的形容，頓時啞口無言，半天方道：「那……怎麼辦呀？」

趙臻把帕子團好放入手中，慢悠悠道：「我生得這樣好看，不是隨了哪個長輩，而是我把祖祖輩輩長得好的地方都集中在一起了，這可不一定能傳給兒女，妳可不要抱太大希望，免得生出醜孩子心裡難受。」

宋甜悻悻地走了回去，給自己盛了一碗湯，慢慢喝著，不理趙臻了。

趙臻不動聲色把團成一團的帕子放進了衣袖裡，鳳眼含笑，瞟了宋甜一眼，不緊不慢道：「好多孩子就不必了，咱們生一、兩個就行了。」

他倒不是不喜歡孩子，他是真的擔心他和宋甜的孩子長相或者性子像他不喜歡的長輩。想到這種可能，趙臻心裡就有說不出的彆扭。

宋甜想到那種可能，也覺得還是不要生太多的好——不管是長得像永泰帝，還是性子像永泰帝，她都覺得好糟心！

用罷午飯，宋甜打量著趙臻，見他眼下隱隱有青暈，便問道：「臻哥，你多久未睡了？」

趙臻晃了晃頭。「這兩日都沒怎麼睡。」

宋甜忙道：「那你先在我這兒睡一會兒，我去前面陪舅母。」

趙臻「嗯」了一聲，起身往東暗間床房走。「炕太熱了，我不習慣。」

他想睡宋甜睡過的床。

宋甜跟著進去，服侍他脫去外面衣服，待他躺下，又幫他蓋好錦被。

軟枕和錦被上猶留有宋甜身上特有的芬芳，趙臻側身蜷縮在床上，閉上眼睛，只覺如同整個人陷入宋甜柔軟懷抱一般，瞬間就進入了夢鄉。

宋甜見他這麼快入睡，心知趙臻實在是累極了，心中滿是憐惜。

她坐在床邊，輕輕撫摸著趙臻烏黑的長髮，又去撫摸他柔軟得臉頰，最後湊了過去，在他唇上輕輕親了一下，又理了理錦被，這才起身出去了。

趙臻的嘴唇略微豐潤，並不是一般男子的薄唇，卻有一種純純的誘惑感，令宋甜老是想摸一摸、親一親。

宋甜交代刀筆守在明間，自己帶著紫荊去前面尋舅母說話去了。

趙臻一覺醒來，已是一個時辰後了。

刀筆聽到聲音，忙進來服侍。

趙臻飲了些茶水，這才開口啞聲道：「秦峻過來沒有？」

刀筆低聲道：「啟稟王爺，秦峻在外候著。」

趙臻抬手扶著額頭。「帶他進來。」

秦峻很快就進來了，行罷禮恭謹道：「王爺，屬下查探到了那個蕭六郎的真實身分。」

趙臻看向他。

秦峻不敢怠慢，忙道：「蕭六郎是如今遼國皇帝的同胞弟弟，楚王耶律景深，因太后出自蕭氏，因此耶律景深微服出行都以蕭為姓。」

趙臻沒有說話。

秦峻便接著道：「王爺，那蕭六郎也安排了人打探宋大姑娘的情形，似有企圖。」

趙臻鳳眼如電看向秦峻。「消息屬實？」

秦峻當即道：「啟稟王爺，消息確實是真的——他們尋的一個暗探，其實是我們的人。」

趙臻輕輕道：「耶律景深到底有什麼企圖？」

秦峻有些為難，張了張嘴，心一橫，道：「啟稟王爺，耶律景深似乎是想要劫掠宋大姑娘回去。」

趙臻冷笑一聲，道：「那咱們就將計就計好了。」

大安和遼國的互市，是內閣定下的大事，不能破壞，可是他可以在別的地方出手。覬覦宋甜的人，他是不會放過的！

再說了，若是捉到遼國皇帝的親弟弟，定能換回許多利益。

上房明間內，金太太正坐在羅漢床上縫製雪貂手筒。

宋甜挨著金太太歪在羅漢床上，一言不發，似是在想心事。

謝丹走了進來，手裡端著一個托盤，上面放著一碟切好的蘋果和一碟切好的雪梨。「甜姐兒，起來吃點水果。」

宋甜「唔」了一聲，從羅漢床上爬了起來，理了理衣裙，用銀叉子戳了片雪梨餵到了金太太嘴邊。「舅母，您先嚐一片梨甜甜嘴。」

金太太吃了一片，皺著眉就不肯再吃了。「冰牙得很，妳們年輕人吃吧！」

宋甜在謝丹旁邊的圈椅上坐下，給她使了個眼色。

謝丹會意。「娘，我帶甜姐兒去後院坐一會兒。」

「去吧去吧！」金太太笑著道：「記得待會兒都過來，妳們兩個的手筒快做好了。」

宋甜攙扶著謝丹出了門，把在茶閣跟彩霞一起烤火的紫荊叫了出來，吩咐道：「我給嫂嫂準備的那些東西，妳回去和月仙一起拿了，送到後院。」

到了後院，宋甜這才笑嘻嘻道：「嫂嫂，我給未來的小姪子準備了些東西。」

謝丹知道宋甜不愛虛偽客套，只笑著說了聲「多謝」，便不再多說。

紫荊很快就和月仙一起拿著禮物過來了。

原來宋甜原先不知謝丹有孕之事，如今知道了，特地準備了六斤上好的清水綿和兩疋柔軟透氣又厚實的松江闊機尖素白綾做禮物。

謝丹見那清水綿甚好，忙問宋甜。「這也是妳運到這邊來賣的？」

宋甜搖了搖頭。

方才在上房明間，她想的就是這個問題。

宋甜這次過來，的確帶了些清水綿，不過並不多。

今日她在市圈轉了大半日，發現市圈中交易的棉花，都是普通棉花，與她帶來的清水綿相差太遠，她才有了拿剩餘的清水綿到市場上試試的想法。

若是有市場，這次葛二叔回去，就讓他尋繼母的兄弟進購一批上好的清水綿，趕到明年秋天運來北境販賣。

兩人正說話，彩霞卻來了。「大奶奶，表姑娘，老爺回來了，請表姑娘過去。」

謝丹也要過去伺候，卻被宋甜攔住了。「嫂嫂，妳身子不方便，還是得多保重自己。」

走在迴廊中，宋甜問彩霞。「舅舅沒事吧？」

彩霞嘟著嘴。「老爺瞧著像是很不開心。」

宋甜心中納悶，加快腳步，往明間去了。

金太太不在明間。

金雲澤正氣咻咻地在明間喝茶，見宋甜進來，不待宋甜詢問，便把事情的來龍去脈說了。「這次黃楊屯之戰，自始至終主將都是宋百戶，也是宋百戶追擊來犯遼國騎兵一日一夜，全殲來犯之敵，可是那林總兵，他給沈總督寫的請功摺子裡，把功勞全給了他的大兒子林游擊——林游擊這幾日負責在城內巡視，根本就沒參與黃楊屯之戰！」

宋甜聽了，當下便道：「舅舅，您打算怎麼做？」

金雲澤慨然道：「林總兵雖是我的上司，可我也不能讓宋百戶被人搶了功勞，我也寫了一封文書，詳述這次作戰的情形，命人快馬送到薊遼總督府。」

宋甜端起茶壺，給金雲澤添滿茶盞。「舅舅，林總兵難道不知道宋百戶是沈總督的親戚？」

金雲澤只顧生氣，這會兒也想起來了。「對啊，沈總督是宋百戶的舅舅！宋百戶，可是當今三皇子豫王啊！他只顧生氣，怎麼把這一樁事給忘記了？

金雲澤一臉懊喪。「那可怎麼辦？我已經讓人把文書送走了，這會兒送信的人怕是走出百、十里路了……」

宋甜笑咪咪端起茶盞奉給了舅舅。「舅舅，您做得對。宋百戶不好意思誇自己，有您仗義執言，他升任千戶指日可待！」

這時候外面傳來趙臻的聲音。「承宋大姑娘吉言！」

片刻後，門簾掀起，穿著玄色錦袍，腰圍白玉帶，腳蹬鹿皮靴的趙臻走了進來，便要向金雲澤行禮。

金雲澤這會兒想起宋百戶便是豫王了，哪裡敢受趙臻這一禮，忙起身攔住，最後還是宋甜在一邊打圓場。「在家裡都自在些，先坐下吧！」

趙臻有事要和金雲澤說，略微寒暄了幾句便道：「金守備，你我去書房詳談。」

金雲澤聽了，忙引著趙臻去了書房。

宋甜這會兒沒事，就到西跨院和葛二叔盤點貨物去了。

下午又賣了兩車綢緞，剩下的幾車綢緞，估計在十月初十那次互市就能賣完了。

宋甜看著夥計們把換回的水獺皮、雪貂皮和灰鼠皮都裝了車、封上封條，當眾吩咐刀筆。「你去柳林酒樓叫五份上好席面和五罈杏仁酒送來，讓大家晚上好好吃頓酒，鬆快鬆快！」

兩個夥計、王慶和十二個排軍聞言，都笑著鼓起掌來。「多謝大姑娘！」

葛二叔笑得眼睛瞇起來，等宋甜帶著紫荊走了，這才道：「大姑娘待咱們好，咱們也好好效忠大姑娘，大姑娘自不會虧待咱們！」

眾人皆笑著應了聲諾。

宋甜回到上房，只見舅舅在明間內吃麵，趙臻卻不知去了何處，不由得一愣。

金雲澤見狀，道：「宋百戶帶士兵出城巡視了，過幾日就回來了。」

宋甜「哦」了一聲，面上沒什麼，心裡卻甚是牽掛。

她坐在金雲澤旁邊，給金雲澤布菜，忍不住問道：「舅舅，他去的地方危險嗎？」

金雲澤剛想說「軍人去的地方哪有不危險的」，可是抬眼看了過去，卻見宋甜殷殷望著自己，杏眼清澈，心裡一軟，柔聲道：「妳不必擔心，這次他是去與妳表哥會合，我把身邊的精銳都讓他帶去了——這話誰都別說。」

作為一城守備，他手底下的人都離開城池了，這事須得瞞得嚴嚴實實。

宋甜自是知道利害，忙抬手捂住耳朵。「舅舅，你說了什麼？我怎麼一句都沒聽清？」

見宋甜如此調皮，金雲澤不禁搖頭笑了，繼續用筷子挾起寬麵吃了起來。

這時金太太帶著彩霞走了進來，彩霞端著的托盤裡放著一個海碗。

「甜姐兒，我也給妳下了一碗羊肉熗鍋麵，快來吃吧！」金太太一進來就招呼宋甜。

宋甜本來不餓，可一聽說是舅母親手做的麵，頓時有了食慾。「舅母，我都好久沒吃妳做的麵了！」

麵寬寬的，很筋道，羊肉切得碎碎的，炒過之後更香了，湯也鮮香可口，配著碧綠的蒜苗，色香味俱全。

宋甜一個人勉力吃完了一大海碗麵，撐得難受，歪在羅漢床上讓金太太給她揉肚子。

金太太一邊揉，一邊道：「哎喲！都是大姑娘了，來說媒的人都不知道有多少了，還這麼幼稚貪嘴。」

金雲澤在一邊笑，笑著笑著，不禁想起早逝的妹子，眼淚就落下來了。

他低頭拭去眼淚，端起茶盞飲了一口。

轉眼到了十月初十互市之日。

這日宋甜又是滿頭珠翠，一身綾羅，打扮得如瓊瑤玉樹一般乘坐馬車跟著過去了。

蕭六郎一直命人查探著，得知宋大姑娘又來擺攤了，便叫來親信，如此這般交代了一番。

今日貨物賣得依舊很順利。

上次互市宋記商棧的名聲已經傳揚出去了，這次葛二叔一開張，就有好幾個遼人女商人圍了過來。不過一日工夫，剩餘的幾車綢緞就全部賣完了，連宋甜帶來的珠翠也都賣得乾乾淨淨，只餘下耳朵上的一對獨玉墜子還留著。

這時已是傍晚時分，天色黯淡。

王慶帶著排軍押著幾大車的皮貨人蔘，宋甜乘了馬車，一行人出了市圈，往城門方向而去。

從市圈到張家口堡，需要經過一段林間小道，然後才到了官道上。而一旦拐到官道上，就能看到前面的城門，所以最危險的便是行在林間小道那一會兒了。

一進入白樺林，王慶便拔出了那對雪花刀，眾排軍也拔出了刀，全神貫注護著馬車向前推進。

忽然，兩邊草叢中一陣密集的腳步聲傳來，緊接著一聲呼哨，卻見刀光閃閃，無數黑衣蒙面人出現在四周，舉著彎刀圍了過來。

第四十四章

自從進入白樺林，坐在車中的宋甜就全身繃直，握住了挨著她坐的紫荊的手。

白樺林裡的這段路，距離城門並不遠，卻因為白樺林林深樹密，還是有些危險，每次經過她都提著精神。

馬車一停下來，宋甜就知道意外發生了，伸手探入裙底，從鹿皮靴筒裡拔出兩把小匕首，自己留了一把，遞給紫荊一把，附在紫荊耳畔低聲道：「匕首的鋒刃有毒，在適當的時機保護自己，用來插入敵人胸口，一擊必中。」

發現紫荊身子在顫抖，原本也有些緊張的宋甜忘記了緊張，一下子穩定下來。

她伸出右臂，把紫荊攬在懷裡，低聲道：「別怕，有我。」

前世紫荊為了保護她死去，這一世她一定要好好保護紫荊。

紫荊本來緊張到全身發抖，被宋甜攬在懷裡，不知不覺就忘記了恐懼，挺直背脊，聲音發顫。「姑娘，我生死都要和妳在一起。」

宋甜用力「嗯」了一聲，手臂依舊攬著紫荊。

這時馬車的前壁傳來「篤篤篤」三聲敲擊，接著便是秦峻刻意壓低的聲音。「我們兄弟奉王爺之命，誓死保護姑娘，請姑娘放心。」

聽到秦峻的話，宋甜一顆心徹底放回了原處。

怕什麼？趙臻一直在守護她呢！

宋甜整個人鎮定了下來，她把車簾掀開一條縫隙往外探看。

這會兒夜幕已經徹底降臨，整座白樺林被陷入黑暗之中，只有偶爾閃現的雪白刀光，才能讓人感覺到危險的存在。

不管是埋伏在白樺林裡的黑衣人，還是王慶、馬千戶及護著馬車的宛州士兵和城內守軍，都全神貫注對峙著，等著對方先出手。

四周靜極了，急促的呼吸聲清晰可聞，樹上積雪落下的簌簌聲也聽得清清楚楚。

正在這時，一陣急促的馬蹄聲由遠而近，伴隨的是熊熊燃燒的火把和說話聲吆喝聲，聽著像是遼人語言，中間夾雜著一、兩句漢語。

馬蹄聲越來越近，火把照得來路亮堂堂的，接著便是蕭六郎的聲音。「前面是怎麼回事？」接著他便大聲呼喚道：「宋姑娘，妳還好嗎？」

宋甜靜靜地往外窺探著。

紫荊聽到聲音有些躁動。「姑娘——」

宋甜低低安撫她。「這遼人怕是不安好心，那些黑衣人有可能也是他的人，這會兒他來扮好人，是要瓦解咱們的防備心。」

跟紫荊說著話，宋甜依舊在觀察著外面的動靜，見那蕭六郎錦衣玉帶打扮得異常光鮮，滿臉笑容志得意滿，更加肯定了自己的猜測，略一思索，她掀開車簾探出頭去含笑道：「蕭六公子，您怎麼來了？」

蕭六郎率眾到了黑衣人身後，那些黑衣人略一猶豫，這才有一部分轉而把刀尖對準蕭六郎等人。

蕭六郎收斂笑容，正色道：「在下聽說宋姑娘離開，想著趕上來跟宋姑娘說句話——對了，這裡是怎麼回事？」

宋甜笑容燦爛。「蕭六公子，難道您沒看出來？這些人難道不是您的人？我剛才可是聽到他們在用遼語對話呢！」

黑衣人一陣躁動——他們一直未曾用遼語說話啊！

蕭六郎一時語塞，他也不能肯定提前埋伏下的黑衣人到底有沒有說遼語。他正要矢口否認，卻聽得圍住宋甜馬車的黑衣人中忽然傳出磕磕絆絆的漢語。

「別……廢……廢話——」接著便是一串嘰哩咕嚕的遼語。

宋甜當即大聲道：「蕭六公子，您還要否認嗎？」

蕭六郎眉頭皺了起來，瞪了方才出聲之處一眼，心道：哪裡來的廢物？壞我大事！

他當下一不做二不休，含笑道：「既然被宋姑娘識破，那在下就索性撕破臉皮。宋姑娘，妳就從了我吧！我品貌英俊，家道富貴，跟了我——」

只聽「咻」的一聲，一支快箭破空而來，徑直朝著蕭六郎的腦後射去。

蕭六郎周邊的衛士反應很快，揮刀擋了這支快箭，只聽「嗖」的一聲，這支快箭沒入馬車壁中。

瞬間，又有數箭連珠射來，竟是最厲害的連珠箭箭趕箭，衛士用盡全力，也只是擋住了前兩支箭，最後的一支箭疾如閃電沒入蕭六郎肩膀。

這支箭力度極大，蕭六郎瞬間向下栽倒。

黑衣人頓時亂了起來，紛紛上前保護蕭六郎，場面一時混亂之極。

宋甜用力在車前壁上拍了一下，低喝道：「往前衝！」

秦嶂也在等這個機會，幾乎與宋甜同時發出了指令，王慶是老江湖，馬千戶久經沙場，他們都在等這個機會。眾人配合默契，護送著馬車往前方衝出，把戰場留給處在最外圍的自己人。

馬車飛馳，顛簸得車廂中的宋甜和紫荊東倒西歪。

宋甜緊緊摟著紫荊，兩人靠在車廂角落裡竭力固定身子。

後面的喊殺聲、慘叫聲越來越遠，馬車駛上官道，前方城門近在眼前。

進入城門之後，馬車才停了下來。

宋甜急急問秦嶂。「要不要叫人去幫你們王爺？」

能夠射出力道那麼大的連珠箭，據宋甜所知，只有趙臻和他的弓箭教習。弓箭教習如今遠在宛州，方才射出連珠箭射倒蕭六郎的人一定是趙臻了。

秦嶂見宋甜已經猜到是豫王來解圍了，便說出實話。「宋姑娘，王爺自有計較，屬下的任務就是把您安全送回金宅。」

宋甜沈默片刻，低聲道：「傳話給大家，今晚之事回到金宅都不要提，免得舅舅、舅母擔心。」

秦嶂答了聲「是」，自去傳話。

馬車緩緩駛動，向前而去。

金太太今晚親自下廚，蒸了宋甜愛吃的宛州扣碗，正等著宋甜回來。

宋甜命人去柳林酒樓叫了幾個席面送到西偏院為眾人壓驚，自己洗了手臉，換了家常衣裙，在上房明間陪舅舅和舅母用晚飯。

蒸扣碗是宛州的特色，金太太蒸了一碗條子肉，一碗肉丸子，一碗炸排骨，又蒸了一碗炸蓮條，一碗素丸子和一碗炸豆腐，三葷三素，全是宋甜愛吃的。

宋甜今日受到驚嚇，晚上就化驚嚇為食慾，竟比平時飯量還要大不少。

金太太在旁見了，想著宋甜怕是白日太累、太餓了，便又挾了一個肉丸子給她。「妳還在長身子，多吃點也無礙。」

宋甜用罷晚飯，挨著金太太趴在羅漢床上，眼前擺著一本書，心裡卻在想趙臻。

她對趙臻信任得很，堅信趙臻一定會活捉蕭六郎，因此毫不擔心他的人身安危，只是怕他晚間過來看自己時還沒來得及用晚飯，便問金太太。「舅母，您炸的這些條子肉、排骨和丸子，廚房裡還有沒有剩的？」

金太太拍著宋甜的肩膀。「既然炸了，自然炸不少的，妳放心，明日還給妳蒸扣碗。」

宋甜撒嬌道：「舅母，我覺得宋百戶晚些時候也許會過來，到時候讓廚房給他蒸幾個扣碗，煮一小鍋碧粳粥。」

金太太見宋甜居然開竅，知道心疼未來的小女婿了，不禁笑了起來。「好好好！舅母交代廚娘，晚上等著給宋百戶蒸扣碗煮粥。」

宋甜小貓一般依偎著金太太。「謝謝舅母！舅母真好！」

她前世去世時也才十七歲，即使重生了，很多時候也還是小姑娘的心態，尤其是在舅舅、舅母面前，更是愛撒嬌、愛挨著舅母，聽舅母絮叨……

一直到了亥時，見趙臻還沒有過來，宋甜想著城門已經關閉，趙臻今晚怕是不來了，便戴上金太太給她做的灰鼠手筒，帶著月仙回東跨院去了。

宋甜在炕房裡舒舒服服泡了個澡，晾乾頭髮就睡下了。

月仙在東廂房睡。紫荊原本也睡在東廂房，只是她今晚受了驚嚇，非要跟宋甜睡一屋，宋甜便讓紫荊搬了鋪蓋過去，跟她一起睡在炕上。

子夜時分，宋甜睡得正香，卻被一陣敲門聲吵醒了。「姑娘，主子過來了！」是月仙的聲音。

宋甜穿上白綾襖，繫了條玫瑰紅錦裙，用一根簪子隨意綰住頭髮，便起身去開門。

紫荊被嚇住了，跟著醒來，小鳥一般緊跟在宋甜身後。

門外月仙打著燈籠，一個頭戴兜帽、身穿藏青緞面貂鼠斗篷的清俊少年正立在門外，一見宋甜，鳳眼含笑，聲音清朗。「甜姐兒！」

正是趙臻！他穿的斗篷正是宋甜給他做好從宛州帶來的！

宋甜心中歡喜，一把將趙臻拉了進來，上上下下打量著，口中道：「有沒有受傷？」

趙臻搖頭。「沒有。我很好。」

宋甜還不信，踮著腳伸手去解趙臻的斗篷，要細細檢查一番。

趙臻羞得耳朵紅透，卻也一動不動任憑宋甜動作。

月仙一眼見紫荊呆立在宋甜身後，伸手一把將紫荊拉了出去，低聲道：「咱們先回屋。」

紫荊扭頭看了一眼，聲音有些委屈。「我的鋪蓋還在姑娘炕上呢！」

這模樣讓月仙忍著笑，勸慰道：「今晚妳跟我睡就是，保證熱炕頭、暖被窩。妳先回房裡睡下，我還得過來服侍姑娘……」

她說著話，把紫荊送回東廂房安置睡下，自己又回正房服侍。

宋甜解了趙臻的斗篷，隔著衣服在趙臻背部、手臂、肩膀、腹部和腿上都摸了摸，發現他神色如常，這才相信趙臻沒有受傷，便又問他。「渴不渴？餓不餓？」

趙臻率眾把蕭六郎一夥人一網打盡，派人連夜送往薊遼總督府了，因怕宋甜擔心，他又叫開城門來到金宅，這會兒自然是又渴又餓，當下老老實實道：「很渴、很餓。」

宋甜起身吩咐月仙去廚房，還特地低聲交代了一句。「拿一個銀錁子賞廚娘。」

雖然舅母交代過廚房了，可是讓廚娘等到半夜，還是得給些賞銀才是正理。

不一時扣碗、熱好的葡萄酒和碧粳粥都送到了。

趙臻用飯，宋甜坐在他旁邊陪他。

趙臻習慣了寢不言食不語，不過宋甜問什麼，他就回答什麼。

宋甜得知那個蕭六郎是遼國皇帝的同母弟弟楚王耶律景深，不禁吃了一驚。「既然是遼國王爺，為何會來張家口堡這樣的邊境小城？他不擔心自己的安全嗎？」

趙臻瞅了宋甜一眼，道：「我已經派人把他送到總督府了，總督府自有能人，總會審訊出來的。」

宋甜單手支頤，「哦」了一聲，道：「臻哥，這遼國王爺總是不能殺的，你這麼費心費力逮他，你和沈總督想用他交換什麼？」

趙臻如此費心布局，甚至用她做誘餌，這耶律景深對趙臻一定有很重要的用處。

趙臻一聽，便知道宋甜猜到自己是用她做誘餌，引誘耶律景深入彀了，心裡一驚，一時不知道說什麼好，鳳眼幽深，看著宋甜。

他從來就不是什麼好人，甜姐兒會不會因此不喜歡他？

趙臻驀地想起多年前的一件往事。

那時候他母妃剛剛薨逝，他羨慕三哥趙致在父皇面前得寵，就想法子吸引父皇注意。

一次跟著嬤嬤在御花園玩的時候，他遇到了父皇。

父皇正抱著趙致，讓他搆玉蘭樹枝頭的白玉蘭。

趙臻想讓父皇看到自己，悄悄爬上了旁邊一株虬曲低矮的梅樹，然後故意鬆手，從梅樹的樹枝上摔了下來，雖然不怎麼疼，他卻故意大哭起來。

父皇牽著趙致的手，只是淡淡看了他一眼，直接吩咐侍衛把嬤嬤拖下去打。

趙臻為了救嬤嬤，跪在地上承認自己是故意的。

父皇放過了嬤嬤，卻把他叫到御書房，當著閣臣的面，說他「小小年紀心眼忒多」、「小時不擇手段，長大必不是良善之輩」。

他脹紅著臉立在那裡，身上白袍還沾著泥，靜靜聽父皇一句句說著斥責的話。

是啊，他就是心眼多，就是不擇手段……

甚至，宋甜待他那樣好，他還利用宋甜，用她做誘餌，設計捕捉耶律景深。

宋甜一定不喜歡他了……

宋甜沒聽到趙臻的回答，抬頭看了過去。

趙臻看著宋甜的眼睛，低聲道：「三舅舅麾下有一員猛將，名叫李耀慶，是從高麗回歸的漢人。李耀慶作戰中戰馬踏空，落入陷坑，被遼人俘虜。他作戰勇猛，有勇有謀，手下六萬李家軍，唯他馬首是瞻。」

他雙手交叉環胸。「我想用耶律景深換回李耀慶。」

宋甜依舊看著他，杏眼清澈，等著聽後續。

她知道趙臻還沒說完。

前世她就知道，一般聰明人行事是走一步看三步；趙臻行事，卻是走一步看十步二十步三十步。

他總是看得很遠，想得很深，佈置得很早。

以至於前世趙臻中毒而亡，宋甜一直不能接受──如此深謀遠慮、智計百出的趙臻，居然會死於最低級的投毒？

對著宋甜的眼睛，趙臻忽然覺得有些狼狽，移開視線，有些賭氣地道：「我想得到李耀慶及其麾下李家軍的支持。」

把心底深處的實話對著宋甜說出來之後，趙臻忽然有了一種極其詭異的放鬆感，類似於向宋甜表明──我就是這樣的人，妳看著辦吧！

宋甜笑了。「原來如此。」她看著趙臻，認真道：「你若是提前和我說，我會更好地配合你的。」

前世李耀慶就是趙臻麾下一員猛將，在抵禦遼人侵略中立下汗馬功勞。

只是此人桀驁不馴，趙臻去了後，薊遼總督沈介也不明不白死去，再也沒了能夠控制他的人，李耀慶與接替趙臻的韓王趙致發生衝突，帶著手底下的軍隊叛逃，投奔了女真人……

趙臻瞟了她一眼。「我並不擔心妳，我只是怕妳手底下的人露出破綻。」

宋甜知道他嘴硬，當下道：「反正你要知道，我總會支持你的。」她想起前世之事，忙道：「我聽說那個李耀慶一向桀驁不馴，你有控制他的法子嗎？」

趙臻看了看她，垂下眼簾。「我自有計較。」

宋甜早習慣他什麼都不說，也沒再追問。

待趙臻用罷飯，夜已深，他要回金雲澤的外書房休息。

宋甜起身送趙臻離開。

夜色中，小廝打著燈籠，引著趙臻往前去了。

外書房東廂房收拾得潔淨溫暖，衾枕都是嶄新的，散發著薄荷香胰子特有的清新氣息。

趙臻洗漱後穿著中衣躺在床上，疲憊極了，卻無法入睡。

他一直以為宋甜是喜歡自己的，所以才願意為自己付出那麼多。

經歷了今夜之事，趙臻忽然沒有自信了。

本來他生怕宋甜生氣的。可他用宋甜做誘餌，捉住了耶律景深，宋甜卻絲毫不生氣，還覺得他做得很好，這說明什麼？

說明宋甜很理智。為什麼宋甜會這麼理智？

因為宋甜是把他當作王爺、當作上司、當作合作夥伴，卻沒有把他當作喜歡的人……

想到這裡，趙臻心裡說不出的難過。

他翻了個身，臉朝裡側身躺著。

宋甜如今還沒遇到喜歡的人，若是她以後遇到了喜歡的人呢？

宋甜那樣聰明，又熱愛自由，她會不會跟著她喜歡的人遠走高飛？到了那時候，即使得到了夢寐以求的皇位，把趙致踩在了腳底下，可是沒了宋甜的陪伴，他日日面對著空盪盪的宮殿，身邊皆是陌路人，又有什麼趣味？

想到這裡，趙臻發現，不知不覺中，宋甜已經進入他的生活，成了不可分割的一部分。

他覺得有些怕。

怕自己有了軟肋，怕自己被宋甜輕易捨棄，更怕自己像母妃一樣，付出一顆真心卻被無情踐踏……

早上宋甜去上房給舅舅、舅母請安。

金雲澤已經去守備衙門了，上房裡只有金太太。

金太太笑著道：「甜姐兒，妳來得正好，陪舅母用早飯吧！」

宋甜自然是答應了，卻問起趙臻的起居。「舅母，宋百戶昨夜來了，歇在了舅舅的外書房，他夜裡睡得晚，早飯晚些時候再讓人送去。」

金太太瞅了宋甜一眼，笑了起來。「甜姐兒，妳還不知道呢，宋百戶天沒亮就走了。」

宋甜吃了一驚。「他夜裡剛來，怎麼那麼早走？」

金太太見宋甜也不知內情，便道：「像是有急事，要趕著城門開的時間，急匆匆就帶著跟隨的人離開了，妳舅舅也不知道原因。」

宋甜心中納悶，一直到用罷早飯，也沒猜出原因，便不再多想，帶著紫荊去了西偏院，送葛二叔他們運送從互市上換回的各種毛皮和人蔘等物回宛州。

夥計們裝車的時候，宋甜跟葛二叔商議這些貨物是運送到京城，還是直接運回宛州。

宋甜擔心，單是宛州城根本消化不了這麼多皮貨和山參。

她的意思是這些皮貨和山參在京城銷得更快，利潤更高，而黃蓮在延慶坊有皮貨鋪和生藥鋪，這些皮貨和山參可以留一批在他那裡，或者賣給他，或者寄賣，到底比在宛州利潤更高且不易積壓。

葛二叔沈吟了一下，道：「大姑娘您的話在理，可是沒有老爺的吩咐，臨時求見黃太尉，黃太尉高高在上，我哪裡能見得著呀？」

宋甜很了解黃蓮，微微一笑，道：「我有法子。」

她把提前寫好的一封信和隨身帶在身邊的她爹的拜帖一起遞給葛二叔。「到了京城，你讓夥計在碼頭守著，你拿著這封信去太尉府，然後把我爹的拜帖給門房，黃太尉應該會見你。待見了黃太尉，你再把我這封信給他就是。」

葛二叔將信將疑，接過這封信，妥善地收了起來。

貨物很快都裝罷，葛二叔等人要出發了。

宋甜一直把葛二叔送到了大門外，再三叮囑。「不管遇到什麼事情，人命比什麼都重要，錢可以再掙，人命卻只有一條。」

葛二叔會意。「大姑娘，我知道了，您放心吧！」

王慶在一邊聽了，心中感動，忍不住也開口道：「大姑娘，您放心，我和眾兄弟以後就認定大姑娘了，一定會好好護著葛掌櫃和貨物的。」

宋甜沒那麼多花言巧語，卻真誠善良，把他們這些刀口舔血的當自己人看。

江湖人講究以心換心，以真誠換真誠。跟圓滑世故的宋志遠相比，他和兄弟們都更服氣聰明善良、待他們真誠的宋甜，願意跟著宋甜。

宋甜聞言開心極了。「那我等你們明年還過來！」

眾人應了聲諾。「大姑娘放心，小的明年還護著葛二叔過來！」

金雲澤擔心王慶和他帶來的那十二個排軍不夠用，又撥了二十個精壯士兵護送葛二叔他們去宛州。

第四十五章

宋甜目送車隊越行越遠，漸漸消失在街道盡頭，心裡不免空落落的。

到了晚上，金雲澤在守備衙門值夜，晚上不回來了。

宋甜和謝丹在上房陪著金太太說話。

謝丹閒不住，拿了些白綾出來，裁剪成帕子，用繡綳綳著，預備在白綾上繡花。

宋甜在一邊看了一會兒，見謝丹繡的桂花甚是玲瓏可愛，便也裁剪了一方帕子。「嫂嫂，我也來繡一方帕子。」

金太太笑著問她。「甜姐兒，妳打算繡什麼？」

小炕桌上鋪著紅氈條，宋甜把帕子攤開在紅氈條上，在上面勾勒著，不知不覺就勾勒出了牡丹花的形狀。

她腦海裡浮現出在京城豫王府時趙臻畫的那些牡丹，沈默了片刻，這才道：「我想繡牡丹。」

謝丹湊過來看。「並蒂牡丹嗎？」

宋甜想起趙臻，不由自主道：「不，不是並蒂牡丹，是一朵洛陽城的白雪塔，一朵宛州城的紅月季花。」

在京城豫王府，趙臻曾吩咐小廝送了幾盆牡丹花到她的住處，其中就有一盆白牡丹花，花名喚作白雪塔，又叫玉樓春。

白雪塔花盛開時潔白如雪，晶瑩剔透，層層堆積如玲瓏之塔，因此被稱為白雪塔，那是宋甜見過最美、最純淨、最華貴的牡丹花。

白雪塔盛開在王府花園，就像趙臻生長於皇宮大內。不管是白雪塔，還是趙臻，都是那樣好看，那樣潔淨，那樣高貴，那樣不容褻瀆，高高在上。

即使兩世為人，兩世親近，宋甜看趙臻，依舊像是在看高高在上的御園白雪塔，在仰視夜空中的明月。

過了半個多月，謝丹去宋甜住的東跨院做客，忽然想起宋甜繡的帕子，忙問宋甜。「甜姐兒，妳繡的那方帕子呢？」

宋甜若無其事抽出了一方白綾帕子遞給謝丹。

謝丹接過來一看，見上面繡的是柳間鸚鵡，便笑著道：「我怎麼記得妳繡的是白牡丹花和紅月季花呀？」

宋甜正要把話題引開，紫荊已經從宋甜枕頭下面掏出了一方疊得整整齊齊的白綾帕子遞了過來。「大奶奶，您看看我們姑娘繡的帕子！」

謝丹接過來一看，卻見這白綾帕子是用淺綠絲線鎖邊，上面用白絲線加銀絲線繡著一朵碗大的白牡丹花，花瓣層層疊疊，花心透著些綠，極為好看；牡丹花旁邊，則繡著一朵小小的指甲蓋大的紅月季花。

謝丹忍著笑道：「甜姐兒，妳不是說要繡一對白牡丹和紅月季嗎？一個這麼大，一個如此小，如何能稱得上『一對』？」

宋甜垂下眼簾。「對啊，京城白牡丹和宛州城紅月季，如何能做一對呢？」

謝丹聰慧得很，覺得宋甜這話說的有些怪。

她思來想去，想起那個天仙般的宋百戶已經有一段時間沒有登門了，又憶起自己當年在閨中時的一些女兒心態，朦朦朧朧有點猜到宋甜的心思，便溫聲道：「有句話叫『情人眼裡出西施』。妳覺得京城白牡丹和宛州紅月季不搭配，可也許白牡丹覺得紅月季就是好看呢？白牡丹心裡在想什麼，別人不問又怎會知道？」

宋甜思索了良久，最後笑嘻嘻道：「那我重新繡吧，這朵紅月季花太小了，我繡成一大簇，簇擁著這朵白牡丹好了！」

她起身拿了繃子和針線籃。

不管在趙臻心裡，她重不重要，她只管做自己就是。

前世趙臻並不見得喜歡她，不也得到消息就去見她，甚至還抱起滿身血污的她離開，把她入殮安葬嗎？原來是她自己起了貪心，妄想得到更多啊！

想通之後，宋甜把那一簇紅月季花繡完，就繼續忙碌她的收購張家口堡房產的事業去了。

張家口堡一直作為北境對敵的堡壘存在，城中除了官員和軍人的家眷、來參加互市的商人，本地的居民並不多，城中房產甚是便宜。

宋甜上午剛放出風聲，聲稱要買十字街附近的商鋪並一套宅院，下午就有人來尋她賣宅子。

宋甜花了二十多天時間，終於看中一個三進的宅子買下來。

這宅子原本是林總兵的府邸。

林總兵前些時候因故調離張家口堡，離開前便把宅子賣掉。

這宅子距離金宅不遠，由外到裡總共三進院子，由東邊一道迴廊相通。各房裡都鋪有地龍，燒起地龍，每間屋子都很暖和。

買下宅子後，宋甜便把打掃新宅的任務交給了秦嶂、秦峻兄弟。

轉眼就進入臘月，很快就要過年了。

除夕這日，金太太按照宛州風俗，帶著宋甜在廚房裡調了葷素兩種扁食餡，預備包葷素兩種扁食，等金雲澤和金海洋父子到家，闔家煮扁食吃團圓飯，一起守歲。

謝丹的肚子已經有些明顯了，金太太不讓她做活，讓她回房歇著。

可謝丹閒不下來，就扶著丫鬟，到庭院裡看小廝貼對聯。她正指揮著小廝把貼錯的對聯換回來，忽然聽到一陣腳步聲，抬頭看去，原來是金海洋同一名身材高眺、容顏清俊的少年繞過影壁，一起走了進來。

謝丹下意識就要迴避，忽然想起北境民風自由，不像宛州那邊講究男女大防，女眷不能見外男，略頓了頓，扶著丫鬟迎上前去，含笑道：「大郎回來了。」

金海洋一直在邊境巡視，有好幾個月沒回家了，乍一見到妻子也是歡喜，忙介紹一邊的少年道：「這是我的同僚林游擊。」

又向林游擊介紹謝丹。「拙妻謝氏。」

林游擊約莫十九、二十歲模樣，雖是武將，卻肌膚白皙，形容俊秀。

他與謝丹彼此見了禮，口稱「嫂嫂」，稱金海洋為「大哥」，十分親熱。

謝丹示意金海洋引著客人去外面廳堂坐，好讓人奉茶，金海洋卻笑著道：「我和林二弟是過命的交情，自是通家之好，不用迴避——對了，娘呢？」

謝丹懷疑眼前這位俊秀的林游擊，就是前些時候請崔參將太太來說媒的那個林總兵之子林游擊，先回答金海洋。「娘和大姐兒在廚房包扁食，廚娘是本地人，調不出咱們老家那邊的風味。」

她又含笑看向林游擊。「不知前些時候調離遼東鎮的林總兵——」

「林總兵乃是家父。」林游擊彬彬有禮答道。

謝丹正要說話，金海洋卻已經引著林游擊往廚房方向走。「我先去看娘去！」

他帶兵在外巡視，已經好幾個月沒見娘親了，娘還不知怎樣想他呢！

金太太得知金海洋回來，急急洗了手，和宋甜一起從廚房出來，恰好在廚房院子門外遇到了。

林游擊見到宋甜，俊臉微紅，垂下了眼簾。

而宋甜只顧看表哥，倒是沒注意林游擊。

她見表哥黑了些，似乎更高更壯實了，看起來神采奕奕，生機勃勃，心中也是歡喜。

彼此見罷，謝丹攙扶著金太太，金海洋招呼著林游擊，一起去往上房明間。

宋甜卻沒有過去。

今晚是除夕，闔家吃年夜飯，她得留在廚房看著廚娘準備年夜飯，等舅舅回來，就可以開席了。

待一切齊備，宋甜正在挑選年夜飯用的酒，謝丹扶著丫鬟過來了。「父親回來了，讓她們準備擺飯吧！」

宋甜聞言，當即不再猶豫，決定今晚酒席就用北境這邊特有的奶子酒，讓廚娘去熱一下，自己和謝丹在這邊等著。

她想起席面的安排，忙問謝丹。「嫂子，席面得分男女兩席吧？」

若是只有金家人，自然是全家坐在一起吃團年飯。可如今多了林游擊這個外人，分席會更方便些。

謝丹點了點頭，道：「到時候母親、妳和我一席，擺在上房明間；父親、大郎和林游擊一席，擺在東廂房。」

她擔心宋甜生金海洋的氣，當下解釋道：「妳表哥不知道林游擊曾經託人來求親之事，這才帶林游擊過來的。妳表哥在邊境巡視時，曾遇到一支遼人馬賊，敵眾我寡，幸虧林游擊帶著士兵趕到，趕跑了那群馬賊。兩人是同僚，妳表哥覺得林游擊為人志誠，值得結交，想著林總兵闔家搬到滄州了，只餘林游擊孤零零一個在張家口堡，就邀請他來咱家過年。」

宋甜聽表嫂絮絮解釋著，不由得笑了起來，挽住謝丹，道：「我才不在意呢！我長得好看，往後應該還會有人來求親，難道從此以後我都避著走嗎？大大方方相處就好了呀！」

見宋甜如此瀟脫，謝丹這才放下心來，道：「聽妳這樣說，我就不擔心了。」

宋甜伸手隔著白綾襖摸了摸謝丹隆起的腹部，笑盈盈道：「嫂子，林游擊救了表哥，我還要謝謝他呢！對了，表哥知道嫂嫂有了身孕嗎？」

謝丹有些羞澀。「我還沒來得及告訴他。」

宋甜笑了起來。「表哥若是知道，一定會歡喜極了！」

她忍不住問謝丹。「嫂嫂，那個林游擊大名到底叫什麼？」

謝丹道：「我聽著似乎是叫林琦，字青玉。」

她想起金海洋讓她幫著打聽附近有沒有院落典租，似是要幫林游擊找一座宅子居住，便問宋甜。「我記得這段時間妳一直在張羅著買宅子，如今買到沒有？」

宋甜笑了。「我買到了三個宅子，其中有一個就是林游擊家的老宅，距離咱家最近，我買下來後，讓秦嶂和秦峻哥倆在那邊拾掇，還沒去看，等過完年，妳和舅母陪我去看看。」

雖然舅舅一家待她很好，可是明年開春，葛二叔帶著製鏡師傅等一大群人來到，金宅哪裡夠住？

再說了，表嫂明年要養胎生產，需要一個安靜的環境，而明年宋甜的生意就要鋪開局面，到時候一天到晚人來人往，貨來貨往，人嚷馬嘶的，委實太吵鬧了。

因此，宋甜預備過完年就搬出去住。

謝丹笑著答應了下來，把宋甜的話記在心裡，打算晚上再跟丈夫說。

這時廚娘來回稟，說酒熱好了。

宋甜就吩咐道：「開始上菜吧！」

一時酒菜齊備，男女兩席都開始飲酒。

酒過三巡，金海洋帶著林游擊來給金太太敬酒。

宋甜坐在席間，乘機打量林游擊，見他生得肌膚白皙，面如冠玉，甚是清俊，不由在心裡讚嘆了一聲：這林游擊長得著實不錯！

林游擊飲了些酒，眼皮微紅，鼓起勇氣和宋甜說道：「宋姑娘，先前的事，是在下莽撞了，真是對不起！」

宋甜見他把話說開，很佩服他的坦蕩，當下道：「不知者不怪罪。林游擊不要把這件事放在心上。」

林游擊聽宋甜這樣說，有些激動，脹紅著臉道：「黃楊屯之戰，我爹他……他對不起宋總兵，我已經代我爹向宋總兵道歉了。」

「宋總兵？」宋甜詫異道：「是宋百戶嗎？」

林游擊也愣住了。「宋百戶已經榮升為總兵，接替我爹，負責遼東鎮的防衛——宋姑娘不知道嗎？」

宋甜臉上的微笑瞬間凝滯。「我還真不知道呢！」

原來近三個月沒見，趙臻已經榮升為總兵了，而且管轄區域就包括張家口堡，他卻一次都沒來看她。

彼此距離這麼近，他卻不肯來。趙臻可真狠啊！

宋甜的心陣陣蹙縮，難受極了。

她竭力維持著臉上的笑容，又敷衍了兩句，這才坐了下來。

金海洋和林琦離開之後，宋甜端起一盞酒，一飲而盡。

這種奶子酒喝起來甜甜的，帶著甜蜜的奶香，後勁卻足。

金太太已經察覺到宋甜的異常了，見宋甜又斟了一盞飲下，忙拉住宋甜的手，把酒壺拿開，道：「這酒後勁大，妳別再喝了。」

謝丹也試著寬慰宋甜。「甜姐兒，宋總兵剛升了職，一定忙碌得很，他又年輕，單是那群老兵油子就不會服他，總得慢慢收攏人心。等他閒下來，說不定什麼時候就來了。」

金太太沒有說話。

如今宋總兵就在城中，卻看都不看甜姐兒，連個消息都不曾傳來，可見待甜姐兒也不夠用心。如今就這樣，以後可怎麼辦呀？

宋甜大大杏眼似濛著一層水霧，亮晶晶的。

她拈著空酒盞，笑容燦爛。「舅母，一家人難得在一起，我想再飲一杯！」

宋甜心口空空的，難受得很。

她酒量差，喝點酒就想睡覺，正好喝幾杯酒回去蒙頭大睡，忘記煩憂。

金太太拗不過她，只得親自給她斟滿，看著宋甜飲下，便讓丫鬟把酒壺、酒盞都收走。

用罷飯，宋甜有了酒意，扶著紫荊回東跨院了。

金太太把林琦安置在外院金海洋的書房歇下，等金雲澤回來，問起了宋百戶榮升宋總兵的事。

金雲澤默然片刻，道：「宋總兵如今是我的頂頭上司，他不提甜姐兒，不提親戚關係，也不提到咱家看望甜姐兒之事，我也就沒有和妳們娘們提。」

金太太還不知道宋百戶的真實身分，納悶道：「宋百戶不會是榮升了總兵，嫌棄咱們甜姐兒配不上他了吧？」

金雲澤過了一會兒方道：「且等著瞧吧，若他真是這樣想的，那他也配不上咱們甜姐兒，斷就斷了吧！」

金太太氣得心口疼。「這麼近，居然一次都不登門來看甜姐兒！這姓宋的，不就仗著自己長得好看，又是沈總督的親戚，嫌棄咱們甜姐兒了嗎？他不稀罕咱們，咱們也不稀罕他！」

宋甜回到房裡坐下，覺得臉上癢癢的，伸手摸了摸，才發現不知何時落淚了，而且淚水居然結冰了……

她坐在那裡，伸手摳下臉上的冰屑，用指頭捏著湊在燭臺前看，卻發現已經化成了水。

洗漱罷，宋甜見紫荊早在炕上鋪設衾枕，便脫去外衣，鑽進熱呼呼的被窩躺了下去。

被窩早鋪在炕上了，暖意隔著厚褥，自有一種舒適之感。

宋甜滾了滾，讓錦被把自己緊緊裹住，閉上了眼睛。

沒有趙臻陪伴，有溫暖的被窩也好啊！

過完年，她得趕緊去看看秦嶂、秦峻把院子收拾得怎麼樣了，尤其是地龍，一定要讓他們好好修。她掙了好多錢，有溫暖舒適的宅子，沒有趙臻陪伴也沒關係……

宋甜想著想著就睡著了。

夜深了。

密集的鞭炮聲早已停息，偶爾會響起一、兩聲炮仗聲，乾冷的空氣中瀰漫著幽微的火藥氣息，似乎被凍在了空氣之中，無法散去。

馬蹄聲由遠而近，在一扇嶄新的大門外停了下來。

身穿藏青緞面貂鼠斗篷的趙臻下了馬，仰首看前方嶄新的紅漆大門——大門上方掛著一塊黑漆匾額，上書「宋宅」二字，旁邊掛著一對燈籠，上面也是「宋宅」二字。

住在新宅子裡的秦嶂、秦峻得到消息，出來迎接。

趙臻隨著秦嶂秦峻進了大門。

秦嶂殷勤地引著趙臻往前走，口中道：「主子，您要不要先看看房間裡面？都是按您的吩咐修整的，鋪了地龍，還鋪了厚厚的地氈，瓷器擺設也都是從京城運來的。」

趙臻搖了搖頭。「我在外面轉轉就行。」

秦嶂眼珠子滴溜溜一轉。「主子，刀筆剛才從金宅過來了，要不要屬下叫他來回話？」

趙臻沒有說話。

秦嶂當即給秦峻使了個眼色，過了一會兒秦峻就帶著刀筆過來了。

刀筆早得了秦峻的吩咐，行罷禮，便道：「主子，今晚金宅熱鬧得很，林游擊隨著金千戶到金宅過年，宋姑娘幫金太太準備了席面，全家聚在一起，飲酒說話，一直鬧到亥時才散，小的也是剛剛回來。」

趙臻眉頭微蹙。「林游擊？」

刀筆恭謹地又施了一個禮。「啟稟主子，這位林游擊，就是先前林總兵的兒子林琦。」

秦嶂在一邊忽然插了一句。「主子，這位林游擊，就是尋了媒人去向宋大姑娘求親的那個林游擊。」

趙臻沒有答話，秦嶂察言觀色，開口問道：「主子，屬下帶您去後面院落看看？」

趙臻莫名地有些煩躁。「太晚了，不必去了。」

秦嶂又道：「主子，您這會兒回守備衙門嗎？」

作為遼東鎮總兵官，趙臻的總兵府位於張家口堡以北的遼海城，他來張家口堡，臨時住在張家口堡的守備衙門後衙。

趙臻沈默了片刻，道：「回守備衙門吧！」

送趙臻出去的時候，秦嶂活潑得很，囉囉嗦嗦道：「主子，屬下明日一早還得去金宅見宋姑娘，宋姑娘明天要去城隍廟，屬下兄弟隨從保護……」

趙臻一直沈默地聽著，一直到認鐙上馬，騎在了馬鞍上，這才開口吩咐道：「明日扈從宋姑娘，須得用心。」

秦嶂、秦峻齊齊答了聲「是」，恭送趙臻在親兵簇擁下離開。

金家待客十分周到，林琦歇在外院金海洋的書房，除了他帶來的小廝林富，金家另派了一個小廝元寶供他使喚。

元寶是金海洋的書童，今年才十二歲，一張大圓臉，胖乎乎的，還挺可愛。

林琦洗好澡出來，見元寶送了些洗漱用的物件過來，其中有一個小小的青色瓷瓶，上面繪著兩朵盛開的白牡丹，甚是可愛，便拿起來把玩，順口問元寶。「這裡面是什麼？」

元寶解釋道：「林公子，這裡面盛著抹臉的香脂，北境天氣太乾，洗完臉用香脂抹臉，特別滋潤。」

林琦拔開塞子，把青瓷瓶舉到鼻端聞了聞，只覺香氣清淡悠遠，甚是好聞，有心給遠在滄州的母親和妹妹帶一些，便問道：「從哪裡可以買到這個香脂？」

元寶笑了。「這香脂咱們張家口堡可買不到。這是表姑娘家在宛州的胭脂鋪裡賣的，您瞧這裡——」

他湊過來指著瓶身給林琦看。「這對白牡丹旁邊有金色的小字『宋記』，正是表姑娘家產業的標記。」

見林琦眼中滿是好奇，元寶笑嘻嘻道：「這香脂真的好用，林大人您不如試試看。」

林琦在元寶的指點下，倒了些香脂在左手手背上，發現這香脂甚是濃稠，散發著的清香，用手指暈開，肌膚舒適之極，先前用香胰子洗後產生的乾燥感瞬間消失了。

「這種香脂還真不錯，」他忙問道：「你們表姑娘那裡還有貨嗎？」

元寶搖頭。「這我就不知道了。表姑娘這次過來，送了不少給我們太太和大奶奶，倒是不知道表姑娘那裡還有沒有了。」

林琦記在心裡，忽然想起晚上提到宋百戶榮升為總兵之事時，宋甜似乎吃了一驚，便先拿一塊碎銀子賞給元寶，然後狀似隨意地問道：「我來到你們府上才知道，你們表姑娘與遼東鎮新任宋總兵訂親了，為何我們在軍中未曾聽過這件事？」

元寶也有些納悶。「宋大人先前還是宋百戶的時候，倒是常來我們宅上走動的，這幾個月不知怎的，一直未曾登門，因此我們都不知宋大人榮升的事。」

想到小小年紀的宋大人，一躍而上成為自家守備大人的頂頭上司，元寶嘆息道：「按說訂親了，彼此是親戚，三節六禮該有的，可是過年宋大人也沒派人來走動，許是宋大人做了大官，看不上我們表姑娘了吧！」

林琦聞言，心中隱隱生出歡喜來，又問了元寶幾句，這才讓元寶退下了。

第四十六章

雖然到了北境，可金家依然頑強地堅持著宛州風俗——大年初一入廟燒香。

大年初一早上，金雲澤要到守備衙門輪值，便由金海洋護送母親、妻子和表妹去城中的財神廟燒香。

因謝丹懷有身孕，乘坐馬車有些顛簸，所以金太太、謝丹和宋甜坐了三頂暖轎，由金海洋、林琦與秦嶂兄弟等人騎馬護送，出門往城隍廟去了。

城隍廟位於城東一片蒼翠松林中。

下了轎子，宋甜一行人步行進入松林，沿著鋪設紅磚的甬道往前走。

金海洋陪著謝丹在前，宋甜與林琦一左一右陪著金太太在後，一邊走，一邊說笑。

秦峻等人遠遠跟在後面。

林琦把話題引到了昨晚元寶送去的香脂上。「宋姑娘，這種香脂十分清香滋潤，我想給家中姊妹和母親帶一些回去，請問您那裡還有貨嗎？」

宋甜一聽生意上門，歡喜得很，笑容燦爛。「我這裡暫時沒貨了，不過過完年二月底三月初，我家的夥計就會從宛州運送貨物過來。」

她接著道：「我們宋記胭脂鋪的這種香脂，有白牡丹香脂、有玉梨香脂、有蠟梅香脂、有素蓮香脂，還有玫瑰香脂，年齡不同，用的香脂也不同——令姊妹今年多大了？」

想到自家妹妹，林琦不由微笑。「我家小妹今年十四歲了，特別淘氣。」

宋甜熱情萬分地推薦。「令妹十四歲，可以用玫瑰香脂和玉梨香脂；令堂可以用素蓮香脂。我手邊還有幾瓶，今日回去，我讓人送去給你。」

林琦的爹爹貴為總兵，他的母親、姊妹若是能使用她家的香脂，也許能為她家帶來不少生意呢！

林琦笑著答應了下來。「那我先謝謝宋姑娘了！」

金太太微笑著聽林琦和宋甜搭話，到了這時便插了一句。「甜姐兒，妳不是說白牡丹香脂適合年輕男子使用？乾脆也送一瓶給林游擊吧！」

宋甜笑著答應了下來。

一時進了財神廟。

張家口堡財神廟供的財神乃是關帝爺。

關帝爺像前燈燭瑩煌，香煙繚繞，幢旗不斷，寶蓋相連，頗為莊嚴肅穆。

宋甜如今對發財很是執著，虔誠得很，跪拜祈禱畢，又繳納了一兩銀子香油錢。

林琦身為武將，雖然不拜財神，對忠勇的關帝爺卻甚是推崇，因此也拜了三拜，奉上了一兩香油錢。

張家口堡的財神廟香火甚是寥落，好不容易遇到貴客上門，自是熱情得很，主持吩咐沙彌在方丈中擺下茶點，請金太太等人入座。「小僧略備茶點，眾菩薩請入座！」

金太太等人進入方丈坐下。

主持吩咐小沙彌端了素餅清茶進來，安置在方桌上，自己在旁陪坐，請眾人用些茶點。

金太太等人隨意用了些茶點，與主持說著閒話。

謝丹坐不住，想要逛逛寺廟，金海洋自然是要陪著出去。

金太太笑著道：「我年紀大了，懶怠動彈，大姐兒，林大人，你們年輕人也都跟著出去逛逛吧，留彩霞和元寶在這裡陪我就是。」

當下四個年輕人出了方丈。

金海洋陪著妻子走在前面，輕聲說著話。

宋甜不想打擾表哥、表嫂柔情密意，便特意落後幾步，與林琦走在後面。

因是大年初一，這財神廟內甚是寂靜清幽。

林琦先前曾來過這裡，一邊走，一邊給宋甜講解廟內鐘鼓樓和藏經閣的典故。

宋甜與林琦接觸久了，發現林琦與想像中不同，脾氣很好，為人踏實誠懇，說話做事不急不慢卻很有原則，而且很斯文，這些都跟趙臻有些像，連樣貌也有幾分像趙臻，因此對他很有好感，聽得很專注。

四人把財神廟逛了個遍，林琦道：「出了財神廟山門往東走不遠，有一片蠟梅林，我曾陪伴小妹在裡面遊玩，小妹還收集蠟梅上的雪烹茶，不知如今蠟梅枯萎沒有。」

金海洋聞言看向謝丹。「我記得妳先前在宛州時，也曾採集過梅花雪──」

謝丹也想起了往事，眉眼皆是笑意。「後來我烹了梅花雪水給你沏茶，茶味是不是很好？」

「清茶中帶著梅花清香，很是特別。」金海洋想起往事，不禁嘆息。「也不知何時，我倆才能再回故鄉……」

林琦心裡一動，看向宋甜。「不知宋姑娘何時回宛州故土？」

宋甜原本還滿眼笑意，聞言笑意瞬間消失，過了一會兒方道：「待這邊生意穩定了，我就回宛州。」

前世趙臻在遼東待了兩年，這一世不知會不會和前世一樣。

宋甜還是堅定自己的想法，只有永泰帝和韓王跌下來，趙臻才能真正安全，因此她打算一邊做生意，一邊追隨趙臻，這樣若趙臻還像前世那般中毒，她也能立即給予施救。

想到這裡，宋甜想起自己早想尋些野兔之類試驗解毒藥物，便看向林琦。「不知林大人是否打獵？」

林琦點了點頭。「閒暇時候我倒是常去城外打獵。」

宋甜微微一笑。「大人若是獵得活兔子，請給我一些，我自有用處。」

林琦滿口答應了下來。「我原本打算初三那日帶人出城打獵，若是獵得野兔，一定給妳送去。」

四人說著話，慢悠悠往山門外走去。

到了林琦所說的蠟梅林，宋甜發現蠟梅花雖然還在，卻大多都有些乾萎了，心中不免遺憾。「哎，這些蠟梅都過花期了，再看得等到明年冬天了……」

林琦聞言忙道：「我記得東南角有一株晚梅，此時應該還在盛放，妳且等著，我給妳折一枝過來！」

不等宋甜開口，他就急急往東南方向去了。

待林琦走遠，謝丹挽著宋甜的手，輕聲道：「這林游擊為人著實不錯。」

宋甜沒說話。

金海洋咳嗽了一聲，低聲道：「不可胡說。」

不一會兒林琦就舉著兩枝盛放的蠟梅疾步而來，一枝給了謝丹，一枝給了宋甜。「宋姑娘，妳看這枝蠟梅如何？」

宋甜把蠟梅舉到鼻端輕嗅。

林琦眼巴巴看著宋甜，等著宋甜回答。

正在這時，一陣腳步聲傳來，眾人都看了過去，卻見一個鳳眼朱唇清俊高䠷的錦衣少年沿著梅林邊緣走了過來，身後跟著幾個隨從。

走近一看，原來是新任遼東鎮總兵宋越。

宋甜已經兩個多月沒見趙臻了，乍一見到他，當真是眼睛一亮。

她從頭到腳把趙臻看了一遍，又盯著他的臉看了又看，確定趙臻又長高了，肩膀比先前更寬了，已是男子漢模樣了——只是那張臉依舊帶著些許嬰兒肥，尤其是這會兒抿著嘴，瞧著就是不開心的模樣，看起來臉頰鼓鼓的，更像小孩子了。

這時金海洋與林琦已經回過神來，齊齊上前行禮。「屬下給大人請安！」

趙臻微一頷首。「起來吧！」

他看向宋甜。

上次見面還是十月初十夜間，如今已經是新年的大年初一了。

他和宋甜很久沒有見面了。

宋甜臉圓圓的，眼睛大大的，肌膚白皙嘴唇嫣紅，氣色好得很呢——看來根本沒想他，一副沒心沒肺的模樣！

宋甜牽了謝丹一下，兩人一起福了福。
趙臻有些賭氣，聲音越發冷淡。「不必多禮。」
宋甜扶起了謝丹，笑盈盈地看著趙臻。
林琦在一邊悄悄觀察，心中起疑。
他原以為宋總兵自從升遷，就不再登金宅的門，應當是嫌棄與宋姑娘的婚事了。如今再看宋總兵的態度，卻著實有些奇怪，太像上位者了，而不像是姻親。
林琦又打量宋甜，卻見宋甜笑盈盈看著宋總兵，滿眼的欣慰，全然不像是女子看心中戀慕的男子，反倒更像娘親看事業有成十分爭氣的兒子，抑或是為了弟弟付出良多的姊姊在看功成名就的弟弟。
總之，這對未婚夫妻相處的情形實在是令人費解……
趙臻自是知道宋甜在盯著他看，心中隱隱有些歡喜，卻依舊板著臉，看向金海洋和林琦。「據探報，遼人極有可能趁我方過年之際進行偷襲，如今張家口堡各衛所正副千戶正在守備衙門商議迎敵之事。」
金海洋和林琦登時愣住了。
倒是林琦反應更快，他拱手道：「大人，屬下與金千戶這就去參與議事。」

趙臻鳳眼如電看向金海洋。

熟悉的眼神令金海洋渾身一僵——眼前這位「宋總兵」，不是他表妹的未婚夫，而是他的主子豫王！

金海洋反應了過來，恭謹地拱手道：「主子，屬下這就過去。」

聽到金海洋稱宋總兵為「主子」，林琦心中疑惑，卻未多想，依舊恭敬地立在那裡，一動也不敢動——這位宋總兵年紀雖輕，氣場卻實在是太強了，他這會兒背脊上冒出了密密一層汗，潮濕黏膩，難受得很。

「去吧！」趙臻這才漫聲道：「貴府女眷，我會派人護送回去的。」

金海洋與林琦又行了個禮，這才後退兩步，然後急急離開了。

趙臻這才看向宋甜與謝丹。「還要繼續逛嗎？」

謝丹飛快瞅了宋甜一眼。

沒見宋越的時候，她覺得宋越自從越級升遷做了總兵，就再也不來看望宋甜，實在是負心勢利之極，因此心裡想的是若宋越提出退親之事，那便正好撮合宋甜與林琦。

這會兒見了宋越，謝丹才發現宋越氣場如此之強，令人不由自主想要低頭屈膝，偏偏又生得仙童一般，兩者交織在一起，形成一種奇異的效果，令她不禁心想：宋總兵能看上我家甜姐兒，可真是我家甜姐兒的福氣呀！若是我家甜姐兒錯過了宋總兵，以後可怎麼辦呀？與這位天上仙童般的少年訂過婚，又如何能看得上俗世間的男子？

宋甜卻迎上趙臻的視線，脆生生道：「逛是不想逛了，不過我們得去接了舅母，一起回家——你若是有事要忙，儘管去忙吧，秦嶂、秦峻護送我們回去就行了。」

趙臻看向宋甜，心道：妳方才不就是想要那個什麼林琦送妳嗎？我偏不讓妳如願！

他賭氣一般道：「我送妳們回去。」

謝丹悄悄打量趙臻，心道：宋總兵是怎麼回事？明明好心要送人，口氣卻如此不善。

宋甜卻早習慣了趙臻這態度，渾不在意，杏眼含笑。「你送我們呀……好吧！」

趙臻瞟了她一眼，心道：不樂意我送嗎？我就非要送妳回去了！

今日一見，他立刻打定了主意，絕對不能讓林琦接近宋甜，宋甜是他的，就算宋甜不喜歡他，他也不會把宋甜拱手讓人。到時候他娶了宋甜，到哪裡就把她帶到那裡，外面的野男人別想接近她，早晚她會喜歡上他！

金太太已經從廟裡出來，正帶著彩霞和元寶在看山門外放生池裡的錦鯉，見面無表情的宋越護送宋甜和謝丹過來，嚇了一跳，忙道：「宋、宋大人怎麼過來了？」

趙臻拱手行禮。

金太太想起他如今貴為總兵，正是丈夫的頂頭上司，忙還了一禮。「大人請勿多禮！」

宋甜上前挽住金太太，笑容燦爛。「舅母，表哥和林游擊因公事到城外去了，宋大人護送我們回家。」

金太太忙道：「多謝多謝！」

看著宋越那張生人勿近的俊臉，她哪敢麻煩宋總兵，急急道：「宋總兵公務繁忙，咱們就別打擾宋總兵了，由家人護送著回去也就罷了。」

趙臻對金太太放下了方才的氣勢，十分客氣，當下道：「沒有打擾——各位，請！」

金太太當真是有些消受不了仙童似的總兵大人對自己的殷勤——一方面仙童太好看了，如同仙苑白牡丹，她不由自主總想欣賞一下；一方面仙童年紀小小卻位高權重，如今又有悔婚的嫌疑，她實在是不知道該如何與仙童相處，只得求助似的看向宋甜道：「甜姐兒——」

宋甜笑盈盈扶定金太太。「舅母，既然宋大人如此殷勤，咱們就不要不識抬舉了！」

說到「不識抬舉」時，她一雙清泠泠的杏眼含著笑意瞟了趙臻一眼。

趙臻恰好也在看她，兩人四目相對，他移開了視線，握拳抵在鼻端，輕輕咳嗽了一聲。

宋甜覺得好笑，扶著舅母往前走。

彩霞上前攙扶著謝丹走在後面。

眼看快要走出松林了，金太太一顆心總算是平復了些，這才發現出些不對來——宋總兵一點都不避嫌，一直走在宋甜的身側。

她悄悄看了又看，還是覺得宋總兵與宋甜是一對璧人，心裡不免又活泛起來想：若是宋總兵不退親，那該多好呀！

到了金宅，趙臻並沒有提出告辭，而是一直把金太太、宋甜和謝丹的轎子送到了金宅二門外。

金太太扶著宋甜下了轎子，發現宋總兵正看自己，一雙鳳眼似會說話一般，似是等自己開口挽留，便輕咳了一下，道：「今日多謝宋大人了，宋大人若是不嫌棄，請到寒舍用些粗茶淡飯。」

趙臻正等著金太太這句話呢，聞言卻不肯輕易答應，十分矜持地做沈吟狀。

宋甜是最了解他的，見狀心中暗笑，故意道：「舅母，人家宋大人官高權重，日理萬機，哪有空到咱家用飯——」

「多謝金太太。金太太盛情相邀，在下卻之不恭了。」趙臻打斷了宋甜的話，鳳眼清泠泠看了宋甜一眼，帶著幾分示威之意。

宋甜如今不想他留下，他偏偏不如宋甜的意！

金太太笑著道：「好好好！」又道：「宋大人，請——」

宋甜杏眼裡滿是狡黠。「舅母，我跟宋大人有話要說，先帶他去東偏院。」

金太太和在一邊圍觀的謝丹都吃了一驚，婆媳倆齊齊看向宋越，想看看這位一直表現得凜然不可侵犯的仙童宋大人，究竟會是何反應。

趙臻沒有出聲，向金太太揖了揖，乖乖地跟著宋甜去了東跨院。

金太太和謝丹目送宋甜與宋大人的背影消失在小門後，謝丹才扶著金太太去了上房明間。

待金太太在羅漢床上坐下，謝丹接過丫鬟遞上來的熱茶，奉給了金太太。

金太太啜飲了一口熱茶，放下茶盞想著心事。

謝丹在一邊低聲道：「母親，我瞧宋總兵對咱家甜姐兒，不像是無情的模樣……」

金太太也想不明白，過了一會兒方道：「再看看吧，甜姐兒做事自有分寸。」

進了東跨院正房明間，宋甜在月仙服侍下脫去大紅緞面皮襖，一馬當先在榻上坐了下來，然後看向趙臻，眼中含笑嘴角翹起。「你也坐吧！」

趙臻見她穿著白綾對襟襖，繫了條鵝黃杭絹點翠縷金裙，坐在那裡越發顯得腰肢裊娜，面若芙蓉，一雙含情杏眼只是看著自己笑，得意洋洋，可恨得很，賭氣解下斗篷遞給月仙，偏偏走過去在宋甜身邊坐下了，口中卻道：「榻鋪設得更軟一些，我坐榻上吧！」

宋甜見他嘴硬，也不拆穿，見月仙和紫荊送了熱水、香胰子、手巾和香脂等物進來，便站起來，幫趙臻捲起衣袖，服侍他淨手。

月仙拉著紫荊退了下去。

錦簾垂下，明間裡只剩下趙臻和宋甜。

待趙臻淨罷手，用手巾拭去水漬，宋甜湊過去細看，發現趙臻白玉般的手背上有幾道紅痕，分明是凍出的裂口，頓時又是心疼、又是憐惜。「這手怎麼凍成這樣了？」

趙臻的手被宋甜柔軟溫暖的手握住，宋甜身上香馥的氣息幽幽襲來，他忽然覺得十分委屈，低聲道：「不是凍的，是我用香胰子洗手洗的。」

宋甜瞬間明白了——趙臻有潔癖，每次從戰場上下來，都要拚命地用香胰子洗手，這是洗的次數太多，又沒有塗抹香脂，才導致手背上有了道道裂口。

她不再說話，取了香脂，倒了許多在趙臻雙手手背上，輕輕揉搓，好讓香脂散開。

趙臻仰首看向宋甜。

見宋甜嘴唇嘟著，嫣紅潤澤，十分可愛，他不由自主嚥了口水，喉結滾動了一下。

宋甜忽然開口道：「你為何這麼久不來看我？你明明知道，我不方便去看你的。」

聽到宋甜「你為何這麼久不來看我」的埋怨，趙臻瞬間呆住了，他看向宋甜，一顆心怦怦直跳——宋甜這是什麼意思？難道她盼著我來看她？

宋甜低頭看他。

見趙臻鳳眼清澈，十分好看，她也有些呆住了。

趙臻抿了抿嘴唇，喉結滾動了一下，低低道：「我以為妳不想我來看妳。」想起前陣子的難受，又看他的神情，宋甜不由得笑了起來。「你生得這樣好看，我看見你就開心，如何會不——」

趙臻閃電般伸出手，抬手摁住宋甜的後腦勺，把她壓了下來，嘴唇貼在了宋甜嘴唇上。

這是宋甜前世今生第一個吻——前世黃子文嫌棄她，說她是小雞仔，理都不理她。她空有從魏霜兒那裡學來的理論，也看了不少坊間香豔之書，此時卻不知該如何反應，整個人呆在了那裡。

趙臻其實也不知道該如何做，可他是男人，彷彿無師自通一般，伸出手臂抱住宋甜，撩起宋甜裙子，把她擺成跨坐在自己身上的姿勢，繼續仰首吻她。

宋甜急著說話，誰知一張口，趙臻趁勢加深了這個吻……

第四十七章

不知過了多久，趙臻終於鬆開了宋甜的唇，雙臂卻如鐵鑄一般，攬著宋甜的腰肢，讓她貼在自己身上。

宋甜渾身發軟，身子微顫，臉偎著趙臻的臉，若不是有趙臻的手臂在支撐著，她早滑下去了……

她察覺到了趙臻身子的異常，心裡想起了香豔話本裡一個風流姐兒的一句玩笑話「馬瘦毛長，人瘦什麼大」——頓覺自己太粗俗，臉熱辣辣的。

不知過了多久，趙臻開口道：「我去見我三舅，請他作主，妳我成親吧！」

他再也不想跟宋甜分開了。

這一生一世，他要和宋甜在一起，做一對柴米油鹽俗世夫妻。在做豫王和豫王妃之前，他們先做宋總兵和總兵太太宋氏。

在那一瞬間，宋甜覺得這提議很好。

她也想和趙臻在一起。

能和趙臻在一起，想一想就覺得像作夢一般，美好得令人不想醒來。可是……

宋甜攬緊趙臻，閉上了眼睛，竭力讓自己變得理智起來。

可是他們如今都有很多事情需要去做，現在還不是成家立業，兒女情長的時候。

過了一會兒，宋甜道：「現在成親是很好，可若是生下長子呢？他到底算是嫡長子，還是庶長子？對孩子會不會不公平？」

宋甜的這句話令趙臻如披冰雪，瞬間清醒。

是啊，他和宋甜現在成親，孩子以後怎麼辦？是宋家子，還是趙家兒郎？

宋甜發現趙臻身子瞬間僵直，心知他聽進去了，不禁又起了調笑之心，道：「不過咱們現在成親，也不算壞事。」

趙臻「嗯」了一聲，聲調微揚。

宋甜喜孜孜道：「我爹一定會很開心，孩子都姓宋好了，這下宋氏後繼有人了！」

趙臻想到宋甜爹爹喜出望外的模樣，不禁也笑了，鬆開宋甜，道：「到時候咱們孩子還是可以挑一個姓宋的。」

宋甜這時候才發現白綾襖被趙臻扯開了，中衣也凌亂得很，抹胸也露出來了，忙低頭整理。

趙臻看了過去，一眼便看到了宋甜不小心露出來的肌膚，發現豐白瑩潤泛著淺粉，他正是血氣方剛時候，哪裡忍得住，忽然把宋甜壓在了榻上，又吻了上去……

待趙臻移開，宋甜氣喘吁吁看著他的臉，怎麼看也看不夠。

這世上為何會有這樣好看的男子？

她怎麼看都看不夠，單是看著他，就願意為他付出所有……

不知過了多久，趙臻俊臉微紅，鳳眼微濕，咬了咬嘴唇，正要再湊上去，忽然外面傳來一陣急促的腳步聲，接著便是月仙的聲音。

「啟稟主子，城外有急信傳來！」

趙臻頓了頓，在宋甜唇上輕吻了一下，翻身下榻，起身穿上靴子，一邊整理衣袍，一邊問道：「傳信人如今在哪裡？」

月仙道：「正在大門外候著。」

趙臻回首看了宋甜一眼，鳳眼幽深，最後化為一句。「等我回來。」

他撩開門上錦簾，大踏步向外走去。

宋甜如今渾身一點力氣都沒有，眼睜睜看著錦簾落下，趙臻離開。

她閉上了眼睛，一滴眼淚自眼角滑下。

趙臻這一去猶如黃鶴，杳無信息，一直到了三月初，才有消息傳回來。

原來遼國楚王耶律景深被俘，遼國被迫用俘虜的大安將領李耀慶換回耶律景深。

為了報耶律景深被俘之仇，遼國人趁漢人大年初一夜間在北境全線攻打大安。而遼東鎮總兵宋越與新任薊州鎮總兵李耀慶兩軍聯合，多次擊退遼軍進攻，與遼國軍隊在遼國境內的碎蜂河谷對峙。

宋甜聽著金雲澤的講述，回憶著前世之事。

前世到了三月，朝廷派了名臣蘇中和過來與遼人談判，最終確定了開放互市的條例，張家口堡成為互市的橋頭堡，越來越繁華，成為北境名城。

後來大安與遼國間磨擦不斷，戰爭從未真正停息過，可是作為互市的重要城市，張家口堡卻繁華依舊，一直到宋甜身故，這裡依舊欣欣向榮。

金雲澤正在和妻子、兒媳和外甥女講說細節。「……大郎與林游擊都在宋總兵麾下，這次作戰，也立下不少戰功，宋總兵為人公平，一定不會虧待他們的。宋總兵年紀雖小，卻著實有本事，薊州鎮總兵李耀慶，一向桀驁不馴，連沈總督都拿他沒辦法，他卻最服氣宋總兵，看著宋總兵就像兒子看爹一般，哈哈哈！」

想到矮矮墩墩的一代悍將李耀慶，個子才剛到豫王肩膀那裡，偏偏最喜歡追隨豫王，豫王出現在哪裡，李耀慶就跟到哪裡，一向凶悍的小眼睛冒著光，視線始終追隨豫王，金雲澤就忍俊不禁。「你們沒見那場面，李耀慶明明與宋總兵平級，卻總是像個跟屁蟲似的跟著宋總兵呢，哈哈哈！」

宋甜聞言也笑了，心道：難道，前世就是在這時，趙臻把桀驁不馴的名將李耀慶收歸麾下的？

金太太也笑了起來，道：「宋總兵立下如此大功，也不知朝廷會怎麼封賞他？」

金雲澤卻是知道內情的，聞言臉上笑意收斂，低聲道：「陛下偏心韓王，得知有宋總兵這樣的年輕名將，一定會讓韓王派人過來籠絡宋總兵。」

朝廷派來談判的使團正在途中，不日就要來到張家口堡，韓王派來的人應該會是使團中人，見了宋總兵，若是認出宋總兵正是豫王，那可怎麼辦？

想到這裡，金雲澤不禁嘆了口氣，看向宋甜——屋子裡這幾個人，只有宋甜和他一樣知道內情。

宋甜也想到了這一點，抬眼看向舅舅，眼中滿是憂慮。

金家是豫王府出身，自然偏向豫王，因此金太太忿忿道：「憑什麼呀？韓王是陛下的兒子，咱們豫王也是陛下的兒子，陛下為何如此偏心！」

謝丹即將生產，正捧著大肚子在一邊聽，聞言也道：「陛下也的確太偏心了，一點都不掩飾，全天下誰不知道他老人家偏心？」

金雲澤嘆息道：「陛下偏心，不只咱們豫王倒霉，如今更倒霉的還在東宮呢！」

他雖是武將，卻也聽到些風聲，皇太子趙室因衝撞了天子寵妃蕭貴妃，被永泰帝勒令在東宮閉門讀書，已經三個多月未能見到朝中大臣了。

金太太見氣氛低落，當下轉移話題，看向宋甜，溫聲道：「甜姐兒，今日有些晚了，妳就別回家了，歇在舅舅、舅母家吧！」

過完年沒多久，宋甜就搬到了新宅子居住，雖然她時不時的還會過來，金太太卻每每捨不得她，恨不得她日日留在金家陪自己才好。

宋甜扭股兒糖似地依偎著金太太，撒嬌道：「若是要我留下，舅母可得親自下廚，用鏊子做宛州的春韭菜菜盒給我。」

金太太滿口答應了下來，又問謝丹。「大郎媳婦想吃些什麼呀？」

謝丹雖是宛州人，對宛州飯食卻沒什麼執念，只含笑道：「母親做什麼，我跟著吃什麼就是。」

金太太這才看向金雲澤，笑容滿面直言道：「他爹，我知道你也喜歡吃春韭菜做的菜盒，放心，今日一定管夠！」

金雲澤拈鬚微笑，道：「韭菜也就春天這一季好吃，過了季節，就跟吃草似的。」

眾人說說笑笑間，宋甜還操心著自己的生意，叫了小廝刀筆進來，吩咐道：「你去和秦峻說一聲，讓他再去城外看一看，若是葛二叔他們來了，也好引到家裡去。」

刀筆答應一聲，一溜煙去了。

謝丹不禁笑了起來。「甜姐兒，妳這小廝從哪兒來的？倒是機靈得很！」

宋甜原本想支吾帶過去的，轉念想到了趙臻的做人宗旨——趙臻從不說假話，要麼不說，要麼含蓄些，但是堅持不說假話，這樣就不會說漏嘴被人拆穿。她想了想，便說了實話。「我身邊的這些人，在裡面侍候的月仙，在外面侍候的秦嶂、秦峻和刀筆，都是豫王府的人，暫時給我使用。」

謝丹聽了，一下子愣了。「都是豫王府的人啊！豫王為何如此大方？」

月仙沈默寡言，性子溫柔，做事周全，舉止做派一般閨秀都比不上。

而秦嶂、秦峻這對雙胞胎，長得俊秀不說，性子幽默，做事妥當，宋甜把事情交給他們，沒有不辦得妥妥當當的。

再說刀筆這個小廝吧，年紀小小，不愛說話，卻機靈得很，簡直是「敲敲頭頂腳底板會響——靈透了」。

這樣的人才，豫王府居然都給了宋甜使喚？

金太太也吃了一驚，她一直以為這些人都是宋甜雇來的。

金雲澤知道內情，當即道：「甜姐兒是豫王府的女官，豫王府關照她自有道理。」

金太太卻想到了宋甜和宋總兵的婚事，憂心忡忡道：「那甜姐兒跟宋總兵的親事，豫王府會不會阻攔呀？」

金雲澤笑了起來。「不會。王爺巴不得促成這件事。」

宋甜聽了，嘴角不由自主往上翹，忙拈了一粒糖炒松子吃著掩蓋。

謝丹拍了拍手，道：「我懂了！」她看向屋中諸人，兩眼發光。「豫王欣賞宋總兵，宋總兵娶甜姐兒，豫王府就能籠絡宋總兵了！」

宋甜大大杏眼裡滿是笑意，她起身走過去，抱住謝丹。「嫂嫂，您說得很有道理，我可是要幫豫王籠絡宋總兵的，將來見了豫王，我可得給自己請功。」

謝丹總覺得宋甜話裡有話，可是細想卻又挑不出毛病來，最後伸手捏了捏宋甜的臉頰道：「妳就淘氣吧！」

晚上，金太太果真下廚用鏊子做了金雲澤和宋甜愛吃的春韭菜菜盒，搭配著張家口堡這邊的特色烤羊肉、大骨頭燉蘿蔔和稠粥，一家人吃得飽飽的。

金雲澤去衙門巡視了，謝丹回後面歇息，宋甜在上房明間陪著舅母說話。

她今晚吃了韭菜，吃的時候開心，可吃完卻總覺得嘴裡有味，用牙刷沾了青鹽刷了無數遍，猶覺不足，又噙了好幾枚桂花香餅和薄荷香餅，這才覺得好受了些。

金太太見宋甜噙著香餅，臉頰鼓鼓，跟小松鼠似的，話都沒法說了，不由莞爾，正要打趣她，卻聽得外面傳來腳步聲，接著便是刀筆的聲音。「啟稟姑娘，葛二叔他們進城了，老爺也來了！」

宋甜聽了，一下子呆住了。

爹爹也來了？爹爹這時候過來做什麼？

她顧不得許多，把嘴裡噙的桂花香餅和薄荷香餅咯嚓咯嚓咬碎吃了，忙叫了刀筆進來問話。「我爹為何會過來？他不是還做著官嗎？」

她爹可是宛州提刑所副提刑，能輕易離了任所嗎？

刀筆有些遲疑，看了在一邊坐著的金太太一眼。

宋甜一擺手。「舅母是自家人，你直說吧！」

刀筆這才道：「朝廷派使臣來北境與遼國談判，黃太尉是副使，想著老爺思念姑娘，就把老爺也加進使團帶了過來——如今老爺已經轉任北境三鎮皇店巡視御史，不再擔任宛州提刑所副提刑。」

宋甜聞言吃了一驚，起身道：「我爹如今在哪裡？」

皇店又名官店，是朝廷在各商旅要道開辦的寄存商旅貨物的場所，另有刺探情報的功能，對朝廷極為重要，而皇店巡視御史一職，一般只有皇帝親信才能擔任。

她爹這可是由武官轉任文官，還升了職，可夠厲害了！

刀筆忙道：「大姑娘，老爺現下隨著黃太尉在驛站，說待公事完畢，再過來拜見金老爺、金太太。」

宋甜當下告辭金太太，帶了刀筆回自家宅邸見葛二叔等人去了。

新宅這會兒熱鬧得很，大門外掛了無數燈籠，士兵舉著熊熊燃燒的火把，半條街亮如白晝，無數輛馬車排成一隊，正在一輛輛從洞開的宋宅大門進入宅子，秦嶂、秦峻、葛二叔和王慶等人正來回跑動指揮。

見到宋甜帶了紫荊和刀筆過來，秦嶂、秦峻、葛二叔和王慶等人忙過來行禮。

宋甜含笑道：「你們繼續忙吧，我讓人去柳林酒樓訂了席面，忙完大家喝酒吃肉鬆快鬆快！」

王慶等人笑著拍手叫好，繼續忙碌去了。

宋甜叫了秦嶂過來，吩咐道：「你現在就去柳林酒樓，讓他們有什麼好的酒菜儘管上，做好趕緊送過來。」

秦嶂笑著答了聲「是」，便牽了匹馬出來，打馬急急往前去了。

秦峻負責與葛二叔帶來的四個夥計一起登記貨物，他拱手行了個禮，道：「多虧姑娘讓我們把西隔壁宅子買下來建成庫房，要不然這麼多貨物，根本沒地方放啊！」

宋甜微笑道：「咱們可是要大展拳腳做生意的，自然需要大的倉庫來存儲貨物。」

秦峻又回了兩句話，那邊葛二叔叫他，他忙拱手告辭，繼續忙碌去了。

宋甜在上房明間坐下，命小丫鬟叫來廚娘，吩咐道：「把家裡儲存的羊肉和雞都用大鍋燉了，等晚些時候酒席送來裝在盆裡送上去；家裡儲存的杏酒和奶子酒也都熱了，到時一起送過去。」

廚娘離開之後，宋甜心事重重，在房裡踱步。

月仙和紫荊見了，都有些擔心，兩雙眼睛直盯著宋甜。

紫荊自小跟宋甜，到底膽子大些，試探著問道：「姑娘這是在擔心什麼？」

宋甜見屋裡沒有別人，眼前的月仙和紫荊也都是自己親信，便開口道：「朝廷派了使團來談判，其中副使黃太尉還有我爹對豫王都很熟悉，我打算提前和他們說一聲，免得到時候見面尷尬。」

紫荊想了想，道：「姑娘，不是說老爺在城中驛站裡嗎？讓刀筆再跑一趟，請老爺忙完直接過來，不就行了？」

宋甜覺得有理，道：「那就讓刀筆再跑一趟吧！」

至於黃太尉，宋甜覺得她爹應該有法子，她準備把這樁麻煩交給她爹。

張家口堡的驛站終於安靜了下來。

朝廷使團各自洗漱安歇，護送使團前來北境的錦衣衛拿著武器在外巡視著。

宋志遠陪著副使黃蓮離開了朝廷正使蘇中和下榻的院子，慢悠悠負手往黃蓮的住處走。

回到院中，黃蓮總算是鬆快了些，讓侍候的人迴避，自己和宋志遠在庭院裡散步閒話，他伸了個懶腰道：「蘇中和這人，能力強是真強，性子倔也是真倔，從不正眼看我們這些內臣，沒想到你倒是得了他的青眼。」

其實宋志遠也不算正直的人，憑什麼他就能得了蘇中和的喜歡？

宋志遠微微一笑，負手而行，步履風流。

「我若是真心想讓誰開心，那就真能讓誰開心，這是我的本事，不信的話，你把我引薦給陛下，看我能不能得陛下歡心。」

這句話他早就想和黃蓮說了。

黃蓮扭頭打量他，見他的確如臨風玉樹一般，單是站在那裡，就自有一股清新爽朗在，忍不住笑了起來。「我信，我信好不好？這樣吧，等這次回了京城，我就把你引薦給陛下——畢竟將來要做親家的，總不能一直不認識吧？哈哈！」

他早就發現了，宋志遠還真有討人喜歡的特質，即使都知道他不是什麼好人，可是人人都信任他，都覺得他不會背叛自己，把事情交給他，大家都很放心。

就連倔頭倔腦的蘇中和，這一路過來，不大搭理他這副使，倒是常把宋志遠叫過去說話。

宋志遠瞟了黃蓮一眼，道：「你別笑，我是真的想巴結陛下。」他在黃蓮這裡一向沒有秘密，當即說出了心事。「我家門第太低，豫王又不受陛下寵愛，我擔心將來他們小倆口吃虧，想著我若是能得陛下青眼，說不定什麼時候就能為豫王轉圜一二。」

黃蓮沒想到宋志遠一片愛女之心，居然能想得這麼遠，默然片刻道：「沒想到你這麼疼愛甜姐兒。」

宋志遠聽了這句話，心情十分複雜，最後嘆了口氣道：「可恨我沒有兒子，只有一個獨生女，不疼女兒我又疼誰去？待我一閉眼，這世上也就她是我的血脈了。我家多代單傳，如今這世上，就甜姐兒一個人和我血脈相連……」

黃蓮沒想到一向瞧著沒心沒肺的宋志遠居然還有這細膩心思，心有戚戚然，攬住他的肩膀道：「總比我強，我爹娘一死，我哥就把我給賣了，如今我哥那一窩孩子，子子孫孫不知道多少了，全都等著吸我的血。跟我血脈相連的人倒是不少，還不如沒有。」

說罷，他覺得有些失態，不願繼續談不開心的事情，一下就轉移話題道：「沒想到北境三月了，還這麼冷，幸虧鵬舉你提醒我帶了禦寒衣物。」

鵬舉是宋志遠的字。

宋志遠父母早亡，原本無字，而黃蓮與他甚是相得，就自作主張給他起了「鵬舉」這個字，宋志遠還挺喜歡，就一直用了下來。

宋志遠笑得得意。「還是我家閨女在信裡告訴我的，說北境這邊，三月還會下桃花雪，甚是寒冷，讓我路上帶足禦寒衣物。」

想到女兒，他當下道：「蘇大人已經安歇，我想去看看我家甜姐兒，我如今得你之力，升職入京，以前的生意是不能再做了，以後都得交給甜姐兒，須得當面和她說一說，做個交接。」

黃蓮也有些想念宋甜了，當下便道：「我陪你一起去吧！」

恰好宋甜派來的小廝刀筆到了，宋志遠安頓好驛站這邊的事情，便與黃蓮一起騎了馬帶著隨從前往宋宅。

宋宅內燈火通明熱鬧非凡。

葛二叔代宋甜在西院招待眾夥計及護送的士兵飲酒，宋甜卻安安靜靜在上房明間看秦峻送來的帳冊。

這次她爹也看中了北境互市的商機，除了鏡坊的製鏡師傅、胭脂鋪的女師傅和首飾鋪的巧匠，還運送了六十大車的貨物過來，有杭州綢緞、松江白綾、湖州絲絹，還有各種製鏡、製胭脂水粉和製作首飾的材料。

宋甜看罷帳冊，遞給了月仙。「妳把這些都謄寫在帳上。」她做生意喜歡帳目分明，除了鋪子裡掌櫃手裡的帳冊，她這裡還另有帳冊，以便對帳方便。

月仙接過帳冊，自去東廂房忙碌。

第四十八章

宋甜心事重重，索性出了明間，帶著紫荊到廊下賞花。

前幾日林琦沒來由地派了幾個親兵過來，除了兩籠野兔，還送來了幾株含苞待放的野生黃木香，說是林琦在山谷中發現的，想著她喜歡，就讓人送了過來。

宋甜很喜歡黃木香，就讓人種在了上房廊外，誰知種下不過幾日，這些黃木香就全盛放了，一朵朵嫩黃的小花在春日寒風中搖曳著，讓人看了心生歡喜。

宋甜摘了一朵木香花，正細看花瓣，刀筆進來了。「姑娘，老爺和黃大人到了！」

宋志遠與黃蓮微服聯袂而來，卻見儀門外燈籠高掛，一個身穿杏黃錦袍，繫了條月白挑線裙子，身材高而窈窕的美貌少女迎了出來，圓臉杏眼，唇色嬌豔，肌膚白皙，十分美麗，不是宋甜又是誰？

宋志遠一見女兒，又是歡喜，又是傷感，不禁感慨。「我的大姐兒長成大姑娘了，爹爹如何會不老？」

黃蓮卻冷靜得多。「將近一年不見，大姐兒少說長高了半頭，是個大姑娘模樣了。不過你卻沒老。」

宋甜在爹爹和黃蓮面前自在得很，一邊引著他們進上房，一邊道：「我不僅個子長高了，還比去年胖了三十斤呢！」

宋志遠打量著女兒。「妳哪裡胖了？明明更瘦了好不好！」

黃蓮看了看，道：「是不算瘦。」

永泰帝喜歡瘦美人，如今宮中以瘦為美，就連蕭貴妃都瘦得快要被風給吹走了，宋甜這模樣到了御前，怕是不受待見。

不過小姑娘家家的，還是健壯些身子骨才好。

三人進了明間，宋志遠和黃蓮在圈椅上坐了下來。

宋甜讓紫荊去外面守著，自己先行了個禮，道：「爹爹，黃叔叔，我有一件極機密的事要與你們說。」

宋志遠和黃蓮見宋甜如此鄭重，也都收斂笑意看向宋甜。

黃蓮看了宋志遠一眼，然後看向宋甜，開口道：「說吧，何事？」

宋甜不管爹爹，只是看著黃蓮。「黃叔叔得先發誓，願意幫我保守秘密。」

黃蓮笑了。「說吧，叔叔都答應妳。」

宋甜嫣然一笑，直言道：「黃叔叔，爹爹，如今在北境與遼國對峙的遼東總兵宋越，正是豫王。」

屋子裡瞬間靜了下來，三個人的呼吸聲清晰可聞。

宋志遠反應很快，從去年七月到如今，宛州城的豫王待他一下子冷淡起來，見面也似不認識一般，而且很少出現在人前，先前他也曾暗自疑惑，懷疑豫王是後悔訂親之事。

如今聽了宋甜這句「如今在北境與遼國對峙的遼東總兵宋越，正是豫王」，先前的那些疑問，如今都有了答案。

原來宛州那個「豫王」，是假豫王；北境這位宋總兵，才是真豫王！

他看向宋甜，見她目光炯炯盯著黃蓮，馬上領悟到女兒這是要讓黃蓮徹底登上豫王的船，當即開口道：「子藻，這個秘密甜姐兒既然告訴了咱們，咱們怕是脫身不得了。」

子藻正是黃蓮的字，還是當今永泰帝給他取的。

黃蓮一時傻了。

他雖與宋志遠親若兄弟，待宋甜也親近，可是，他真真切切是永泰帝的人啊！

宋志遠看了女兒一眼，眨了眨眼睛，大黑眼珠子靈活地往門口方向轉了轉。

宋甜明白了爹爹的示意，曼聲道：「爹爹——黃叔叔——這會兒都快子時了，你們也都該餓了，我去看著人做些宵夜送來。」

說罷，宋甜福了福，退了下去。

兩刻鐘後，宋甜帶著笑意的聲音在外面響起。「宵夜來了！」

錦簾掀起，宋甜親自提著食盒走了進來，在榻上方桌擺好酒菜，請黃蓮和宋志遠入座。

黃蓮擰著眉抿著嘴，秀美的臉上帶著一股狠意，一屁股在榻上坐了下來。

宋志遠對著宋甜笑了笑，在黃蓮對面坐了下來。

兩葷、兩素，共四樣小菜，外加一壺熱好的杏酒。

宋甜執壺為黃蓮和爹爹斟了酒，絮絮道：「廚房還醒了麵，待會兒我讓她們下碗素麵送來。」

黃蓮有些沈默，連飲了四、五盞酒，待素麵送來，又用了半碗麵，這才起身要走。

宋志遠還要留下來跟宋甜交接生意上的事，便與宋甜一起送黃蓮離開。

走到了明間門口，黃蓮駐足，回頭看宋甜，見宋甜正殷殷望著自己，心中嘆息，低聲道：「也罷……都是冤孽。」

既然宋甜認定了豫王，那就幫豫王吧！反正他沒家沒口的，也不用擔心連累子孫。

想到這裡，黃蓮看向宋甜，低低道：「甜姐兒，妳放心，即使見到了宋總兵，我也不會多說的。」

宋甜忙道：「陛下那邊——」

她自然知道黃蓮身負向永泰帝密報之責。

黃蓮有些無奈。「妳放心吧！」

宋甜笑了起來，笑容燦爛如同春日暖陽。「謝謝黃叔叔！」

黃蓮看著宋甜的笑顏，忽然有一種恍若隔世之感，似乎是在夢中，又似乎是在前世，宋甜也曾這樣對著他笑，叫他「叔父」。

他曾斷斷續續作過一個夢，夢裡有宋甜。在夢裡，宋甜像是他的女兒，又像是姪女，會幫他管家，替他養花，給他做衣服，收到他送的禮物時會笑得燦爛……

夢中他被錦衣衛帶走問話，一回頭，他看到的是眼中含淚的宋甜急急出來送他。

黃蓮記得自己無聲地對她說了句「快逃」。

在夢中，他知道宋甜身邊的老嬤嬤會讀唇語，宋甜也會……

眼前燦爛笑著的宋甜，夢中看著他離去流淚的宋甜，現實與夢境，交織在一起，令黃蓮有些恍惚。

黃蓮想起了李商隱的那句「莊生曉夢迷蝴蝶」，有時候他真的會迷惑，究竟何時是夢？何時是現實？

宋甜見黃蓮神情複雜地看著自己，心一顫，忙又叫了聲「叔父」，自己卻是愣了。她原本是要叫「叔叔」的，誰知脫口而出，叫的竟然是「叔父」。

聽到這句「叔父」，黃蓮恢復冷靜，不再遲疑，道：「我這邊妳請豫王放心；至於蘇中和，讓豫王自己想法子吧，蘇中和認識豫王的。蘇中和論公，是戶部尚書；論私，是文閣老的同窗。他的身分地位非同尋常，豫王得好好想想怎麼爭取蘇中和的支持。」

據黃蓮所知，韓王趙致雖然娶了江南文壇領袖錢世珍的孫女為王妃，得到了朝中不少江南出身的文官的支持，可是如今掌控內閣的文閣老，卻是北方出身的官僚，並不買韓王的帳。

宋甜眼睛發光，連連點頭。「謝謝黃叔叔。」

想到宋甜會嫁給豫王，黃蓮又道：「讓豫王小心蔡和春。」

說罷，他撩開錦簾出去了。

宋甜和宋志遠目送隨從簇擁著黃蓮消失在夜色之中，這才轉身回了上房。

父女倆商談良久，確定了交接生意之事。

宋志遠又談起了入京做官之事。「我離京前把南城柳條街宅子西隔壁的宅子買了下來，安排了人收拾，說不定過年咱們全家就能在京城團聚了。」

宋甜忙叮囑道：「把太太和金姥姥她們也都接去住吧，宛州老宅留幾個老家人看守門戶就是。」

宋志遠答應了下來。

父女倆又聊了一會兒家事，宋志遠這才道：「使團一路往北去遼海城，妳黃叔叔那邊，我繼續和他說，妳就放心吧！」

事關趙臻，宋甜上心得很，又叮囑了她爹一番，才送她爹離去了。

回到房內，宋甜坐下思索良久，這才吩咐月仙。「去叫刀筆過來。」

刀筆過來後，宋甜讓他靠近，低低說了一段話，然後道：「你再說一遍給我聽。」

刀筆當即又說了一遍，和宋甜所說一字不差。

宋甜不禁微笑起來，叮囑道：「三天之內，你能把話傳到宋總兵那裡嗎？」

刀筆點頭，眼睛清澈而堅定。

宋甜笑著拍了拍他的腦袋。「廚房裡剛做了宵夜，過去吃飽了再睡，明日一早再出發也不遲。」

刀筆答應了一聲，便一溜煙跑了。

接下來的這段時間，宋甜一直忙碌著開鋪子、建作坊。

沒過多久，張家口堡十字街就多了不少新鋪子，有綢緞鋪、絨線鋪、脂粉鋪和珠寶樓，甚至還有一間賣西洋鏡的富貴鏡坊，雖然生意仍有些寥落，可是鋪子看著嶄新齊整，倒也吸引了不少人去看。

宋甜做著生意，私下卻也關注著大安與遼國談判之事。

兩國使團在大安境內的遼海城談判，兩國軍隊卻在遼國境內的碎蜂河谷對峙，如此打打停停中，半年時間過去了，兩國最終簽訂合約，遼國把碎蜂河谷以南疆域割讓給大安，大安則同意在張家口堡、遼海和薊州三城全面互市。

一個月後，大安使團由遼東總兵宋越護送著來到了張家口堡。

這天傍晚，使團正使蘇中和由宋越陪著來登張家口堡的城牆。

兩人身後跟著不少親隨和士兵，浩浩蕩蕩，簇擁著他們登上城牆。

蘇中和向後擺了擺手，士兵和親隨皆停住腳步。

走出一段距離後，蘇中和停下腳步，扶著雉堞，眺望著遠處的連綿群山、白樺林、松林和草原。

趙臻沈默地立在他身側。

過了許久，蘇中和才開口道：「如今合約簽訂，北境暫時安定，王爺有什麼打算？」他看向趙臻。「王爺乃天潢貴胄，總不能一生一世待在北境。如今朝中太子被迫隱退東宮讀書，韓王結交朝臣拉幫結派，不知王爺有何打算？」

趙臻微笑。「蘇大人，北境之事，孤自是功成身退；朝中風雲，暫時與孤無關。」

蘇中和拊掌而笑。「我大安需要的是有魄力、有能力護佑大安之主，而不是長袖善舞用聯姻固權之輩，王爺自管韜光養晦，蘇某自在朝中為王爺效勞奔走！」

趙臻看向蘇中和，眼神真摯。「孤定不負蘇大人所託。」

蘇中和是文閣老的忠實同盟。

趙臻許諾登基後給內閣更大權力，因此爭取到了蘇中和的支持，接下來趙臻需要做的便是取得文閣老的支持了。

兩人目標達成一致，對視一眼，都爽朗地笑了起來。

如今正是十月底，大安人要過年，遼國人要備冬，因此張家口堡雖然寒冷，卻熱鬧得很。

宋甜正由葛二叔和幾個掌櫃陪同巡視鋪子。

在張家口堡開的這些鋪子生意都上了軌道，進帳都很不錯。

宋甜把鋪子都巡視一遍，已是傍晚時分，這才在秦嶂、秦峻等人護送下帶著紫荊和刀筆回了宋宅。

她進了儀門，猶在叮囑紫荊。「妳待會兒把新到的松江闊機尖素白綾拿八疋，大紅織錦緞子拿兩疋，秤二十斤清水綿，再拿上那對赤金腳鐲，一起送到舅舅家去。」

紫荊笑嘻嘻道：「腳鐲是送給金大姐兒的嗎？」

金大奶奶終於生產了，生了一個極可愛的女兒，小名喚作金大姐兒，冰雪聰明白白胖胖，是金太太的心肝寶貝。

想到表哥、表嫂的長女金大姐兒，宋甜笑得眼睛彎彎。「金大姐兒太可愛了，戴上腳鐲，將來學會走路，叮鈴鈴直響，一定很好玩！」

紫荊點頭贊同。「金大姐兒真是聰明可愛！」

眼看著要進上房明間了，紫荊卻又道：「對了，姑娘妳什麼時候也成親生一個可愛的大姐兒？我可等著帶大姐兒呢！」

宋甜正要反駁她，卻聽到裡面傳來熟悉的聲音。

「對啊，甜姐兒，妳都十六歲了，什麼時候成親，給爹爹生一個可愛的孫女呢？我老人家也等著帶孫女呢！」

是爹爹！

宋甜歡喜極了，急忙掀開錦簾走了進去。「爹爹你怎麼來了？」

宋志遠正坐在圈椅上飲茶，見宋甜進來，笑了起來。「今日使團路過張家口堡，我想著順道來瞧瞧妳，就過來了。」

宋甜先吩咐人去準備酒菜，然後想起黃蓮沒來，忙問宋志遠。「爹爹，黃叔叔怎麼沒來？」

宋志遠端起茶盞抿了一口，這才道：「宮裡出了點事，他連夜趕回去了。」

宋甜聞言，杏眼一下子睜得圓溜溜，輕輕問道：「爹爹，宮中出了什麼事？」

宋志遠嘆了口氣，道：「太子瘋了。」

宋甜呼吸一窒。

前世太子後來的確瘋了，可這都是幾年後才會發生的事情啊！

宋志遠早收斂了笑意，低聲道：「陛下為了斷絕太子與朝臣來往，把太子幽閉在東宮讀書，誰知還不到一年，太子就瘋了，一天到晚寫青詞，要讀給陛下聽。」

宋甜聽了，怔在那裡。

前世在北邙山皇陵，她的魂魄曾經無數次見瘋了的廢太子趙室寫出一篇又一篇青詞，哭著讀給先皇永泰帝聽。這一世，趙室依舊擺脫不了前世的結局嗎？

那趙臻呢？他能不能避開既定的命運？

宋志遠也想到了未來女婿，輕聲道：「我剛接到妳黃叔叔秘密命人傳來的急信，說陛下似乎聽到了什麼風聲，對宋總兵的身分有所懷疑，已經悄悄派人去宛州宣豫王進京，妳得趕緊想法子通知豫王，讓豫王處置此事。」

宋甜忙道：「爹爹，我這就去安排。」

事情緊急，她顧不得招呼宋志遠，急急走出去，叫來刀筆叮囑了一番。

刀筆凝神聽罷，飛快地離開了。

待刀筆離開，宋甜又在廊下站了一會兒，定了定神，這才返回明間。

父女倆是一樣的性子，既然已安排人去告知趙臻，宋甜便不再操心此事，一邊用飯，一邊談生意上的事。

宋志遠端著酒盞輕輕晃動著，道：「甜姐兒，家裡的生意妳得全接過去了，正好張家口堡這邊生意都穩住了，妳便跟我回京吧，跟著使團走，有軍隊護持，畢竟安全些。」

宋甜也有此意，點頭道：「爹爹，你們使團何時出發？」

宋志遠道：「明日一早便要出發。」

宋甜算了算時間，道：「可我明日早上，得再見一見各鋪子的掌櫃——」

這時候外面傳來紫荊又驚又喜的聲音。「姑娘，有貴客來了！」

宋甜剛站起身，月仙就掀起了錦簾。

一個戴著斗笠，穿著青布道袍的瘦高個子走了進來。他一進門，就掀起斗笠露出臉來，一雙鳳眼燦若明星，鼻梁高挺，嘴唇嫣紅，正是豫王趙臻。

宋甜歡喜得不敢相信自己的眼睛，捂住嘴巴立在那裡，眼睛瞬間濕潤。

她已經很久沒有見趙臻了！她真的好想趙臻！

趙臻見到宋甜，也是百感交集，眼睛濕潤了。

他手裡拿著斗笠，大步上前，向宋志遠躬身行禮。「小婿見過岳父大人。」

宋志遠也是呆住了——他沒想到趙臻居然會來到宋甜這裡，而且會紆尊降貴給自己行禮。

按說這會兒趙臻不應該陪著蘇中和，竭力爭取內閣對他的支持嗎？

這次使團來到張家口堡，護送的人正是遼東鎮總兵宋越，也就是趙臻。

宋志遠得到黃蓮傳來的密信，明明可以告訴趙臻，卻沒有直接告訴趙臻，而是讓宋甜派人去告訴趙臻，為的還是想讓宋甜多表現。

只是沒想到趙臻這麼快就來到宋甜這裡，那他見到宋甜派去的人沒有？

宋志遠心亂如麻，忙起身還禮。

宋甜也想到這一點了，她連忙上前一步拉住了趙臻問：「臻哥，我派刀筆去見你，你見到他沒有？」

趙臻笑了。「在路上遇到了。」

他看向宋甜，眼神溫柔。「妳要說的話，刀筆都和我說了。」

宋甜和宋志遠都看向趙臻，宋甜深吸一口氣，這才開口問道：「那你有什麼打算？」

宋志遠也想問這個問題，眼睛盯著趙臻，等著他回答。

趙臻見宋甜父女倆都眼巴巴看著自己，笑容加深。「咱們坐下說。」

宋甜親自斟了一盞茶，送到了趙臻手裡。「你先喝口茶。」

又問他。「還沒用晚飯吧？跟我爹一起喝杯酒如何？」

趙臻自然是答應了，在宋甜原先的位置坐了下來，用紫荊送來的濕手巾擦了手，與宋志遠對坐飲酒。

宋甜打橫坐下。

接連飲了三杯酒之後，趙臻這才開口道：「太子是假瘋。」

不待宋甜開口，趙臻便道：「是我讓他這樣做的。被父皇關了這麼久，大哥已經瀕臨瘋狂，常常自言自語，無故哭泣，有時會幾天幾夜不睡，一直在寫青詞，寫完就一篇篇立在庭院裡讀，說是讀給父皇聽……」

他抿了抿嘴唇，眼中現出恨意。「我得到消息後，與皇后密談，為了救大哥性命，這才想出了這個法子。大哥只有真瘋了，父皇才會放心，才會放過他。」

又接著道：「大哥如今終於『瘋了』，父皇正在籌劃廢太子立韓王之事，在立韓王之前，父皇會把原先指向太子的矛頭，全部指向我，直到我像大哥一樣或死或瘋，無法與趙致抗衡。」

宋志遠聽了，覺得渾身發冷。「王爺，你和太子，畢竟是陛下的親生兒子啊……」

趙臻眼中含淚，亮晶晶的，濃長的睫毛也有些濕。

他嘴角扯了扯，呵呵笑了。「在父皇眼中，只有蕭貴妃和他才是一生一世一雙人，只有趙致才是他的兒子，我和大哥的存在，都是時刻提醒他曾經為了得到權勢屈服的證據，是他的屈辱，是內閣掣肘他的工具，是趙致登上帝位的絆腳石……只有把我們這兩塊絆腳石一腳踢飛，他和蕭貴妃、趙致，才是名留青史的完美的一家三口。」

宋志遠因為過分驚詫，半日方道：「真是瘋子，真是瘋子啊！」

永泰帝可不就是瘋子嗎？

可憐他宋志遠連一個兒子都沒有，只有一個女兒，常常擔心百年之後宋氏絕嗣。陛下有三個兒子，卻非要弄死弄瘋兩個，只剩下那個心愛的——這不是有病是什麼？

將來記到史書上，後人怕是都不會相信。

宋甜是經歷過前世的，自然知道趙臻說的都是真的。

她握住趙臻的手，感到趙臻的手正在微微發顫。

第四十九章

宋甜知道永泰帝做的事對趙臻的打擊有多大，從小到大，他都和太子一樣，期望用自身的優秀來換取父皇對自己的誇讚，卻直到長大成人，才明白原來他表現得越是優秀，他的父皇就越想把他扼殺，好給最心愛的兒子趙致鋪平道路。

宋甜握住趙臻的手，低聲道：「臻哥，我，我爹，還有黃蓮，我們都站在你這邊。」

趙臻含著淚笑了，抬眼看著宋甜和宋志遠，道：「父皇宣召我進京，我這就進京，倒是要看看，他老人家究竟想做什麼。」

宋志遠忽然道：「這會兒誰守在外面？」

趙臻道：「是我的人。」

宋志遠這才放下心來，壓低聲音道：「我有一個法子，不知道行不行。」

他端起酒盞，作勢往酒盞裡抖了些東西，道：「王爺若是能和內閣聯合，再把負責京畿防衛的人換成自己人，我可以想法子讓陛下——」

宋志遠舉起杯子，把酒液緩緩倒在炕桌上，眼睛看著趙臻。

他可以想法子跟黃蓮聯合，出手毒死永泰帝。

趙臻沒想到自己未來岳父居然是個潛在的野心家，不由得笑了，道：「岳父大人，我自有計量，到時候再說。」

他沈吟了一下，輕輕道：「這一定要等各方面都做好萬全準備，再動手也不晚，否則只會打草驚蛇。第一步，就是想辦法讓父皇調宋越及其麾下軍隊進京。」

宋甜忙道：「你不就是宋越——」

趙臻鳳眼熠熠生輝。「如今宛州的豫王，正是我的表弟沈博，我三舅的兒子，他自少年就在軍中成長，熟知軍事，我和他在京城會合後，我做豫王，他做宋越。」

宋甜還是覺得這個計策不是很完備。「你和他長得那麼像，陛下不會懷疑嗎？」

趙臻微笑起來。「我舅舅家好幾個表兄弟與我都長得相似，沈博之所以最像，是因為易容之故，換回身分後，洗去易容，我父皇也看不出破綻的。」

宋甜想像了一下見到好多與趙臻相似的人的場面，不禁有些神往。

宋志遠點頭道：「也就是說，王爺您要留下，等朝廷宣佈選調宋越及其麾下軍隊進京的旨意？」

趙臻點頭。

宋甜笑了。「爹爹，那可太好了，我跟臻哥一起進京好了——正好我生意上的事還沒處理完！」

宋志遠看看趙臻，再看看宋甜，覺得這一對小兒女實在是般配之極，心中歡喜，道：「好好好！爹爹先回京城給妳收拾閨房。」

宋甜認真道：「爹爹，我喜歡後園小樓，還住在那裡就好。」

宋志遠滿口答應了下來。

宋甜想起林七船隊出海的事。「爹爹，林七船隊出海都一年多了，什麼時候回來？我讓錢與他們出海買的鐵火槍，買到沒有？」

宋志遠思忖著道：「按照約定的時間，船隊應該在明年二月回到青州海港……」

趙臻想起自己讓藍冠之暗中組織人仿製的鐵火槍和火藥彈，他這一年多一直在北境，竟不知進度如何。

宋甜起身到外面吩咐丫鬟去廚房要醒酒的酸辣魚湯。

待宋甜一出去，趙臻便起身，鄭重地給宋志遠拱手行禮。「岳父大人，這次回到京城，我想要迎娶甜姐兒為妻，請岳父大人恩准。」

他再也不想和宋甜分開了。

以後無論是生是死，是富貴還是落魄，他都想和宋甜在一起。

只是如今他前路茫茫，擔心宋志遠不願宋甜冒險，因此想要先請求宋志遠的同意，回京再去向父皇請婚。

宋甜吩咐罷轉身回來，正好與她爹走了個對頭。

「爹爹，你這是做什麼去？」

宋志遠行色匆匆，擺了擺手道：「我有急事要去做，有事明日一早見面再說。」

宋甜忙送他到儀門外。

宋志遠的親隨都圍了上來，服侍宋志遠披上披風，戴上兜帽和眼紗，又扶他認鐙上馬，然後簇擁著他出去了。

宋甜心中疑惑，回到上房明間，卻見趙臻獨自坐在小炕桌前，正端著盞酒在吃。

她有些納悶。「臻哥，我爹到底是怎麼回事？怎麼走得這麼急？」

趙臻竭力抿著嘴忍笑。「宋大人急著回驛站了。」

他沒想到宋志遠居然跟宋甜是一個脾氣，性急得很，有事情就要立即去做，不愛拖延。

宋甜坐下後，大眼睛盯著趙臻，等著趙臻說實話。

趙臻實在受不了被她這樣盯著，終於說了實話。「岳父大人很贊同我倆的親事，有些事他需要蘇中和幫忙，因此急著去見蘇大人了。」

宋甜納悶。「蘇中和不就是這次使團的正使，爹爹有什麼需要蘇大人幫忙的？」

趙臻微笑不語。

宋甜知道趙臻不愛說話，便自顧自猜測著。「我爹這麼急著走，一定是想到巴結蘇大人的法子了，他這個人若想要巴結誰，簡直是讓人防不勝防難以拒絕……」

趙臻給宋甜斟了一盞酒遞給她，鳳眼含笑道：「妳對妳爹還真挺了解。」

宋甜怔了怔，道：「是很了解。」

經歷了兩世，怎麼可能不了解？

她端著酒盞飲了一口，溫熱的酒液滑入腹中，整個人都暖和起來。

宋甜忽然道：「我爹對我的愛是有條件，他若是一直沒有兒子，就會把我放在重要的位置，為了我願意去做許多事情；可我爹若是有了兒子，你就看吧，我很快就會被他拋在腦後——所以啊，我爹沒有兒子挺好的。」

趙臻這是第一次聽宋甜這樣說話，說出這樣的話。

眼前的宋甜，不像平時那樣活潑、篤定、堅強，而是有一點看破一切的滄桑感。

他伸手握住宋甜的手，溫聲道：「以後妳有我，我只喜歡妳。」

趙臻不是很擅長言辭，因此跟宋甜說話，都是說老實話。

宋甜原本還有些惆悵，聽了趙臻的這句話，不由得笑了起來。

這句話當真是越品，她就越歡喜。

是啊，我不是爹爹的第一選擇，可我是你的第一選擇，你也是我的第一選擇！

宋甜直起身子，猛地湊了過去，越過小炕桌在趙臻額頭上親了一下。

「臻哥，我也只喜歡你！」

前世時，我也只喜歡你，雖然你並不知道，一個普通的宛州少女，曾經默默地喜歡過你，默默地聽從家人安排嫁人，最後轟轟烈烈死去……

直到死去，她也只喜歡過你。

每當長夜難熬時，她常會想起你，想起初見你時的驚豔。

那個明月般的少年，高懸夜空，高不可攀，卻照亮了她短暫的少女光陰……

宋甜一觸即離。

趙臻覺得額頭似被輕啄了一下，他抬頭看向宋甜。

宋甜迎上他的視線，杏眼明亮而灼熱，嘴唇嫣紅豐潤。

趙臻腦子中名為理智的那根弦「錚」一聲斷了，他長腿一邁下了榻，彎腰打橫抱起宋甜，直接進了東暗間，把宋甜壓在床上親了起來。

東暗間臥室裡沒有燈，明間的燈透過珠簾照了進來，是唯一的光源。

許久之後，宋甜的輕笑聲傳來。「臻哥，我來教你。」

她可是跟魏霜兒這高手學過的，比趙臻這笨蛋厲害多了。

趙臻聲音喑啞。「……嗯。」

畢竟後面還有皇室大婚，新婚之夜還有嬤嬤檢驗，趙臻不敢在這時真的發生什麼，那樣會對宋甜不利的。

雖沒有到最後一步，但宋甜從來沒有過這樣的感覺。

她是趙臻的唯一，她被趙臻融化，她如盪鞦韆盪到高空，然後似煙花在夜空突然綻放……原來做女人是這種感覺啊！

不知溫存了多久，趙臻在宋甜唇上吻了吻，啞聲道：「我想洗個澡……」

想到趙臻的潔癖，宋甜不禁笑了起來，懶洋洋道：「你去西暗間炕房，炕房後有浴間，黃銅管子接著地龍的熱水，擰開就可以洗澡。」

這還是秦嶂那個機靈鬼模仿金明池溫泉的原理給她修的，簡直方便極了。

趙臻有些羞澀，又親了宋甜一下，起身離去了。

宋甜窩在那裡，覺得全身上下直到指尖都麻酥酥的，整個人只想懶洋洋的躺著，連動都不想動一下……

魏霜兒教她的東西可太有用了。

歇息過來後，宋甜去了炕房，拿了一本書歪在炕上翻看著。

趙臻穿著白綾浴衣從浴間走了過來，微濕的長髮披散著，也在炕上坐了下來。

宋甜見他不看自己，細看的話耳朵尖還是紅紅的，跟紅玉雕就一般，可愛得很，不由得笑了起來，拿了個錦緞靠枕遞了過去。「你也歪著歇一會兒吧！」

趙臻從善如流，倚著靠枕躺在炕上，眼睛看著上方的雪白承塵，想著心事。

宋甜也在想心事。

趙臻要等朝廷旨意下來，才會帶著軍隊開拔，宋甜細想了一下，覺得自己跟著軍隊開拔，到底名不正言不順，而且也不方便。

宋甜打算明日一早跟著她爹爹一起回京，正式接管京城和宛州的生意。所以，她今夜得見一見張家口堡所有的掌櫃和夥計。

原本宋甜想著會繼續在張家口堡這邊待一陣子，一切都好說，如今事出突然，她要提前離開，得先把事情都安排妥當。

如今張家口堡這邊的生意，她占八成，黃蓮占兩成，宋甜想要改一改，改為黃蓮占兩成，她占七成，剩餘一成，掌櫃占半成，夥計平分半成，王慶及十二個護院則由宋甜發放工錢。

這樣的話，生意的好壞就跟每個人息息相關……

心中計議已定，宋甜先讓秦嶂去通知各個鋪子的掌櫃和夥計過來，然後吩咐月仙送筆墨紙硯和小炕桌來擺好，爬起來先寫了兩封短信，一封交給秦峻送到驛站給她爹爹，一封交給小廝送到金宅，然後開始起草與掌櫃和夥計們的新合同。

趙臻依偎在宋甜身畔，不知不覺就睡著了。

醒來後，趙臻發現炕上只有自己，宋甜不知去哪裡了。

不遠處的書案上點著罩燈，燈光熒黃，光線很暗。

他的身上搭著錦被，房間裡溫暖如春，淺淡的薄荷和玫瑰香交織在一起。

趙臻在浴衣外穿上斗篷，起身出了上房。

月仙正在廊下暖閣坐著，見趙臻出來，忙上前行禮。「主子，姑娘這會兒正在外院正堂見鋪子裡的掌櫃和大夥計。」

趙臻微微頷首。「在前引路。」

在外院侍候的人都是趙臻給宋甜的人，自不會阻攔趙臻。

趙臻便立在廊下看著。

廳堂裡燈火通明大門洞開，宋甜坐在正中間的官帽椅上，東邊和西邊的圈椅上滿滿當當坐滿了人，甚至還有加座。

趙臻立在外面數了數，發現在座掌櫃和夥計總共有二十二個，其中有十位是女子。

他在外面靜立了半個時辰，見廳堂裡的會議將散，這才離開了。

他一直覺得宋甜嬌弱稚嫩，須得自己細心照顧。經過今夜，趙臻才發現宋甜外在嬌弱稚嫩，可是她在經營生意的時候，既殺伐決斷，又不乏細緻。

他的宋甜，很厲害、很有本事，能夠獨當一面，被許多人信任依賴著。

趙臻不禁微笑起來，大步流星向後院走去。

宋甜回到後面上房，見趙臻已經起來了，正在西暗間等著她，頓時又驚又喜，撲進了趙臻懷中，攬著趙臻，在他臉上啾啾親了好幾下。

親暱了一會兒之後，宋甜從趙臻懷中掙脫，跪坐在炕上開始說正事了。「臻哥，我想了想，我還是明日一早跟我爹一起回京城吧！」

趙臻挑了挑眉。

宋甜思忖著道：「你這次回京是以宋越的身分，說不定還得放出風聲，說宋越是沈總督之子沈博的化名——這樣的話，我跟著你回去，是不是名不正言不順？再說了，我作為女眷跟著你們，怕也會影響你們軍隊的行軍速度吧？」

宋甜看著燭光中趙臻完美的側顏。「臻哥，我不想因為我給你添麻煩。」

趙臻沈默良久，忽然道：「成親後，京中王府妳想住在哪兒？」

宋甜沒想到趙臻突然轉移話題，「呃」了一聲，笑盈盈貼了過去，伸手摸了摸趙臻柔軟細嫩的臉頰，淘氣地彈了彈，道：「自然是你住哪兒，我就跟著你住哪兒了，我可沒打算跟你分開住。」

她知道皇室貴族夫妻一般都各有各的住處，男子在妻妾房裡行走，妻子卻要常常獨守空房。

宋甜不願這樣，她就是要和趙臻在一起。

趙臻笑了起來，在宋甜唇上吻了一下，道：「我的意思是，妳打算住哪裡，我就讓人收拾哪裡做我倆的居處。」

宋甜窩在趙臻懷裡想了又想。「我記得你挺喜歡松風堂的，要不，咱們還住在松風堂？」

她記得趙臻戀舊，不管是京城豫王府，還是宛州豫王府，他的住處都叫松風堂，陳設格局也都極為相似。

趙臻「嗯」了一聲，道：「那還讓秦嶂、秦峻收拾，他倆了解妳的喜好。」

宋甜很是歡喜。「如此甚好。」

她有什麼需要和想法，也可以直接和秦嶂、秦峻說。

宋甜壓在趙臻身上撒嬌。「臻哥，我喜歡洛陽牡丹，你得在松風堂後面給我開闢出一片牡丹園。」

趙臻被她壓得心猿意馬，含糊地應了一聲。

兩人就這樣依偎在一起，絮絮說著話，一直到拂曉時分，這才意識到分別的時刻到了。

宋甜起身，拿了一個錦匣遞給了趙臻。「臻哥，等我離開後再打開。」

她又道：「裡面有封信，裡面寫著遼國境內鐵礦的大致方位、了解此事的人的名字。」

這件事牽涉到前世在太尉府的記憶，宋甜只能幫趙臻到這裡了。

趙臻以為這是宋甜幫他打聽到的，抬眼看著宋甜，鳳眼裡滿是驚訝。

宋甜神情鄭重。「臻哥，你要相信我。」

趙臻點了點頭。「我信妳。」

他一直都信任宋甜。在這個世上，若是連宋甜都不能信任，他還能信誰？

大宋使團的車隊在軍隊護衛下離開張家口堡，朝西南方向而去。

宋甜的兩輛馬車緊隨在宋志遠的馬車後，並不顯眼。

扮作遼東鎮總兵宋越的趙臻帶領眾人立在城牆上，目送車隊逶迤而去，漸漸消失在丘陵山林之間。

他心裡空落落的，回到營帳打開了宋甜留下的錦匣——錦匣裡除了一封封好的信，便是厚厚一摞銀票了。

趙臻抿著唇，嘴角上揚。

大安的京城位於北方，剛進入臘月，城中就颳起了北風。

飛沙走石肆虐了整整一天之後，傍晚時分，灰暗的天空終於飄起了雪花。

雪花飛舞中，前往北境與遼國談判的使團終於自北城門進入京城。

宋甜的馬車在距離京城還有二十里的地方與使團車隊分開，繞到東城門進入京城，徑直往城南柳條街駛去。

臘月的柳條街，不再像春夏時分那樣柳條輕拂綠意盎然，雪花飛舞在光禿禿的柳條上，平添了幾分蕭條之意。

馬車在宋宅大門外停了下來，守門的正是從宛州帶來的小廝宋槐和宋柏。

宋槐和宋柏自是認識趕車的秦嶂、秦峻，忙打開大門，讓馬車駛入大門。

宋柏幫著搬取行李，宋槐自去內院通稟。

宋甜正扶著紫荊的手下車，卻見一個瘦小精幹的老婆子急急走了過來，嘴裡嚷嚷。「大姑娘回來了！」

原來是宋志遠的奶娘田嬤嬤。

宋甜笑盈盈扶住了正要行禮的田嬤嬤。「嬤嬤，我可不敢受您的禮，我爹會罵我的。」

田嬤嬤正要說話，卻聽到儀門內一陣腳步聲傳來，當下轉身看去，口中道：「大姐兒，應是太太過來了！」

雍容華貴的張蘭溪扶著錦兒走了出來，含笑道：「大姐兒回來了！」

宋甜見張蘭溪氣色甚好，當下上前行禮。「給太太請安。」

張蘭溪不待宋甜福身下去便把她攙扶住了。「外面冷，咱們回上房明間說話。」

錦兒上前半步，笑嘻嘻屈膝行禮。「給大姑娘請安。」

宋甜看向錦兒，見她梳著婦人髮髻，已是婦人打扮，猜到錦兒應是被收房了，便笑著道：「快起來吧，以後我可得叫妳錦姨娘了！」

錦兒其實早就被她爹收用過了，收房做姨娘也是應該的。

錦兒聞言有些羞澀，紅著臉道：「大姑娘，您叫我『錦姑娘』就行了。」

按照規矩，丫鬟出身的姨娘，一般不能稱姨娘的，譬如錦兒，就被府裡人稱為「錦姑娘」，顯得比姨娘又矮了一級。

宋甜卻是知道錦兒是張蘭溪的心腹，瞧了瞧張蘭溪，見她殷切地看著自己，便做了個順水人情，笑吟吟道：「叫錦姑娘不好聽，就叫錦姨娘吧！等我爹回來，我和他說。」

她爹風流歸風流，卻有一些奇奇怪怪的堅持，其中有一條就是不輕易抬姨娘，外面相好那麼多，家裡的通房丫鬟也不少，卻硬生生都沒抬姨娘，彷彿做他的姨娘是多榮耀難得的事情似的。

錦兒大喜。「謝謝大姑娘！」

張蘭溪心中也是歡喜，吩咐在一邊笑吟吟只是看宋甜的田嬤嬤。「田嬤嬤，今晚給大姐兒辦的接風宴，可就要看您老了！」

田嬤嬤聞言，忙道：「我這就上廚房安排去！」

見田嬤嬤風風火火走了，張蘭溪一邊陪著宋甜往裡走，一邊問道：「老爺如今行到哪裡了？何時能回家？」

宋甜看著飛舞的雪花，輕輕道：「爹爹隨著使團入宮，今晚極有可能不回家了。」

張蘭溪嘆息道：「妳爹這一趟真是辛苦了。」

接著，她悄悄問宋甜。「妳爹這次出門這麼久，有沒有添新人？」

宋甜抿著嘴只是笑。

她爹一向自喻為肉身布施專門慰藉世間怨女的男菩薩，這一路回京，怎麼少得了桃花運？單是宋甜知道的，就有好幾個了。

不過這些是不能跟太太說的。

第五十章

進了上房明間，宋甜寬了外面大衣服坐下，又在丫鬟服侍下用香胰子淨了手。

錦姨娘奉上了福橘果仁泡茶。

喝了一口熱呼呼的福橘果仁泡茶，宋甜這才微笑道：「太太，我一路看著我爹，不許他再納妾進門，您怎麼謝我？」

張蘭溪一聽就懂了——宋志遠風流歸風流，倒是沒給府裡增添新人口，頓時笑了起來，吩咐丫鬟綺兒。「把我給大姑娘做的繡鞋拿出來。」

將近兩年沒見，綺兒已經長成清麗的少女了。

她脆生生答應了一聲，掀開門簾進了西暗間炕房，很快就捧著一個匣子出來了。

錦姨娘在一邊侍候，這時就上前接了過來，打開匣子給宋甜看。「大姐兒，這是太太親手給您做的兩雙絮了清水綿的繡鞋，您快試試看大小合不合適。」

宋甜看了看，發現一雙大紅遍地金高底鞋，一雙寶藍緞面平底鞋，都絮了清水綿，樣式正適合現在穿。

她笑著道：「我這兩年個子長高了，腳也長大了些。」

在錦姨娘和綺兒的服侍下，宋甜把這兩雙繡鞋都試了試，發現居然合腳不說，穿上極為柔軟暖和，心中不禁有恍若隔世之感——在張家口堡時，她也和當地女子一樣穿鹿皮靴，看來從荒寒的北境回到京城這綺羅叢中，她還得慢慢適應。

月仙帶了一個小丫鬟過來見宋甜。

那小丫鬟生得面若芙蓉，身段婀娜，甚是美貌。

宋甜凝神細看了一番，驚訝道：「這是……繡姐兒？」

繡姐兒抿嘴笑了。「是我呀，姑娘！」

宋甜忍不住笑了。「兩年不見，妳這小丫頭怎麼長這麼好看了？」

繡姐兒有些羞澀，又有些開心，淘氣道：「我這是隨了姑娘呀！」

宋甜不由得笑了起來，問了幾句，這才知道張蘭溪進京的時候，把東偏院宋甜的人——金姥姥、錢興媳婦和繡姐兒全都帶進京城了，如今就安排在後園門口的一排房子裡。

這個人情宋甜領下了。

她認真地謝了張蘭溪。「太太，謝謝您。」

張蘭溪看著宋甜，溫聲道：「大姐兒，妳幫了我許多忙，我都知道，都記在了心裡。」

兩人都是聰明人，心裡明白就是，便不再多說。

月仙是來送宋甜給張蘭溪帶的禮物，得知錦兒成了姨娘，她順手也給錦兒準備了一份。

宋甜給張蘭溪的禮物是上好的雪狐皮子，夠她做件皮襖了。給錦兒的則是灰鼠皮子，夠她做個坎肩。

不一時擺上酒菜，張蘭溪坐在主位，宋甜坐在客位，錦姨娘和田嬷嬷打横作陪，四人歡飲說話，一直吃到了亥時，這才各自散了。

繡姐兒打著燈籠，宋甜扶著月仙往後面園子走，卻見大雪紛飛，外面已是白色世界，紅燈籠映著白雪，別有一種清冷意趣。

錢興媳婦和金姥姥正在園子門房裡烤火說話，聽到腳步聲，忙出來迎接——原來金姥姥下廚做了幾樣宋甜愛吃的菜餚，熱了宋甜愛喝的薄荷酒，只等著宋甜回來。

宋甜原本已經有了酒意，卻不願拒絕金姥姥的拳拳之心，便又陪著她們吃了頓酒，直吃得酩酊大醉，交代月仙給眾人分發禮物，便扶著紫荊上樓歇息了。

等宋甜再次醒來，已是第二天中午時分了。

紫荊把錦帳掛起，拔步床內一下子亮了起來。

宋甜有些不適應，拉高錦被遮住了眼睛。

紫荊捧著一盞溫開水過來。「姑娘，起來喝口溫開水就清醒了。」

宋甜閉著眼睛把一盞溫開水喝完，果真清醒了。

紫荊和月仙一起服侍宋甜起身，繡姐兒則負責來回運送熱水——她瞧著嬌弱婀娜，力氣卻大，端起一大盆熱水輕輕鬆鬆。

外面雪已經停了，白雪映著糊著窗紙的窗子，屋子裡也甚是亮堂。

宋甜洗漱罷，坐在妝檯前梳妝。

繡姐兒進來稟報。「大姑娘，太太派了綺兒姊姊過來，說老爺隨著黃太尉去溫泉行宮覲見陛下了。老爺命宋梧回來傳信，說看您什麼時候有空，讓京中各鋪子的掌櫃來家裡見您。」

宋甜想了想，吩咐繡姐兒。「妳去和宋梧說，先不必讓掌櫃們來看我。」

她打算把自家這些鋪子一個個轉過一遍，看看整體的情形。

繡姐兒答了聲「是」，自去傳話了。

宋甜梳妝罷下了樓，披著大紅錦緞斗篷，穿上張蘭溪送她的那雙大紅遍地金高底鞋，踩著雪去了前面上房。

張蘭溪正等著宋甜一起用飯。

她招呼宋甜進來，然後道：「妳爹捎信讓各鋪子掌櫃把帳目都送了過來，讓妳先看一遍。這些帳本箱子如今都在外書房裡鎖著，待會兒我讓人送到後面去？」

宋甜忙道：「那就麻煩太太了。」

她打算晚上再看帳。

張蘭溪笑著道：「麻煩什麼呀！」

她起身吩咐人去外書房，讓人把盛著帳本的箱子抬到後園小樓。

剛過未時，一輛馬車駛出了柳條街宋宅，往延慶坊方向而去，駕車的小廝身穿青衣，戴著氈帽，正是秦嶂。

京城的街道皆是青磚鋪就，道上雪已經被清掃過了，卻依舊有些滑。

秦嶂小心翼翼地駕駛著馬車，口中還隔著車壁和宋甜說話。「……主子說了，要用松風堂做新房，還要在松風堂後面園子給您修建一座牡丹花圃和一間暖房，秦峻回去忙這件事了。姑娘，您有什麼想法儘管吩咐我們兄弟，我和秦峻都一定幫您完成。」

宋甜想了想，道：「我覺得你們倆在張家口堡給我修的浴間就不錯。」

這時一輛華麗的馬車從後面橫衝直撞駛了過來。

秦嶂忙驅趕著馬匹避讓。

待那輛華麗的馬車平安通過，向前疾馳而去，秦嶂這才道：「姑娘，方才那輛馬車是韓王府的馬車，坐在車夫旁邊的，正是韓王的親信是石忠明。」

宋甜心中納悶，卻沒有說話。

到了延慶坊，馬車在富貴鏡坊斜對面停了下來。

宋甜沒有立即下車。

秦嶂上前隔著窗子低聲稟報。「姑娘，韓王府的那輛馬車也在前面停著。」

宋甜把車窗打開，隨著秦嶂的指示看了過去，見到富貴鏡坊前停著不少輛馬車，其中一輛特別華麗，車廂上繪著韓王府的標誌。

瞧對面一個小夥計拿著掃帚正在臺階下掃除積雪，宋甜便低聲吩咐秦嶂。「你去問一問，看韓王府是誰來富貴鏡坊了。」

秦嶂答了聲「是」，施施然走了過去，很快就問出來，過來低聲稟報。「是韓王府的姚側妃。她帶了人親自來挑選西洋鏡，說是要給韓王妃做生辰禮物。」

宋甜挑眉看他。「姚側妃？」

秦嶂忙解釋道：「啟稟姑娘，就是先前咱們王府的女官姚素馨。她改名姚香之，攀上了韓王，不久前剛為韓王生了一個兒子，韓王為她請封了側妃，聽說連韓王妃都得讓她三分。」

宋甜聞言並不吃驚，前世姚素馨用姚香之之名進入韓王府，深得趙致寵愛，後來成了寵冠後宮的宸妃娘娘。

她沈吟了一下，道：「不要打草驚蛇，咱們先在這裡等著，靜觀其變。」

姚素馨那樣精明，應該知道富貴鏡坊是她家和徐太師家合開的鋪子，她這次過來，是真的為韓王妃選購禮物，還是有別的企圖？

按說姚素馨貴為韓王側妃，她想要挑選鏡子，只要同下頭吩咐一聲，富貴鏡坊自會送貨上門去供她挑選的……

富貴鏡坊內部共分兩層，下面是招待一般顧客的地方，登上松木階梯上了二樓，則是招待貴客的雅間。

姚素馨坐在二樓雅間內，白皙細嫩的右手搭在紅漆欄杆上，雙目含笑看著一樓夥計做生意的情形。

富貴鏡坊以前的掌櫃調到杭州開新鋪子了，新掌櫃姓錢，是從大夥計提上來的，生得白淨體面，笑眉笑眼陪著姚素馨，遞茶送水服侍得十分周到。「……側妃是貴人，如何踏足我們這小店？您只管派人說一聲，我們就把鏡坊內的珍藏全都送到韓王府，供側妃您挑選……」

姚素馨體態嫻雅坐在那裡，眼睛瞟著下面情形，背脊卻挺得極直，下巴也抬得高高的。她如今是韓王側妃，出門一趟若是帶上全副儀仗的話，那今日的事就別想做了。

下午時分，下面顧客越來越多，很多一看就是富戶貴人家裡的管事或者體面些的人家，一買就是幾十套西洋鏡，都是留下地址，讓富貴鏡坊的夥計送貨上門。

姚素馨在這裡坐了兩刻鐘，盤算了一下，發現富貴鏡坊整整賣出去一百一十三套西洋鏡，還不算那些零零星星賣出去的。

聽說西洋鏡的成本並不高，這兩刻鐘就能賺這麼多銀子，那一個時辰呢？一天呢？若是她能得到製鏡技術，把鏡坊生意推到全大安，這一年下來賺的銀兩怕是要堆成金山銀山。

她雖然生了兒子，可是韓王卻更寵愛韓王妃，因為韓王妃的娘家能給他朝堂上的助力。

若是她能做成這件事，每年給韓王十萬兩銀子，韓王一定更加寵愛她……

有了富貴鏡坊，她手裡就有了一座金山，等韓王登基掌權，韓王妃娘家漸漸式微，她生的兒子就有了入主東宮的希望……

想到這裡，姚素馨抬起纖巧的手指，在紅漆欄杆上敲了敲，道：「你們富貴鏡坊的老闆，是不是宛州提刑所的宋大人？」

錢掌櫃是富貴鏡坊的老人，如何不知這位姚側妃先前與宋家大姑娘的糾葛？

他微微一笑，略帶著些矜持道：「我們富貴鏡坊的老闆，並不是宋大人，不過背後的股東，卻有宋大人。」

富貴鏡坊的老闆，如今可是宋大姑娘，而不是宋大人。

「有宋大人？」姚素馨斜斜看向錢掌櫃。「難道除了宋志遠宋大人，還有別人？」

錢掌櫃嘴角翹了翹，道：「啟稟側妃，還有徐太師府的管家徐桂和黃太尉府的管家黃濤。」

言下之意就是富貴鏡坊背後的股東，除了宋志遠，還有徐太師和黃太尉。

姚素馨聞言心中一驚——她還真不知道富貴鏡坊背後居然還有徐太師和黃太尉。

不過轉念一想，姚素馨也笑了起來，道：「還挺複雜——對了，我聽說你們宋家的生意，如今都交給了宋大姑娘？」

即使富貴鏡坊背後有徐太師和黃蓮，她也不怕。

韓王是陛下最寵愛的皇子，如今皇太子趙室發瘋，韓王入主東宮指日可待，即使是徐太師和黃蓮，也得讓著韓王。

再說了，她只想搶走宋家的股份，徐太師和黃蓮可以坐山觀虎鬥，又損不著他們的利益。

錢掌櫃嘴角翹起，分明是笑模樣，眼中卻帶著警戒之意。「側妃這是何意？」

計議已定，姚素馨懶洋洋道：「我和你們宋大姑娘也算是故人了，你去幫我傳話，就說我看上了她在富貴鏡坊占的股，讓她開個價。」

錢掌櫃沒有說話，垂著眼簾，恭謹地立在那裡。

姚素馨瞟了他一眼，抬手在手邊小几上敲了敲，意味深長道：「我知道宋甜已經到了京城，我等著宋甜的回音。」
說罷，她扶著身側服侍的女官的手站了起來。
女官和丫鬟簇擁著她，給她戴上帷帽。
姚素馨在眾女官丫鬟簇擁下昂首下了樓，穿過富貴鏡坊的大堂，出門登車。
馬車往前疾馳而去。
錢掌櫃出來送客，目送韓王府的人簇擁著姚側妃離去，面帶沈思轉過身。
他剛登上臺階，鏡坊的一個小夥計就匆匆從裡面出來，低聲道：「掌櫃，大姑娘來了，在後面帳房等您。」
聞言錢掌櫃扭頭往四周看了看，然後疾步進了鏡坊大堂，穿過大堂，去了後面鏡坊。
富貴鏡坊後面的製鏡作坊有好幾個工棚，分別進行不同的製鏡環節，東側有一座兩層樓，一樓是製鏡師傅和夥計們的住處，二樓則是帳房和錢掌櫃的住處。
錢掌櫃一進帳房，便見到一個十六、七歲的美貌少女正坐在圈椅上，杏眼圓臉，肌膚潔白，櫻唇嫣紅，觀之可親，正是富貴鏡坊的新老闆宋大姑娘。
他忙拱手行禮。「小的見過大姑娘。」
心裡感慨：兩年不見，大姑娘真的長成大姑娘了，不像先前，雖然好看，卻稚氣得很。

宋甜起身還禮，請錢掌櫃坐下，開門見山道：「韓王府的姚側妃來咱們鏡坊做什麼？」

錢掌櫃一愣。「呃——」

大姑娘畢竟是大姑娘，還是像先前一樣，不喜歡說廢話，也不喜歡聽廢話。

他直截了當回道：「大姑娘，姚側妃想收買富貴鏡坊您手裡的股本。」

「收買我手裡的股本？」宋甜看著錢掌櫃笑道：「她怕不是想收買吧？你把方才的情形細細和我說一遍，從她進鏡坊開始說起。」

錢掌櫃略一思忖，開始講述。

宋甜坐在那裡，專注地聽著錢掌櫃的敘述。

錢掌櫃說著話，看向宋甜，見她分明是在認真聽著，可是雪白的牙齒卻在撕咬下唇的乾皮，下唇都沁血了，不禁替她疼得慌，忙道：「大姑娘，妳的嘴唇都沁血了！」

宋甜用手指一抹，看了看指腹上的血，只道：「天太乾了。」

她凝神思索的時候，有咬嘴唇的毛病。

聽錢掌櫃說完，宋甜心中也有了計較。

她看向錢掌櫃道：「韓王府那邊，我來處理；鏡坊這邊，就交給錢掌櫃了。」

錢掌櫃忙道：「大姑娘，在其位謀其政，這是小的分內之事。」

宋家各鋪子的掌櫃和夥計，都是有分紅的，他掙得比人多，自然得操更多的心負更多的責任了。

宋甜一邊想，一邊道：「晚上我就派人來鏡坊這邊，保護鏡坊的安全。若是有人來砸鏡坊，就當場抓住，這樣方能尋找姚側妃的把柄。」

她覺得這件事應該是姚素馨自己的主意，和韓王無關。

韓王就算再貪婪，也不至於在這時、以這樣赤裸裸的方式來掠奪霸占她的產業。他會做得更細緻，更隱蔽，也更徹底。如果能證明是姚素馨自己的主意，那就好辦了。

回柳條街的路上，宋甜坐在馬車裡，隔著車壁問秦嶂。「你現在能尋到二十個身手敏捷的閒漢嗎？」

秦嶂聽力極佳，一邊駕著車，一邊問道：「是要用來幫富貴鏡坊看家護院嗎？」

宋甜「嗯」了一聲，道：「需要在鏡坊後院住一段時間，事情結束，我自有謝儀。」

迎面一輛馬車橫衝直撞疾馳而來。

秦嶂一牽馬韁繩，「欸」了一聲，讓馬車靠南行駛，躲過了迎面的馬車，這才道：「您請放心吧！我回去就安排，這二十個精壯漢子今晚就到位。」

宋甜知道秦嶂安排的肯定是趙臻的人，便不再多問。

一行人回到柳條街，已是傍晚時分。

馬車停在了儀門外，秦嶂蹲身為宋甜安放腳踏。

宋甜下車時彎了一下腰，用極低的聲音吩咐秦嶂。「你去查一查，姚素馨和韓王妃的關係如何。」

秦嶂抬眼看向宋甜。

這會兒夜幕已經降臨，儀門外還沒有張掛燈籠。

宋甜的眼睛在黯淡的光線中熠熠生輝。

秦嶂答了聲「是」。

得知她爹已經回來了，正在上房歇息，宋甜便帶著月仙直奔上房。

宋甜繞過影壁，發現上房內燈火通明，絲竹聲聲，便停下腳步，待一個上菜的媳婦拎著托盤過來，便攔住問道：「今日上房有客？」

若是繼母張蘭溪的客人，她就不過去了。

那媳婦見是宋甜，滿臉堆笑屈膝行禮。「給大姑娘請安。」又道：「大姑娘，賀侍郎家的賀娘子來拜訪太太，被太太留下吃酒。太太讓家樂在旁彈唱，讓錦姨娘在一邊作陪，煞是熱鬧。」

宋甜聽到上房傳來賀蘭芯的嬌笑聲，便道：「我爹也在？」

那媳婦是個聰明人，不說是，也不說不是，只笑咪咪看著宋甜。

女客自然是由太太招待，男主人哪能在場？不過賀娘子與老爺情分不同，闔府都知道，自然老爺也在場了。

可是說出去畢竟不好聽，因此她不肯明說。

宋甜見她機敏，唇角微彎，吩咐紫荊賞她二錢碎銀子，便讓她下去了。

待那媳婦一走，宋甜轉身帶著紫荊出去了。

田嬤嬤正帶著個丫鬟拎著食盒過來，恰好在角門外遇到了宋甜，忙道：「大姑娘，我讓人再送些酒菜到後院去，您先用了再歇息。」

她也覺得上房這會兒有點不堪，不肯讓宋甜過去。

宋甜笑著點了點頭，道：「那您尋個時機，悄悄和我爹說一聲，就說我回來了，生意上出了些事，我必須今晚見他。」

田嬤嬤是宋志遠的奶媽，在宋志遠面前是天不怕地不怕，滿口答應了下來。「我知道了，一定把話帶到。」

到了上房，田嬤嬤盛了一碗醒酒的酸辣鯉魚湯送到宋志遠面前，乘機附耳低聲道：「老爺，大姑娘回來了，因為生意上的急事要見您。」

宋志遠原本醉意朦朧，修長的手指放在紫檀案上，隨著樂聲打著節拍，一雙水汪汪的桃花眼盯著對面的賀蘭芯眉目傳情，聽了田嬤嬤的話，如披冰雪，一個激靈就醒了，當即把田嬤嬤親手做的酸辣鯉魚湯吃了，用清茶漱了口，留下張蘭溪陪伴賀蘭芯，自己擺了擺手，起身灑然離席。

第五十一章

雪又開始下了。

風聲呼嘯，雪花飛舞，外書房外面的廊下空無一人。

不遠處轉廊的暗處卻隱著兩個人，一個是刀筆，一個是秦峻安排的小廝。

他們沈默地監視著外書房外面。

外院書房內，銅火盆的木頭熊熊燃燒，發出噼哩啪啦的脆響，火盆上方懸著的銅壺裡水燒開了，咕嚕咕嚕冒著水氣，與外面呼嘯的風聲呼應，越發顯得溫暖而安謐。

宋甜窩在銅火盆前擺著的一個圈椅內，手裡捧著茶盞，把白日姚側妃要吞下富貴鏡坊之事簡單地說了一遍。

宋志遠心中原本有了主意，可是一抬眼看見女兒坐在對面，正凝視著銅火盆裡的火焰，不知道在想些什麼，眼珠子一轉，道：「甜姐兒，妳打算怎麼應對這件事？」

宋甜雙手握在一起，抵在鼻端，道：「爹爹，我想知道如今朝中的形勢。」

宋志遠老老實實道：「我進入京城官場時間太短，所知道的都是黃子渠告訴我的。」

宋甜笑了。「爹爹，黃叔叔已經是京城官場消息最靈通的人之一了。」

聞言，宋志遠也笑了，起身從案上的黃金蓮花盤裡拿了一個橘子剝開，橘瓣遞給了宋甜吃，卻把橘子皮扔進了銅盆裡。

在橘皮散發的香氣中，他坐了下來，道：「妳問得太泛泛了，再具體一些。」

宋甜把半瓣橘子塞入口中，含糊道：「韓王、姚側妃、韓王妃及韓王妃背後的錢氏家族，還有朝中文臣。對了，還有內閣。」

宋志遠坐了下來，身子窩在圈椅裡，開始說自己知道的消息。「韓王娶了韓王妃，得到了錢氏及錢氏門人弟子出身的江南官員的支持，可如今內閣卻被北方官僚出身的文閣老把持，因此韓王與韓王妃關係比較微妙。」

他又細細說道：「子藁說，姚側妃能生下庶長子並進封側妃，其實是韓王對韓王妃及其背後的錢氏家族的警告。太子已封，陛下堅持立韓王為太子，而內閣卻堅持有嫡立嫡，無嫡立賢，應從韓王和豫王中挑選更賢能者立為太子。內閣一方得到了超過半數的大臣的支持，與陛下槓上了，因此陛下帶著蕭貴妃去了嵩山溫泉行宮。而豫王奉召入京，據說因為遭遇多次暗殺，受傷頗重，尚在途中。」

宋志遠的話蘊含的消息實在是太多了，宋甜聽罷，閉上眼睛思索良久，這才睜開眼睛道：「爹爹，豫王如今很危險。」

宋志遠點頭道：「可不是呢？」

他已經隨著黃蓮見過永泰帝了。

因為黃蓮，宋志遠發現永泰帝這人真是前所未聞的納罕——居然把女人看得比兒子還重要，居然是認真的想要弄死豫王！

永泰帝聽了蕭貴妃的話，認定解決內閣與他對峙這個局面最好的辦法，就是弄死豫王趙臻。

總共三位皇子，太子瘋了，只要弄死趙臻，只剩下韓王趙致，內閣沒有選擇，便只能同意立趙致為太子。

宋甜曾經無數次想過前世趙臻如何破局，想來想去，也只有一個法子，弄死趙致，利用手裡的兵權和內閣的支持，讓永泰帝失去實權。

而在張家口堡最後一夜，趙臻向她交了底，他正在這樣做。

宋甜看向宋志遠道：「爹爹，您和黃叔叔說一聲，遼海總兵宋越正在想法子調回京城，負責京畿防護，讓他也在旁邊出點力。」

宋志遠點了點頭，道：「我明日就去見子藁。」

他忽然又道：「甜姐兒，林七的船隊從海外回來了，我剛接到消息，他正押著『一批貨物』從運河乘船北上，過年前應該能趕到京城。」

宋志遠說到「一批貨物」這四個字的時候，語氣有些意味深長。

宋甜立刻聽明白了。「爹爹，那批鐵火槍到了？」

宋志遠得意地一笑。「嗯。妳要二百支，我和林七給妳翻了三倍，總共六百支，火藥彈足夠。」

他和林七是商人，做生意自然是要冒險的，如今他們把寶全押到了豫王身上。

這個消息太可喜了。

宋甜開心得跳了起來，搓著手圍著銅火盆轉來轉去。「這可太好了！真好！」

有了這個好消息，姚素馨帶來的煩惱算什麼呢？

宋志遠見女兒如此開心，心中也是歡喜，道：「姚素馨那件事妳預備如何處理？」

宋甜毫不在意地擺了擺手。「小事一樁，爹爹您等著瞧吧！」

宋甜離開之後，宋志遠正在書房內閉目假寐，小廝宋竹走了進來，低聲道：「老爺，賀娘子想要見您。」

宋志遠睜開眼睛看他，桃花眼清明異常。

宋竹輕輕道：「雪越來越大，太太留了賀娘子在府裡過夜。」

宋志遠想起宋甜的那句「遼海總兵宋越正在想法子調回京城，負責京畿防護」，當即道：「請她進來吧！」

賀娘子的爹賀侍郎，可是文閣老的心腹，他想跟賀侍郎做筆交易。

第二天宋甜待在家裡與京中各鋪子的掌櫃會面，卻派月仙帶了小廝出門，把京城延慶坊最好的首飾鋪子和成衣鋪子逛了個遍──她在張家口堡待了太久，已經跟不上京城貴女們穿衣打扮的趨勢了。

當天下午，月仙選購了不少首飾，並把京城最有名的女裁縫及弟子請到了家中，開始給宋甜趕製衣物。

到了晚上，宋甜終於得了空回到小樓，月仙趕緊把今日選購的珠寶首飾拿了出來。「姑娘，您看看這幾套怎麼樣？有從咱家的首飾鋪子選的，還有從別家鋪子選的。」

宋甜正與紫荊月仙看首飾，秦嶂回來了。

秦嶂脫掉外面落滿雪的斗篷，隨手遞給了紫荊，拱手行了個禮，這才道：「姑娘，小的幸不辱使命。」

宋甜做了個「停」的手勢，待侍候的人都退下後，這才道：「你說吧！」

「王爺早就命暗探接近韓王妃的奶娘張嬤嬤，今日屬下通過這個暗探，把兩種藥物都交到了張嬤嬤手中。」

宋甜低聲道：「接下來，就要看姚素馨自己了。她若是安安生生，自然能活著；她若是作死，自然會死。」

兩種藥，一種是絕育藥，一種是甜蜜蜜的毒藥，都經過宋甜多次提煉，藥效極好。

秦嶂離開後，宋甜有些疲憊，讓紫荊和錢興媳婦帶人準備了熱水，用屏風隔開，脫光衣服進入浴桶，閉上眼睛開始泡澡。

身子浸入熱水中後，宋甜的腦海裡浮現趙臻的模樣——她太忙了，自從回到京城，就沒有再好好想過趙臻。

趙臻在燈火通明的背景中，冷淡地看向宋甜。

他在滿目綠意中，向她微笑。

他騎在馬上，回首看她，鳳眼中含著笑意。

他壓在她身上，緩緩吻下，極為精緻的五官越來越近……

熱水在浴桶裡激盪，在宋甜身前動盪。

他可真好看啊，那種好看，給人視覺的衝擊，能夠激盪人心，能夠讓人忘情……每次見到他，宋甜總是能感覺內心的躁動和雀躍，骨頭都是酥麻的，整個人裡裡外外都是歡喜的……

對宋甜來說，趙臻與前世一樣，始終是高懸夜空的明月。

她一直仰望，卻不敢奢望擁有，每一次的相聚，對她來說，都像是最後一次狂歡，所以她才會一次比一次大膽，一次比一次瘋狂。

宋甜甚至未曾想過要擁有趙臻。

她只是想讓自己強大一些，再強大一些，強大到能幫他度過前世注定的死劫，強大到能幫他實現理想，成為想成為的人。

而她即使為此離開，也沒什麼。

紫荊拿了洗髮的何首烏香胰子和潤髮的玫瑰油過來。「姑娘，我來幫妳洗頭髮吧！」

姑娘在妝扮沐浴這些事情上講究得很，她可得好好服侍。

洗好頭髮，宋甜坐在浴桶裡，和坐在浴桶外凳子上為她用玫瑰油按摩頭髮的紫荊有一句沒一句地聊天，不知怎的話題就扯到了為紫荊尋找夫婿這件事上了。

紫荊一口拒絕了。「姑娘，您就別操心了，我一時半會兒還沒有成親的打算。」

宋甜抬眼看她，問：「那妳是什麼打算？」

紫荊有些害羞地笑了。「我要一直伺候妳，等妳和豫王成親了，我還伺候妳，一直伺候到——」

「伺候到什麼時候？」宋甜好奇地問紫荊。

紫荊想了想，道：「伺候到豫王年長色衰，沒了美貌的時候吧！」

宋甜不禁愣了。

紫荊又補充了一句。「姑娘，自從見過豫王，我就覺得這世上男子容顏不過如此，比他五官好看的，氣質卻甚是俗氣；氣質不錯的，長相卻與他差得遠；長得好也有氣質的，偏偏個子還沒妳高；個子也算高的，長得也算好，氣質也不錯的，偏偏又肩寬背闊敦實厚重；還有別的都好的，卻有些女氣，還不如您更有氣概——總之，豫王是大安第一俊美的少年郎，我想跟在姑娘身邊，好好欣賞他的美貌。」

宋甜不禁抬手遮住臉笑了起來。「妳這奇怪的想法是從哪裡來的？」

紫荊理直氣壯道：「天生的呀！我長得醜，就喜歡看長得好看的，喜歡看姑娘妳，喜歡看豫王，看不到你們倆的時候，看看秦嶂、秦峻解解饞也行。」

宋甜笑得眼淚都出來了。「妳再讓人送些熱水進來，我再沖一遍就起身。」

紫荊臨離開，忽然扭頭道：「姑娘，我臉上的瘢痕，我娘也有，我舅舅也有，我姥姥也有。我不想生出孩子像我一樣。這輩子我不打算成親了，我就想一直陪著妳、服侍妳。」

說罷，她低著頭出去了。

宋甜聽了，半晌沒說話。

前世她和紫荊那樣親近，紫荊都沒跟她說過這個秘密，這一世卻坦然說了出來，這是不是證明這一世的紫荊，比前世的紫荊更加的坦誠？是不是證明這一世的紫荊，比前世的紫荊和她更親近？

宋甜不由得笑了起來，眼睛卻濕潤了。

想要不生孩子也可以成親啊！

宋甜可是有法子讓紫荊不生孩子的。將來，若是紫荊遇到了喜歡的人，她一定會幫紫荊追求幸福的。

洗完澡，宋甜裹上浴衣出去，開始和月仙一起挑選搭配衣服的首飾，研究京城最新的妝容。

紫荊不懂這些，在一邊好奇地聽著看著。

月仙最懂得妝飾打扮，她白日出去一趟，已經把京城流行的趨勢看進了眼裡，記在了心裡，回到家裡就開始自己琢磨，這會兒宋甜一叫她過來，月仙便把自己的想法都告訴了宋甜。

宋甜認真地聽著，和月仙討論著。

紫荊還有些不明白。「姑娘，您生得夠好看了，還這麼講究做什麼？」

宋甜抬手摸了摸紫荊的臉頰，笑嘻嘻道：「傻丫頭，我們在張家口堡待久了，雖然也滿頭珠翠綾羅綢緞，可是到了京城，在京城女子眼中，咱們的穿衣打扮卻是過時了好幾年，我很快就要見到姚側妃和我未來的妯娌韓王妃了，在這方面我可不能丟王爺的臉。」

紫荊嚇了一跳。「姑娘，妳要去韓王府？他們會不會——」

宋甜微微一笑，道：「還不到圖窮匕見的時候，韓王還嫌殺我髒了他尊貴的手。」

可是到了圖窮匕見的時候，韓王自然會快準狠出手，殺死趙臻，殺死趙臻最親近的人，包括她。

所以宋甜打算等到最佳時機出現，若是有機會，她會先出手，先下手為強。

過了三日，女裁縫把連夜趕工做出來的衣服送了過來。

宋甜打扮齊整坐在明間，刀筆在外傳話，月仙在裡面陪她。

不多時，京中各鋪子的大夥計便押著貨物來到。

富貴鏡坊送來了整整二十套西洋鏡。綢緞鋪送來了經運河從杭州運來的最新的綾羅綢緞。胭脂水粉鋪送來了一匣匣香脂香膏和香油。瓷器鋪送來了最好的瓷器。

待貨物齊備，宋甜讓人把禮物分成兩份，只是一份上加了五千兩面額的銀票。

她親手寫了兩份禮單，有銀票的那份是給姚側妃的，沒銀票的那份卻是給韓王妃的。

忙完這些，宋甜吩咐刀筆。「拿了我的拜帖去韓王府求見韓王妃，並把兩份禮單都奉上，說我這就去拜訪韓王妃。」

刀筆答了聲「是」，行了禮退了下去。

宋甜看著他的背影消失，吩咐月仙和紫荊。「幫我妝扮換衣吧，我要去見韓王妃和姚側妃了。」

今日天氣晴朗，韓王府花園裡的梅花開得甚好，白雪紅梅相互映襯，自是美不勝收。

韓王妃錢氏便帶著來正院上房向她請安的眾姬妾前往花園踏雪訪梅去了。

梅林中白雪皚皚，梅花盛開，白梅瑩潔，蠟梅玲瓏，紅梅豔美，煞是好看。

梅林中的花廳內鋪設地龍，燃著壁爐，雖然前方只掛著輕紗簾幕，花廳內卻一點都不冷，木地板上鋪著厚厚的地氈，檀香裊裊，花香細細，精緻的果品擺滿紫檀長案，貢品美酒盛滿玉壺，當真是豪華又風雅。

韓王妃錢氏出身於清貴的江南錢氏，善詩善畫，風雅得很，這些姬妾自然投其所好，在花廳內有的作畫、有的賦詩、有的拈花，還有的聚在一起竊竊私語，煞是熱鬧。

韓王府另一位側妃沈氏笑著問韓王妃。「王妃，今日姊妹聚在一起，如此風雅有趣，姚側妃為何沒來？」

她出身定國公府，父親是武將，自己又生得豔麗，身材豐滿有致，頗得韓王趙致寵愛，只是說話一向直來直去，頗為天真。

韓王妃知道她沒什麼心眼，因此也不甚防備她，含笑道：「派人去請她了，她沒有過來，說是大公子有些咳嗽，她擔心得很，沒心思過來玩耍。」

沈側妃哼了一聲，道：「一個奶娃子罷了！」

她又用只有韓王妃能聽到的聲音道：「幾個月大的孩子，花麻痘疹還沒見，哪裡就能養活的大？可別將來一場水痘下來，狗咬尿胞——虛歡喜！」

韓王妃嘴角噙著一絲微笑，卻沒答話。

姚素馨初入王府，怯生生的，誰都不敢得罪，日日在她這裡奉承伺候，送茶倒水，甚至在她生病時還要割股煎藥的討好。

自從生了庶長子，得了王爺寵愛，姚素馨就開始趾高氣揚，連她這做王妃的都不放在眼裡。

昨夜王爺本來在她這裡歇息，大半夜的夫妻二人正在繾綣纏綿，姚素馨那邊就派了人過來打門，說是大公子高燒。

王爺當即起身去了，一夜不曾回來。

早上韓王妃派人去問，姚側妃卻說大公子燒退了，只是還有些咳嗽，等病徹底好了，她再帶著大公子去向王妃請安。

想到這裡，韓王妃的眼神有些冷。

她是正妃，並沒想過要獨霸王爺，卻也容不得有人挑戰她的尊嚴。

時近中午，侍候的人送來了烤架和新鮮鹿肉，在雪中烤鹿肉給眾位女眷佐酒。

韓王妃素來嬌弱，不愛吃這些腥膻野味，便讓這些姬妾自在玩耍，自己卻帶著侍候的人回上房歇息。

她正在與奶娘張嬤嬤說話，女官進來回稟。「啟稟王妃，豫王妃宋氏派人送了拜帖和禮單過來。」

韓王妃有些驚訝。「她不是在宛州嗎？何時來了京城？」

沈吟了一下後，韓王妃道：「拜帖和禮單都送上來吧！」

看罷拜帖和禮單，韓王妃神情有些凝重。

拜帖雖說是給她的，可是禮單卻是她一份，韓側妃一份，而且韓側妃那份上還多了五千兩銀票。

張嬤嬤忙問道：「王妃，怎麼了？」

韓王妃把禮單遞給張嬤嬤。「嬤嬤自己看吧。」

張嬤嬤是錢夫人的貼身大丫鬟出身，書香世家的貼身大丫鬟，自是讀書認字的。

她看罷禮單，心下也是詫異。「宋氏這是做什麼？為何給韓側妃這麼重的禮？這禮單可是比給您的要重多了！」

韓王妃也是不解，道：「等一會兒見了她，我藉機詢問吧！」

她不在乎這些禮物，可是宋甜給姚素馨的禮單，硬生生比給她這做王妃的多五千兩銀子，這到底是什麼意思？

秦嶂率領一隊豫王府侍衛騎馬護送宋甜的馬車到了韓王府，直接駛入王府，在儀門外停了下來。

韓王妃在一群女官丫鬟的簇擁下在儀門外候著，見一個高䠷甜美、華衣麗服的少女扶著丫鬟的手下了馬車，忙含笑迎了上去。她與宋甜寒暄著，一雙明亮的眼睛卻在不著痕跡地打量宋甜。

聽說這位未來豫王妃是幾天前剛趕到京城的，可是從首飾、衣裙和妝容上看，卻極為得體，並無過時之感，心中不由得高看幾分。

宋甜也是笑意盈盈，與韓王妃彼此見了禮，不著痕跡地打量著韓王妃。

與上次相見比，韓王妃瘦了好多，顴骨有些過於明顯了，衣裙雖然華麗，卻有一種弱不勝衣的韻致。

宋甜與韓王妃攜手登上候在儀門外的暖轎，往內院而去。

韓王妃與宋甜並肩坐在暖轎中，寒暄幾句後，便相視一笑，只說些不鹹不淡的話題，免得有什麼話洩漏出去。

暖轎一直抬進了韓王妃住的寧馨院，這才停了下來。

韓王妃攜了宋甜的手一起下了暖轎，在眾人簇擁下進入上房會客的起居室。

服侍的女官送上茶點便退了下去，在廊下守著。

起居室裡只剩下韓王妃和宋甜。

韓王妃雍容一笑，把兩份禮單置放在紫檀小炕桌上，開門見山問道：「不知弟妹這是何意？」

宋甜聞言，方才滿臉的歡欣漸漸消散，眼中滿是無奈之意，嘆了口氣，道：「王妃，我這也是不得已……」

韓王妃看著宋甜的眼睛。「到底有什麼不得已的？我知道妳家豪富，可這五千兩銀子不是小數目，妳一出手就是五千兩，我們王府可不止姚側妃一位側妃，還有沈側妃呢，夫人也好幾位，妳總不能都拿銀子去砸？」

宋甜挺直背脊看著韓王妃，眼圈漸漸紅了，淚珠子在眼眶裡打轉。「王妃，您不知道我有多難……」

韓王妃見她突然就紅了眼圈、濕了眼睛，心中吃驚，忙拿了塊潔淨帕子遞了過去。「弟妹，擦擦眼淚，有什麼事牽涉到姚側妃，儘管和我說，我再不濟，也是韓王的正妃，韓王府的女主人。」

宋甜拭了拭眼淚，這才把姚側妃跑到富貴鏡坊，要強買富貴鏡坊的事細細說了一遍，然後道：「王妃您有所不知，雖然姚側妃背後有韓王，口口聲聲是為了韓王，可姚側妃的要求我不能答應啊！」

聽到宋甜說「雖然姚側妃背後有韓王，口口聲聲是為了韓王」，韓王妃心裡一沈，心中疑竇叢生：這件事難道王爺也知道？不……王爺不是這樣眼皮子淺的人，定是姚側妃拿著王爺做筏子，在外敗壞王爺名聲！

宋甜的眼淚不要錢似的往外湧，她一邊拭淚、一邊訴說道：「王妃跟我自不必說，韓王是豫王的兄長，您就是我的嫂嫂，我也不瞞您，索性和盤托出吧，這富貴鏡坊，雖是我家生意，可是後頭卻有徐太師府和黃太尉府的股兒，只是交給我家經營而已。」

她哽咽一陣，又道：「如今我爹爹把鏡坊給我管理，姚側妃開口就要買我家鏡坊，我竟不知如何是好，也不知該如何去跟徐太師府和黃太尉府說……」

韓王妃臉上尚餘一絲微笑，心中卻道：如今正是奪嫡的緊要關頭，豫王是勁敵，徐太師是文閣老的同年至交，黃太尉是陛下親信——王爺絕不會為一個富貴鏡坊得罪豫王、徐太師和黃太尉，應是姚氏那眼皮子淺的賤人打著王爺的旗號在外狐假虎威！

第五十二章

心中計議已定，韓王妃溫聲道：「弟妹，我這就命人把姚側妃請來，當面問她，若是屬實，我定給妳一個公道，妳看這樣可好？」

宋甜拭去眼淚，起身端端正正給韓王妃行了一個禮。「多謝王妃作主，我先在屏風後候著，到時候與姚側妃對質。」

韓王妃點了點頭，吩咐嘴嚴的親信丫鬟去請姚側妃，然後吩咐掌管妝奩的女官取來自己的胭脂水粉等物，親自為宋甜補妝。

約莫過了兩盞茶工夫，派去的丫鬟自己回來了，眼皮紅紅的，似是哭過。「啟稟王妃，姚側妃說昨夜服侍王爺，有些勞累，身子不適，王爺讓她在房裡歇息，不讓她過於勞累。等好些了，她再來給您請安。」

宋甜在一邊聽了，大大杏眼中滿是同情，白皙細嫩的手伸了過去，握住了韓王妃的手，聲音裡帶著同情。「嫂嫂，算了，姚側妃既如此得韓王寵愛，想必不好得罪，我不能讓嫂嫂難做人。這樣吧？我先送她五千兩銀子，看能不能令她滿足；若是她還不滿意，我再跟徐太師府和黃太尉府那邊商議——」

韓王妃心中怒極，面上微微一笑，反手拍了拍宋甜的手，朗聲道：「弟妹，妳放心，這件事我既然插手，斷不會半途而廢。」

她如何聽不出，宋甜那句「她既如此得韓王寵愛，想必不好得罪，我不能讓嫂嫂難做人」，是說因姚側妃受寵，所以她這做王妃的在韓王府被姚側妃壓制住了。

宋甜那句「若是她還不滿意，我再跟徐太師府和黃太尉府那邊商議」，則是在威脅她、威脅韓王府，要把徐太師和黃太尉都拉進這件事中。

宋甜雙目盈盈，背脊挺直，正色道：「我相信嫂嫂。」

宋甜沒說王妃，特地喚了嫂嫂，反倒讓韓王妃藉著此事收拾姚側妃的心更加堅定了——若是連一個出身低微的側妃都掌控不了，她以後拿什麼在妯娌面前立足？

韓王妃吩咐奶娘張嬤嬤。「帶上嚴女官，再帶上幾個健壯些的婆子，務必把姚側妃請來——不要提我這裡有客之事。」

張嬤嬤一向替韓王妃掌管著韓王府內院，頗有些權威，膽子也大，答了聲「是」，便點了幾個人浩浩蕩蕩出去了。

宋甜知韓王妃這會兒心裡正盤算著如何藉著今日之事整治姚素馨，便只揀了些京中風物、宛州風物之類話題說，把時間消耗了過去。

約莫過了兩、三盞茶工夫，外面傳來一陣腳步聲，接著張嬤嬤便進來通稟。「啟稟王妃，姚側妃到了。」

宋甜起身，含笑與韓王妃福了福，輕輕道：「嫂嫂，我先去屏風後。」

片刻後，一陣衣裙的窸窣聲傳來，接著便是姚素馨的聲音。「妾身見過王妃。」

韓王妃凝視著眼前這個清麗無雙的女人。

先前的姚素馨還帶著幾分青澀，如今生了孩子，多了許多風韻風情，怪不得王爺愛她。

可是再愛，王爺也得明白，這王府之內，妻是妻妾是妾，不可亂了尊卑，也不能因為寵愛妾室，就讓這妾室在外敗壞他的名聲，替他招惹政敵。

姚素馨見王妃一直不說平身，只得一直維持著行禮的姿勢，兩腿漸漸開始顫抖。

她並不開口求饒，而是一力堅持著。

反正待會兒她若是癱軟在地，正好能藉此向王爺告狀。

韓王妃，一個不會生子的王妃，又沒有女人的風情，一向不得王爺寵愛，王爺每每歇在韓王妃房裡，都是為了韓王妃的娘家在勉強應付。這樣不受寵的正妻，還想壓在她這為王爺生了第一個兒子的寵妾身上，也不看看自己的斤兩！

姚素馨的腿又酸又疼，實在是支撐不住，才故意慢慢倒了下去，整個人癱在了厚厚的大紅地氈上，用衣袖掩面，哀哀哭泣著道：「妾身惶恐，實不知錯在哪裡，以至於被王妃這樣折磨，求王妃告知——」

聽了姚素馨話中那句「以至於被王妃這樣折磨」，韓王妃冷笑一聲，道：「姚側妃，我問妳，妳是不是去了富貴鏡坊，要從豫王的未婚妻宋大姑娘手中強買下富貴鏡坊？」

姚素馨正一邊哀哀哭泣，一邊想著待會兒如何去向王爺告狀，聽到韓王妃這句話，心中一驚——宋甜來告狀了？告狀我也不怕，我是為了給王爺弄銀子，見了王爺我也不怕！

想到這裡，仰首看向韓王妃，話裡軟中帶硬。「王妃有所不知，妾身這都是為了王爺、為了韓王府，王爺如今豢養著無數門客，用錢供著那些朝中官員——」

韓王妃沒想到這姚素馨什麼都往外說，當即咳嗽了一聲遏止。

可姚素馨只顧著訴說，全然沒看到韓王妃的臉色，自顧自訴說著。「王爺手底下還有幾萬人吃——」

張嬤嬤是有眼色的，頓時一個箭步衝上去，抬手就是一個耳光，「啪」的一聲脆響，打斷了姚素馨的訴說。

姚素馨整個臉被打偏到另一邊，她的半張臉都失去了知覺，過了一瞬，才明白過來自己是被韓王妃的奶娘給打了，當機立斷，身子搖搖欲墜，整個人向旁邊軟了下去，做出被毆打暈倒的模樣來。

韓王妃不是韓王，沒有這憐香惜玉的心，對著一邊侍立的兩個女官抬了抬下巴。

兩個女官出列，把姚素馨給攙扶起來，其中一個嚴女官口中道：「側妃可不能暈倒，不然下官還得潑上一盆冷水把側妃澆醒。」

姚素馨一聽嚴女官要用冷水把自己澆醒，不敢裝暈了，星眸微閃，幽幽醒轉，抬手捂著臉只是哭。

韓王妃生怕她再說出什麼不該說的話來，當下略提高了些聲音道：「弟妹請出來吧！」

宋甜很快從屏風後閃出。

她向韓王妃福了福，又跟姚素馨打了個招呼，這才在客位上坐了下來。

姚素馨沒想到宋甜會在屏風後，想到自己方才說的那幾句話，原本脹紅的臉一下子嚇得煞白。

天啊！我方才究竟說了什麼？

她驚得整個人從錦凳上滑了下去。

韓王妃恨恨道：「姚側妃，今日我就做一次主，富貴鏡坊之事就此作罷，以後切不可再打著王爺旗號在外勒索人，敗壞王爺清名，若是再犯，我就進宮請皇后娘娘和貴妃娘娘作主。」

姚素馨兀自回想著自己方才到底說了多少不該說的話，不敢狡辯，低低應了一聲。

韓王妃又吩咐道：「姚側妃犯了錯，按照王府規矩，該閉門思過三個月——張嬤嬤，這件事就交給妳吧！」

張嬤嬤答了聲「是」，帶著人把姚素馨給「請」了下去。

雷霆般處理罷家務，韓王妃這才鄭重地向宋甜致歉，又把禮單還給了宋甜，親暱道：「弟妹，妳與三弟不日就要大婚，我倆本是妯娌，不須多禮。」

宋甜謙讓了又謙讓，到底留下了禮物，只收回那五千兩銀票。

送走宋甜，韓王妃思忖良久，吩咐親信嚴女官。「妳去外書房見王爺，就說我有要緊事要和他談。」

姚素馨若是不處理，遲早會禍害王爺，牽連王府，她正好藉今日這件事壓一壓姚素馨的風頭。

宋甜坐在馬車中，想像姚素馨被打耳光的場景，不由自主笑出聲來。

今日是月仙陪宋甜出門的，她在倒座上坐著，見宋甜如此開心，忙問道：「姑娘為何如此開心？」

宋甜笑咪咪道：「壞人得到了懲罰，我這好人難道不應該開心嗎？」

她很討厭「殺人放火金腰帶，修橋鋪路無屍骸」，她喜歡「善有善報，惡有惡報」。

可惜這人世間，大部分時候都是前者，而不是後者。

月仙聞言也笑了，正要說話，她背後的車壁卻被人敲了三下，接著秦嶂的聲音便傳了過來。「姑娘，咱們是否直接回府？」

宋甜想了想，道：「去朱雀橋。那邊有一間黃河魚館，魚做得特別道地，我帶你們去嚐嚐。」

黃蓮喜歡吃魚，前世曾讓黃河魚館的廚子到府內做過宴席，魚的確做得很道地很鮮美，以至於宋甜記到現在。

秦嶂帶著笑意的聲音隔著車壁過來。「是，姑娘。」

宋甜心情甚好，也笑著道：「算上跟咱們一起去韓王府的王府侍衛，看需要訂下多少席面和多少罈金華酒，大家都鬆快鬆快。」

秦嶂答了聲「是」，一邊趕著馬車，一邊在心裡盤算著。

一個時辰後，宋甜的馬車終於回到了柳條街宋宅。

下了馬車，宋甜帶著月仙走在前。清瘦的秦嶂一手提著一個巨大的食盒走在後面。

秦嶂帶回來的兩個食盒，一個交給錢興媳婦，讓她整理一下，讓留守在家的田嬤嬤、錢興媳婦、繡姐兒、紫荊和金姥姥聚在一起好好吃頓酒；另一個食盒則由秦嶂自己帶回前面，跟刀筆、宋竹等小廝一起享用。

宋甜則帶著月仙去見張蘭溪。

到了上房角門外，宋甜問應門的小丫鬟。「太太這會兒有空嗎？」

小丫鬟年紀雖小，回話卻清楚有條理。「大姑娘，太太在見客，是戶部劉大人的太太和兩位姑娘。」

宋甜懶得應酬，便笑盈盈道：「太太既有客，我晚些時候再去給太太請安。」

她轉身帶著月仙回了後面園子。

晚上宋甜正在給趙臻寫信，宋梧打著燈籠過來請宋甜去外書房。

「大姑娘，老爺在書房等您。」

宋甜帶著紫荊和繡姐兒，隨著宋梧去了外書房。

書房裡點著一座赤金枝形燈，滿室光明。

宋甜一進去，就聞到了一股酒香與梅香氤氳在一起的氣息，抬眼一看，瞧見她爹正坐在錦榻上，手邊的黃花梨木小炕桌上擺著一個白瓷花瓶，裡面插著一枝紅梅，花瓶前則擺著白瓷酒壺酒盞，另有一碟佐酒的糖松子。

宋甜在小炕桌另一端坐下，見她爹手邊的酒盞空了，就執壺給她爹斟滿。

宋志遠很滿意女兒的服侍，抿了一口酒，笑道：「甜姐兒，爹爹告訴妳個好消息。」

宋甜抬眼看他，杏眼晶瑩，等著宋志遠自己說出來。

宋志遠又拈了一粒糖松子吃下，道：「豫王要回京了。」

宋甜當即精神起來，輕輕道：「爹爹，是哪個豫王？宛州的豫王，還是遼東的豫王？」

宋志遠含笑道：「自然是我的女婿豫王。」

他倚著背後的錦緞靠枕，懶洋洋道：「豫王可真有本事，居然說動了文閣老。文閣老出手自是不同凡響，如今兵部的調令已下，遼東鎮總兵沈博率部進京，替代駐守京畿的神機營，接手京畿防衛。」

「沈博？」宋甜有些詫異。「沈博不是薊遼總督沈介的兒子嗎？」

沈博是趙臻的表哥，也是替代趙臻待在宛州豫王府的假豫王。

宋志遠依舊歪在那裡，桃花眼卻甚是凝重。「前些時候，薊遼總督向陛下上書，自陳遼東鎮總兵宋越乃是他的兒子沈博，為了在軍中歷練，冒名宋越，因屢建戰功，升任遼東鎮總兵。」

他又道：「當年陛下在潛邸時，沈介曾救過陛下，後來陛下登基，沈介也出了大力，因此陛下一向信重沈介，不但不降罪，還在朝會上褒獎了沈博，文閣老的門生在這時乘機提出調沈博入京換防，陛下當場允了。」

宋志遠說著話，一雙桃花眼觀察著女兒，見她聽了自己的話，眼睛閃閃發光，臉頰泛紅，肌膚也泛著光，分明是極歡喜的模樣，心情不由得有些複雜，似乎有些酸溜溜的。

宋甜卻不知她爹的想法，拍手道：「爹爹，這樣可太好了！」

她雖然知道趙臻聰明能幹慮事周全，可是此中一環扣一環，實在是太過於複雜多變，因此一直在擔心。

如今從她爹爹這裡聽到好消息，她心中歡喜得很，笑盈盈又給她爹把酒盞添滿，道：「爹爹，你好厲害，消息好靈通呀！」

宋志遠被女兒一誇，頓時忘記了方才的醋意，喜孜孜地道：「妳也不看妳爹是誰？我想打聽什麼打聽不來？」

透過黃蓮的引薦，他已經多次覲見永泰帝了，今日永泰帝還特地宣他過去，讓他和黃蓮一起陪著吃酒聽曲。

如今就連賀蘭芯的爹賀大人見了他，也不像先前那樣鼻子不是鼻子、眼不是眼了。

宋甜又把今日去韓王府的事簡單跟她爹說了一遍，然後道：「爹爹，韓王妃出面，想必姚素馨會消停一陣的。」

宋志遠聽了，冷笑一聲道：「消停不了多久的，不信妳往後瞧吧！」

韓王趙致這種男人的德行，他可比誰都了解，姚素馨再淺薄貪婪，在韓王眼中，姚素馨就是會比穩重賢慧的韓王妃有吸引力。

再說了，對韓王妃的娘家錢氏，韓王永遠會覺得錢氏給他的支持還不夠多，覺得他們欠他，因此隔三差五就要給錢氏添點堵。

宋甜沒指望韓王妃真的能禁錮姚素馨三個月，能給姚素馨些警告，讓她別來挑事就行了。反正宋甜已經做好了打持久戰的準備，姚素馨再犯賤，只要一冒頭，宋甜就能把她打下去。

宋甜又和宋志遠說起了製鏡師傅教徒弟的事。

她和製鏡師傅商量以後，把製鏡流程分成六步，如今分了六處教授徒弟，每個徒弟都只會其中一個步驟，學出師就分派到各地富貴鏡坊的分店去，按年漲工錢，到了一定年資，成為大夥計就可以參與鋪子裡的分紅。

父女倆又商量了一陣子。

把事情都談完了，宋甜準備要離開，見她爹懶洋洋地臥在榻上，便問道：「爹爹，你不去陪陪太太嗎？」

宋志遠默然。

他昨晚剛去了一個情人家中，這會兒原本有些懶怠動，可是想到張蘭溪畢竟是自己的正妻，把家管得很好，對自己的獨生女兒也很疼愛，還是得多陪陪她的，便道：「我這就過去。」

宋甜微微一笑。「爹爹，我順路送你過去吧！」

在她看來，她爹既然把張蘭溪扶正了，就得好好待人家，以心換心，以真情換真情。

宋志遠聽女兒都這樣說了，便笑著起身，在小廝的服侍下披上斗篷，與宋甜一起往上房去了。

第二天宋甜正在聽首飾鋪子的掌櫃回話，張蘭溪派丫鬟綺兒來請宋甜。「大姑娘，太太請了京城有名的裁縫吳嬌雲來家了，要給大姑娘量身做幾件過年穿的衣裙。」

宋甜含笑道：「妳去和太太說，我忙完這邊的事，過會兒就去。」

吳嬌雲是個又高又瘦的中年女子，生得不算美麗，卻有一股別樣的氣質。

她常在京城官宦人家內宅行走，說話極風趣，跟張蘭溪聊得開心，道：「我聽說妳家大姑娘是未來豫王妃，豫王可是京城第一美男子，妳家大姑娘能被選為王妃，應該也是極美的吧？」

張蘭溪微笑。「都是陛下作主，我家寒門小戶，姑娘雖好，卻哪裡能配得上豫王？」

吳嬌雲又說了幾句，忽然神神秘秘道：「聽說朝中一位重臣家的姑娘，對咱們豫王是一見傾心，寧願做豫王側妃，可惜她爹爹不同意，這件事也就罷了。」

張蘭溪見這吳嬌雲話有些多，便不肯接話，只是笑罷了。

這時外面傳來丫鬟的通稟聲。「太太，大姑娘到了。」

話音剛落，門上錦簾掀起，一位身材高眺的美貌少女走了進來，笑盈盈向張蘭溪行禮。

得知眼前這位就是未來的豫王妃，吳嬌雲連連讚嘆。「哎呀，宋大姑娘真是閬苑仙葩，和豫王真真天生一對，地造一雙！」

打發走吳嬌雲，張蘭溪把吳嬌雲的話說給宋甜聽，然後道：「甜姐兒，要不要我打聽一下這位閨秀是誰？」

宋甜笑了，道：「太太，豫王生得好，人品好，喜歡他的閨秀定然不少，我若是一個個都要擔心，那日子也就別過了。」

張蘭溪覺得宋甜的話很有道理，想想宋志遠也是如此，便嘆了口氣道：「這王公貴胄，哪個不是三妻四妾？若是想不開，日子還怎樣過呀！」

宋甜低頭品茶。

她看多了她爹鶯鶯燕燕左擁右抱，覺得那般真是髒得很。

即使跟趙臻在一起了，宋甜也不願趙臻三妻四妾。

若不能是彼此的唯一，不如一拍兩散，各自歡喜。

反正她生得美麗又有錢，還會掙錢，哪裡會缺好男人？

傷心自然會傷心的，可是這樣也好，這樣豫王就永遠是她的月亮，掛在夜空的月亮。

轉眼間就到了臘月二十三，北方的小年。

時近過年，京中各鋪子生意興隆客似雲來，宋甜擔心出現店大欺客之事，便一個鋪子一個鋪子查訪。

這日她正在富貴鏡坊二樓與錢掌櫃說話，一個在外面看守門戶的漢子匆匆進來稟報。「大姑娘，錢掌櫃，外面來了一群人，正在和咱們的人糾纏，瞧著像是故意惹事。」

宋甜看向一邊立著的秦嶂。「你去外面看看情況，想法子打探一下，看是不是韓王府姚側妃派來的。」

這段時日，她家也就和姚素馨有些糾葛。

秦嶂很快就回來了。「姑娘，是姚側妃派來的，領頭的人我認得，是韓王在京西杏花營莊子上的護院。」

宋甜略一思索，道：「你去傳話，讓咱們的人假裝攔一攔就放他們進來，待他們砸夠了，務必捉住他們，我自有計量！」

她這次要讓姚素馨大大地出一次血，看她還來犯賤。

秦嶂一出去，宋甜便轉頭吩咐錢掌櫃。「看好他們破壞了多少財物，一一記錄在帳，算出銀子來。」

錢掌櫃剛答應了一聲，就聽見一陣喧譁聲由遠而近，緊接著一群凶悍至極的漢子就持著棍棒衝進了富貴鏡坊一樓。

夥計們忙護著顧客出去。

那些凶漢也不阻攔顧客離開，只管掄起棍棒開砸。

這些西洋鏡何等精緻貴重，一面面接連被打碎，發出清脆的聲音。

第五十三章

宋甜在二樓靜靜看著。

整個富貴鏡坊被砸得一片狼藉，為首的凶漢指著富貴鏡坊的大夥計叫囂道：「告訴你們宋大姑娘，以後若是再敢惹我家主子，你們宋家的生意，我們挨個砸！」

大漢身後忽然傳來清朗好聽的年輕男子聲音。「我是宋大姑娘的夫婿，你家主子是誰？我倒是要見見。」

那大漢扭頭看去，只見一個高䠷清俊極好看的青年立在身後，背後簇擁著無數全幅甲胄手扶腰刀的士兵，他嚇了一跳，一時雙腿發軟，話也說不出來。

趙臻擺了擺手。「把這起賊人全都綁了。」

跟在他身後的士兵齊齊答了聲「是」，便包抄上去，兩人對付一個凶漢，很快就把這十幾個鬧事的凶漢全都給綁了。

趙臻吩咐道：「現在就去後院審問，一刻鐘後來見我回報。」

待士兵全部散去，宋甜蝴蝶也似從樓梯上飛了下來。「臻哥！」

趙臻抿嘴一笑，上前兩步，一把接住了從樓上衝下來的宋甜。

聽宋甜講了事情的來龍去脈，趙臻略一思索，道：「這件事交給我處理。」

宋甜點了點頭。「應該是姚素馨指使人做的，一定不要讓姚素馨太猖狂！」又道：「我今日也要跟著過去，我要親眼看姚素馨吃癟。」

趙臻「嗯」了一聲，叫來琴劍，吩咐他去跟錢掌櫃辦這件事。

宋甜快兩年沒見琴劍，發現他長高了，也張開了，穿著比先前沈穩多了。

琴劍專注地聽趙臻說完，答了聲「是」，行了個禮退下去，自去和錢掌櫃說話。

這時候負責審問的人走過來回話。「啟稟王爺，那些人是韓王府姚側妃派來的，為首的人是韓王在京西杏花營莊子上的護院，如今莊子已經成了姚側妃私產。據那護院交代，姚側妃派人給了他五十兩銀子，讓他尋人砸了富貴鏡坊。」

趙臻微微頷首。「把這些人綁上，午後隨我去韓王府。」

那人答應了一聲，自去安排。

宋甜見這裡滿堂狼藉，到處都是西洋鏡的碎片，不是說話地方，便問趙臻。「臻哥，你何時到京城的？」

趙臻扶著宋甜往外走。

到了門口，他從月仙手中拿過眼紗，幫宋甜戴上，然後道：「我早上才到京城，已經往宮裡遞了手本，等待陛下接見。如果今日沒有旨意的話，我晚些時候就去韓王府，二哥說要給我接風。」

宋甜聽懂了趙臻話中之意——從現在一直到下午，如果永泰帝沒有宣他入宮，他就會一直陪著自己，便笑盈盈道：「快中午了，咱們去朱雀橋那邊，我先請你吃頓好吃的，然後咱們再和琴劍、錢掌櫃他們會合，去韓王府鬧一場。」

趙臻點頭答應了，扶著宋甜上了馬車，自己帶著人騎馬跟著車，一起往朱雀橋去了。

到了黃河魚館，宋甜要了間雅間，點了幾道黃河魚館的招牌菜餚，又要了一壺金華酒。雅間外面雖然有趙臻的人守著，可畢竟是在外面，宋甜擔心隔牆有耳，便不與趙臻多說，兩人專心致志品嚐美食。

用罷午飯，到了外面，宋甜發現多了一輛嶄新的馬車。

她仰臉看趙臻。「臻哥——」

趙臻笑容略有些靦覥，溫聲道：「先到車上再說。」

攙扶宋甜上了新來的那輛馬車，他也長腿一邁，鑽進車廂裡，挨著宋甜坐了下來。

月仙登上了後面宋甜的那輛馬車。

馬車開始行進。

趙臻這才道：「方才在外面說話不方便。」

宋甜好奇地敲了敲車廂。「難道在馬車裡說話很方便？」

她的手指敲在蒙了一層牛皮的車壁上，發出沈悶的聲音。

宋甜又去看車窗，發現車窗已經閂上了，嚴絲合縫。

趙臻一直微笑著看宋甜這裡敲敲、那裡摸摸。

不管宋甜做什麼，他都覺得好可愛。

宋甜確定車廂能隔音，喜歡得很。「臻哥，這車真不錯！」

趙臻見她杏眼明亮，興奮得跟小孩子似的，可愛極了，忍不住伸手摸了摸她的臉頰，柔聲道：「這車是給妳準備的。」

車身是墨綠色的，車簾是碧色錦緞，車壁糊著月白潞綢，上面繡著綠色藤蔓，車座上布著的錦緞是碧色的，都是宋甜的喜好——這是他特地命城外莊子上的工匠為宋甜製作。

宋甜一向喜歡各種深深淺淺的綠，只是平常不肯縱容自己，沒想到趙臻都記在心裡，還真的為她準備了這樣一輛馬車。

她有些感動，伸手把趙臻抱在懷裡。「臻哥，你可真好！」

趙臻原本正要說這輛馬車能夠擋住刀劍箭的攻擊，冷不防被宋甜抱在懷裡，宋甜身上的芬芳氣息瞬間包圍了他，他一下子愣在那裡，只有一顆心怦怦直跳。

宋甜抱緊趙臻。

她真的好喜歡趙臻啊！

宋甜柔軟豐滿的胸部緊緊貼在趙臻的身前，他閉上眼睛，覺得自己似乎進入了美妙的夢境之中。

宋甜抱了一抱就鬆開趙臻，繼續研究這輛馬車去了。

趙臻悄悄抬起雙臂，環抱在胸前，過了一會兒，他才低聲道：「甜姐兒，我這次見了陛下，就向陛下懇請早些決定婚期，把妳迎娶進門。」

宋甜聞言，睜大了眼睛問：「臻哥，你是不是有了什麼打算？」

趙臻有些害羞，耳朵紅紅的，垂下眼簾，掰扯著修長的手指。「我想早些和妳住在一起。」

宋甜故意眨了眨眼睛，伸手揉了揉耳朵。「臻哥，你說什麼？我剛才沒聽清！」

趙臻見她淘氣得可愛，一把將她抱了起來，讓她坐在自己腿上，然後湊上去吻住了她。

不知過了多久，趙臻終於鬆開了宋甜。

宋甜從衣袖中掏出一個比巴掌還大的西洋鏡，對鏡照了又照，嘟著嘴道：「嘴唇都腫了，待會兒怎麼去韓王府鬧事呀？」

趙臻有些心虛，忙道：「妳不用去，我自己去就行。」

宋甜這麼美麗，他二哥趙致十分沒節操，他不想讓趙致見到宋甜。

宋甜想了想，也覺得自己和趙臻還未成親，這般跟著趙臻去韓王府的確有些不合適，便道：「那我先回家等你的消息。」

趙臻瞟了她一眼，答應了下來。

把宋甜送回柳條街宋宅後，趙臻帶著人去了韓王府。

今日是臘月二十三小年，韓王趙致在蕭貴妃宮裡陪永泰帝和蕭貴妃用過午膳，這才出宮回了王府。

他先去了內院正房，陪王妃錢氏說了會兒話，把話題引到姚側妃生的大公子身上，等著錢氏體貼地主動開口讓他去東院看大公子。

他妻妾雖多，膝下卻只有大公子這一根獨苗，心裡自然是喜歡的。

一向極有眼色極配合他的錢氏這會兒卻有些不識趣，含笑道：「王爺，大公子白白嫩嫩，又聰明又可愛，臣妾也喜歡得很呢！不如，臣妾陪您去東院看看大公子？」

趙致看了錢氏一眼，笑了起來。「走吧，妳我夫妻攜手而行，倒也別有趣味。」

如今錢氏的堂兄，新任禮部尚書錢鞏是江南官員的領袖，隱隱已有與文閣老分庭抗禮的人望，他可得好好籠絡。

細細想來，他和錢氏是夫妻、是盟友，倒也不必為了姚素馨讓錢氏不開心。

錢氏面對丈夫，笑得溫婉，心中卻凜然——姚氏越來越得寵，早晚有一日會成她的心腹大患，須得早些動手除了才是。

夫妻倆各懷心思，面上親親熱熱攜著手，在女官、丫鬟的簇擁下，往東院去了。

姚素馨在王府門房裡收買了一個小廝，因此韓王一回王府，她就得到了消息，當下指揮著眾丫鬟服侍她重新洗臉、梳妝、換衣，又吩咐奶娘想法子把大公子弄醒。

聽到外面通稟，說王爺王妃到了，姚素馨一愣，扯了扯唇角，道：「她來做什麼？」丫鬟們都不敢吭聲。

姚素馨很快便對著鏡子醞釀出怡然的笑，然後在丫鬟簇擁下迎了出去。「妾身給王爺王妃請安。」

韓王打量著姚素馨，見她髮髻上只插戴著一支碧玉簪，一張臉薄施脂粉，清麗無雙，身材苗條卻也凸凹有致，極有風情；再看看身邊的錢氏，滿頭珠翠，妝容呆板，雖然瘦卻無風韻——妻妾一番比較，自然是姚素馨更得他的心。

他笑著扶起了姚素馨，左手牽著姚素馨，右手挽著王妃，一起進了明間。

坐下後趙致又讓奶娘抱來大公子逗弄。

當著韓王的面，姚素馨對王妃恭敬得很，不肯坐下，立在那裡端茶倒水服侍得很是周到，一副做小伏低柔柔弱弱的模樣，越發襯得錢氏僵硬無趣。

趙致見了，心中歡喜，開始盤算要賞姚素馨些什麼。

一時間，房裡歡聲笑語，甚是和樂。

錢氏正聽姚素馨向韓王撒嬌，卻看到一旁侍立的嚴女官給她使了個眼色，當下尋了個理由出去了。

片刻後，錢氏重新回來，在趙致右手邊坐了下來。

趙致心中計議已定，預備再給姚素馨一個鋪子做私房——他前些時候被姚素馨在床上侍奉得盡興，已經把京西的一個莊子賞給了她。

正在這時，外面傳來通稟聲。「啟稟王爺，豫王求見！」

趙致當下把懷中嬰兒交給姚素馨，起身道：「我去外面見趙臻。」

錢氏微微一笑，挽住了趙致的手臂道：「王爺，豫王還沒見過大公子吧？不如請他來東院，讓咱們大公子也見見他這位三叔父。」

趙致略一思索，道：「如此甚好。」

如今父皇正在謀劃立他為太子之事，趙臻雖然沒用，卻畢竟也是皇子，能籠絡還是籠絡的好。不過，若是文閣老他們一心要扶趙臻上位，那就別怪他這做哥哥的心狠手辣了。

想到這裡，趙致吩咐傳話的人。「請豫王到東院來，就說孤想讓他見見孤的長子。」

約莫一盞茶工夫，豫王到了。

進來通傳的人猶猶豫豫道：「王爺，豫王帶了好些人過來，其中有十幾個人是被捆綁著的……」

趙致有些吃驚，眉頭皺了起來。

姚素馨心中忐忑，福了福，隨著錢氏退到屏風後去了。

趙臻灑然進入東院，與出來迎接的趙致見了禮。

趙致看著趙臻身後烏泱泱的一群人，皺眉道：「三弟，你這是何意？」

趙臻神情肅穆道：「二哥，我這是請你評理來了。」

姚素馨知道這位豫王雖然不愛說話，而且生得跟仙童似的，卻是個狠人，因此聽到那句「二哥，我這是請你評理來了」，臉一下子就白了。

據她的消息，豫王自從上次離開京城回封地，越發深居簡出，將近兩年時間絕跡京城，雖然永泰帝命人宣他進京，可是他卻一直尋找理由拖延，因此一時半會兒還不會進京，為何突然就出現在韓王府？難道，他是為宋甜這小蹄子出頭來了？

想到這個可能，姚素馨越發膽怯，低垂粉頸，咬著手指，思索著如何應對。

錢氏正專心聽屏風外豫王與韓王說話，並沒有發現姚素馨的異狀。

趙致心中驚訝，卻是滿面春風上前挽住趙臻。「三弟，在廊下說話畢竟不便，咱們進屋裡說話吧！」

與趙臻分賓主落坐後，趙致又吩咐人上了茶點，這才含笑道：「三弟，到底是怎麼回事？」

趙臻懶得說話，抬手指了指隨他進來的錢掌櫃。「這是延慶坊富貴鏡坊的錢掌櫃。二哥，就先讓錢掌櫃說一下這件事的來龍去脈吧！」

趙致丈二金剛摸不著頭腦，只得含笑看向錢掌櫃。

錢掌櫃上前，先恭恭敬敬行了個禮，然後便簡明扼要地把韓側妃派人到富貴鏡坊打砸的事說了一遍。

趙致越往下聽，臉色就越冷。

他知道，按照趙臻的性子，沒把握是不會找上門的。既然趙臻敢鬧上門，那必定是拿到了姚素馨是幕後主使的證據。

趙臻待錢掌櫃說完，吩咐琴劍。「把被砸碎的西洋鏡碎片都抬進來。」

琴劍當即出去，指揮著人把六大簍西洋鏡碎片抬了進來。

與此同時，錢掌櫃也拿出了記錄富貴鏡坊今日損失的單子。

趙臻看向趙致道：「二哥，富貴鏡坊雖是我岳丈的生意，背後卻有徐太師府和黃太尉府，今日之事，我岳丈也沒法自個兒作主，恰好我趕到，就越俎代庖替他來尋二哥評理。」

他又道：「打砸富貴鏡坊的那起歹人，全都被捉住，也都招認了，其中為首之人，正是二哥在京西那個叫杏花營的莊子的人，據他們招認，是韓王府姚側妃指使。」

他看著趙致，鳳眼冷冽，聲音平淡。「二哥，要不要把為首的帶進來，你審問一下？」

趙致心中怒極，知道姚素馨辦了蠢事，無可抵賴，一臉沈痛慨然道：「既然三弟人證俱獲，二哥還有什麼可說？是二哥治家不嚴，所有的損失，都由二哥來承擔！」

趙臻當即吩咐錢掌櫃。「錢掌櫃，把今日富貴鏡坊的損失單子呈上來。」

錢掌櫃當即上前，先恭恭敬敬給韓王行了個禮，然後奉上單子。

韓王哪裡會理會這些細務，面上含笑道：「些許小事，哪還用得著一條條看？報個總數給我就行。」

錢掌櫃看向趙臻。

趙臻點了點頭。

錢掌櫃有了倚仗，當即毫不客氣地把損失報了出來。「啟稟王爺，富貴鏡坊今日的損失，一共是六萬七千三百九十六兩白銀，抹去零頭，賠六萬七千兩銀子也就是了。」

明間內一下子靜了下來。

趙致原本神態從容意態風流，正用茶碗蓋子輕拂素瓷茶盞內的清茶，聽到錢掌櫃報出的賠償數目，動作一滯，一雙利目掃向錢掌櫃。

錢掌櫃被看得兩腿發軟，竭力讓自己穩住，聲音微顫道：「啟稟王爺，小的這裡有富貴鏡坊每日擺放貨物的細目，上面每日都有小的和四個大夥計的簽字畫押。今日的也在上面。」

趙致深吸一口氣，壓下怒意，俊美的臉上漾開笑意。「不必看了，想必這京城也沒人敢訛詐本王。」

他吩咐貼身小廝。「你去本王的書房，取六萬七千兩銀票過來。」

趙致心中憤怒到了極點，卻在竭力壓抑著自己，只是最後那個「過來」兩字，卻似從牙縫中擠出來的一般，帶著森森冷意。

屏風後姚素馨臉上一點血色也沒有了，整個人軟軟地坐在錦榻上，快要支撐不住了。

六萬多兩銀子可不是小數目，必須得想一個法子，不然王爺會活剮了我！

韓王妃錢氏這會兒可都聽明白了，不動聲色坐在那裡，等著看姚素馨如何應對。

姚素馨終於想到了法子——打死都不承認！

她當機立斷，扶著炕桌站起來，積蓄了些力量，大聲道：「你們這是訛詐！」

聽到屏風後傳來的這句話，韓王右嘴角向上挑了挑，笑容有些殘酷——姚素馨！這是嫌他還不夠丟人啊？

他咳嗽了一聲。

錢氏與趙致配合默契，她當即意會，看了一邊服侍的嚴女官一眼。

嚴女官帶了兩個丫鬟隨即撲上去，一把制伏了姚素馨，同時捂住了姚素馨的嘴，不讓她再出聲。

姚素馨心知自己完蛋了，一邊無聲掙扎，一邊拚命地給抱著大公子的奶娘使眼色——只要奶娘弄哭大公子，說不定王爺就心軟了！

誰知奶娘卻似瞎了聾了一般，抱著大公子直往後退，縮到了韓王妃錢氏後面。

姚素馨心知大勢已去，眼淚瞬間流了出來。

趙致恭而敬之送走趙臻，疾步趕了回來，見姚素馨已經被丫鬟制住，當即上前，一耳光打了上去，怒斥道：「賤人！」

將近七萬兩銀子，夠他做多少事了？只因為這賤人眼皮子淺，就這樣生生被趙臻給訛走了！

姚素馨掙脫開束縛，掙扎著撲上去。「王爺、王爺，你聽我說，都是宋甜——」

「啪」的又是一聲脆響，趙致又一個耳光甩在了姚素馨臉上，把她打得腦袋都偏到了一邊，罵道：「蠢貨！」

姚素馨委頓在地，滿臉是淚，梨花帶雨，淒然仰首看著趙致。「王爺，妾身都是為了王爺……」

想到方才損失的六萬多兩銀子，趙致生不出憐惜，越發暴怒。「賤人，妳還要狡辯！」他看向錢氏。「王妃，大郎以後交給妳了，至於這賤人，以後就關在杏花營莊子裡吧！」

錢氏神情肅穆，答了聲「是」。

趙致揚長離去。

錢氏在屋子裡，隔著錦簾聽到趙致在外吩咐下人的聲音。

「把趙臻送來的那些人，全都打殺了，埋在花園裡做花肥！」

她眼中有些空，拈起帕子抵在鼻端，輕輕念了聲佛。

宋甜回到家中，去上房見張蘭溪，誰知今日不巧，宋志遠一個同僚的夫人帶著三個女兒來做客，這三位姑娘與宋甜年齡相當，當下張蘭溪便留下宋甜陪客。

這三個女孩子早知宋甜是未來的豫王妃，對她很好奇，略處了一會兒就熟悉起來。

宋甜也是活潑愛玩的性子，就帶著她們在西暗間炕房裡打葉子牌賭輸贏。

宋甜她們正玩得開心，丫鬟月仙卻來回話，張蘭溪便把宋甜叫了出去。

「大姐兒，月仙過來尋妳。」

宋甜忙下了炕，理了理裙裾，出去與月仙說話。

月仙行了個禮，才道：「啟稟姑娘，鋪子裡的人來結算帳目。」

她對著宋甜眨了眨眼睛。

宋甜會意，當即向張蘭溪及女客告罪，又和剛認識的三位小夥伴解釋了幾句，這才帶著月仙離開了。

待宋甜離去，張蘭溪含笑向女客解釋著。「我家鋪子裡的帳目，我一向懶得操心，都是我家大姐兒在算。」

女客聽了，自是奉承。「妳家大姐兒可真聰慧！」

宋甜回到後面，還沒走到小樓前，便看到了在廊下立著逗鳥的趙臻，心中歡喜，忙拎起裙裾快步跑過去問：「事情都忙完了？」

趙臻戴著黑氈帽穿著青衣，做鋪子大夥計裝扮，瞧著卻格外的清俊白皙，輕輕頷首。

「嗯，都忙完了。」

宋甜直接牽著他的手。「到屋裡說話，外面太冷了。」

第五十四章

趙臻乖乖由宋甜牽著手，拉進小樓裡。

月仙和紫荊送罷茶點便退了下去，起居室裡只剩下宋甜和趙臻。

宋甜用香胰子洗了手，剝了一個橘子遞給趙臻。

趙臻倚著靠枕歪在那裡，鳳眼亮晶晶地看著宋甜。「我手還沒洗——」

宋甜聽出趙臻是在撒嬌，心裡甚是甜蜜，剝了一瓣橘子餵進趙臻嘴裡，道：「這是桂州的貢橘，又酸又甜，汁水豐厚。」

她爹如今也算天子近臣了，家裡這種貢品水果已是不缺。

趙臻嚐了一瓣，很喜歡這種酸中帶甜的橘子，還想再吃，卻不說話，一雙清泠泠鳳眼只是看著宋甜。

宋甜會意，當下又餵他吃了兩瓣。

兩人歪在錦榻上，一邊吃橘子，一邊說起今日的事。

得知要回了六、七萬兩銀子，宋甜開心極了。「太好了！」

她接著又問趙臻。「那姚素馨呢？她可是罪魁禍首！」

趙臻分不清什麼姚素馨、馬素馨，當即隔窗叫琴劍。「琴劍，你來說那個什麼馨？」

琴劍在廊下答了聲「是」，一五一十把透過暗樁從韓王府打聽得來的消息說了。

得知姚素馨被關進莊子裡，她生的兒子也被趙致給韓王妃養了，宋甜心中快意之餘，又有些淡淡的悲哀——姚素馨雖然有錯在先，可是母子分離之痛，失去母親的宋甜卻也能感同身受……

趙臻見宋甜神情黯然，當即道：「將來我倆的兒女，就養在咱們房裡。」

宋甜聽了，歡喜極了，撲上去捧著趙臻軟軟的臉頰，揉搓了好幾下——趙臻臉頰柔軟有彈性，她實在是喜歡揉摸。

趙臻早被宋甜揉慣了，四肢攤開，任憑宋甜「蹂躪」。

宋甜揉了一會兒，見趙臻眼睛水汪汪的，心裡一動，緩緩湊了過去，吻住了趙臻……

良久之後，宋甜依偎在趙臻懷裡，絮絮問他接下來的打算。

趙臻聲音有些啞，宋甜問什麼，他就回答什麼。

兩人依偎在錦榻上，絮絮說了好一陣子話——基本都是宋甜說，趙臻聽。

窗外漸漸暗了下來。

宋甜正要叫丫鬟進來點燭臺，外面卻傳來棋書略有些喘的聲音。「啟稟王爺，陛下宣您即刻進宮！」

御書房暖意融融，龍涎香的氣息氤氳著。

御案上大花瓶裡插著幾枝紅梅，令莊嚴肅穆的御書房多了些靈動之色。

永泰帝坐在御案後，正提筆寫字，似乎不打算理會躬身行禮的趙臻。

趙臻早習慣了，行罷禮便自己直起身子，立在那裡等待永泰帝開口。

太子趙室就是前車之鑒。

趙室給永泰帝行禮，永泰帝若是不開口，他就一直保持行禮的姿勢。

他的倔強和敏感的性子成為永泰帝捅向他的一把好用的刀，無數次傷害了他，把他逼到了瘋狂的邊緣，如今只肯見皇后、太子妃和趙臻。

趙臻曾與太子相同，現下他卻不肯委屈自己。

永泰帝寫完那章青詞，這才抬眼看向趙臻，道：「朕聽說，你回京城的第一件事，便是去尋你二哥的晦氣？」

趙臻沒有說話，平靜地站立著，一雙鳳眼淡漠純淨，帶著微涼的冷意。

永泰帝一見他這死豬不怕開水燙的模樣就生氣，提高了聲音道：「趙臻，你可真是獅子大開口，六、七萬兩銀子，輕輕巧巧就訛過去了，你瞧瞧你，一身的小家子氣，還有一點皇子親王的胸襟和體統嗎？」

趙臻抬眼看向永泰帝，眼尾如鳳凰翎毛般挑起，眼睛黑白分明，凌利凜然。一息之後，他垂下眼簾，又恢復了平靜無波的模樣。

解釋？用不著解釋。反正無論他怎麼解釋，父皇總是覺得趙致是對的，他是錯的。省些力氣，他更是輕鬆快意。

永泰帝見他倔頭倔腦的模樣，更生氣了，順手拿起手邊的碧玉獅子鎮紙順手就砸了過去怒斥。「你是親王，能不能要一點臉？」

趙臻只是腦袋一歪，碧玉獅子鎮紙從他頸邊飛過，砸在了紫檀木落地長窗上，發出一聲巨響，落在了鋪著厚厚地氈的地上。

看著油鹽不進的趙臻，永泰帝氣得胸口發悶，身子靠回寶座椅背上，喘著氣恨恨瞪著趙臻，一張臉脹得通紅。

黃蓮一直豎著耳朵立在廊下，聽到裡面動靜不對，忙掀開錦簾走了進來。「陛下！」

他躬身快步走過來，從一個白玉瓶裡取出一粒丸藥，服侍永泰帝服了下去。

永泰帝漸漸恢復了正常，用手捂著胸口，似是跟黃蓮說，又似在自言自語。「這逆子不能留在京城了，宛州也不行，宛州距離京城太近了……」

趙室因病隱退，他打算立趙致為太子，卻遭到了內閣的屢次阻攔，如今內閣甚至提出既然非嫡非長，韓王可以，那麼豫王也可以。

趙臻不能再待在京城了，內閣會利用他來對抗皇權。宛州也算富庶，而且處於南北交界，交通便利，留趙臻這逆子在宛州，會成為阿致的心腹之患，須得把他遠遠支開……

想到自己和蕭貴妃的兒子趙致，再看看眼前桀驁不馴的趙臻，永泰帝一顆心越發冷硬，開口道：「趙臻，你不是喜歡舞槍弄棒，排兵布陣嗎？去為朕守衛邊疆吧！你的封地改為桂州，以『桂』為封號，桂州近海，聽說盛產水果，也算是個福地了，明年大婚後，你就帶著你的王妃前往封地吧！」

黃蓮原本正在為永泰帝按揉肩頸，聞言抬眼看向趙臻——桂州與京城遠隔萬里，潮濕炎熱，滿是瘴氣，一向都是流放犯罪官員之地，若是如此，趙臻以後就要遠離大安朝的政治中心，被迫退出皇位的爭奪了。

趙臻抬眼看向永泰帝，心中最後一抹溫情消失殆盡。

他也沒做爭辯，只沉聲答了聲「是」，退了下去。

永泰帝眼神複雜地看著趙臻緩緩退下，心中略有些愧疚，便吩咐黃蓮。「黃蓮，你送送豫王，好好開導開導他。」

黃蓮答了聲「是」，忙追了出去。

趙臻大步流星走在白石鋪就的甬道上，四周是空盪盪的廣場，遠處燈籠光照了過來，把他的影子拉得長長的。

他的身旁落後半步，正是一路急追的黃蓮。

再往後，才是綴在後面一路急追的隨從。

黃蓮知道這是難得的說話之時，便一路緊隨，用極低的聲音道：「王爺，婚期之事，微臣與宋大人會想法子的。」

永泰帝打算讓趙臻完婚後前往新的封地桂州，那他們就想法子儘量把婚期往後拖，待萬事俱備，再舉行豫王大婚典禮。

沒法子，他既然被宋志遠宋甜這父女倆拉上了趙臻的船，又不可能去檢舉揭發這父女倆，就只能穩穩待在船上，與大家同舟共濟，一起向前行進。

趙臻知不知道有多少人在暗中窺探自己，微不可聞地「嗯」了聲，擺了擺衣袖，看似不耐地甩開黃蓮，疾步向前去了。

黃蓮跟著又走了幾步，這才止住步子，做出一副失魂落魄難過至極的模樣，眼睜睜看著豫王在眾人簇擁下往前而去，又裝模作樣嘆了口氣，然後去向永泰帝覆命。

聽了黃蓮的回稟，永泰帝難得的沒有生氣。

他嘆了口氣道：「他先頭在北方待久了，乍然要去炎熱的南方，心情不好也是有的，朕就不與他計較了。你去傳朕旨意，讓禮部為豫王選定大婚之期，待他完婚，就帶了王妃去桂州吧。」

黃蓮答了聲「是」，知道永泰帝還沒說完，因此並沒有立即退下。

永泰帝思索片刻後，又道：「你去朕的私庫裡領八萬兩銀子，派人悄悄送到韓王府給阿致，這孩子家大業大，花銷也大，被趙臻敲詐了一頓，也不知該多著急。」

黃蓮早見慣了永泰帝的偏心，波瀾不驚答了聲「是」，自去安排。

趙臻知道有人在監視自己，哪裡也沒去，徑直回了京中王府。

此時已經很晚了，松風堂書房內點著赤金枝行燈，明晃晃的。

陳尚宮、沈管家和王府長史蔡和春作為王府老人，自然都來詢問今日進宮之事。得知永泰帝要把趙臻改封為桂王，封地換到極其偏遠的桂州，陳尚宮憂思滿面，滿眼不忍，安慰道：「王爺，下官陪您去桂州，您——」

看著面無表情玉雕仙人般的趙臻，她實在是說不下去了，聲音也哽咽了——永泰帝實在是太偏心了，豫王自小生長於北方，根本受不了桂州的濕熱瘴氣！

沈管家氣憤得很，面上滿是不忿。「王爺，陛下太偏心了，老奴這就去定國公府求見老王爺，讓老王爺去見陛下！」

蔡和春在邊上看著，心中感嘆道：陛下還是做出了選擇，把豫王弄到桂州去，到了那濕熱瘴氣之地，豫王不死也得脫層皮，這樣韓王進封太子之路就更加平坦了。

是時候做出選擇了，陛下既然信重韓王，那他就投靠韓王，如此方算忠誠。

蔡和春心中盤算著，面上卻是一副理智模樣，冷靜地為豫王分析各方形勢，最後得出結論——前往桂州就藩，是豫王的最佳選擇。

趙臻揮了揮手，道：「都退下吧，孤累了。」

到了亥時，棋書過來稟報。「王爺，陳尚宮去了劉尚服的私邸。」

趙臻「嗯」了一聲。

劉尚服是皇后的人，陳尚宮應是去劉尚服那裡打探宮中消息去了。

棋書又道：「沈管家去了定國公府，蔡長史換裝隱藏行蹤去見韓王了。」

趙臻端起茶盞飲了一口，默默思索著。

沈管家雖然出身定國公府，對他卻一向忠心耿耿，只是過於憨直，容易被人利用。

至於蔡和春，若不是離開宛州前宋甜提醒他一定要小心蔡和春，他還不曾提防過蔡和春，他已派人跟蹤了蔡和春將近兩年，還真是收穫頗豐。

蔡和春，絕不能留了。

外面松風陣陣，呼嘯而來，似在趙臻耳畔環繞。

趙臻越發覺得孤獨，低聲道：「準備一下，我要去柳條街。」

他本來就不盼望永泰帝對他有父子之情，今日在御書房中發生的事，也只是令他更加心寒而已。

趙臻長得高高大大，已經不再是稚弱的小童，可是此時的他，心中那個稚弱的小童依舊存在，正孤獨地縮在他內心深處。

他想去見宋甜。

也只有宋甜，心中只有他，不求回報地為他付出，令他感受到人世間的溫暖，讓他從陪伴了他許多年的孤獨中走出來……

憑著黃蓮與宋志遠的交情，宮中御書房發生的事，很快就傳到了宋志遠耳中。

今晚黃蓮不用在宮中輪值，因此約了宋志遠在家中吃酒。

宋志遠早早去了黃太尉府，得知黃蓮還未從宮中回來，便在黃蓮的書房等他。

他在黃蓮這裡如同自家一樣自在，倚著靠枕歪在榻上，手裡拿著一本豔情話本細細品味。

宋志遠旁邊的紫檀雕花小炕桌上放著一個白玉果盒，裡面分成四個格子，各別盛著糖蓮子、糖栗子、糖松子和五香榛子，都是宋志遠愛吃的。

宋志遠一邊讀書，一邊吃零嘴，身旁還有黃蓮的親信小太監在一邊斟茶倒水，實在是愜意極了。

黃蓮回到書房，看到宋志遠如此享受，不由得嘆了口氣，洗好手在小炕桌另一邊坐下，待侍候的人都退下，又命親信守在外面，這才道：「老宋，出大事了。」

他一五一十把今晚宮中之事說了一遍。

聽黃蓮說了豫王要改封桂州的消息，宋志遠當即坐了起來，道：「我不能去桂州，多年前我去那邊做生意，結果出了一身紅疹子，難受極了，只得離開，可是損失了不少銀子。」

女兒要隨豫王去桂州，他只有這一個獨生女，得靠獨生女養老送終的，自然得跟著去桂州，但他實在是不適應桂州的氣候啊！

黃蓮瞅了他一眼，沒說話。

宋志遠明白黃蓮之意，嘆了口氣，用蚊蚋般的聲音道：「老黃，至少得先想法子延遲婚期，這樣豫王就能留在京城；然後咱們再把韓王給弄死，太子瘋了，韓王死了，陛下再討厭豫王，也只有豫王一個皇子了……」

黃蓮沒想到宋志遠膽子這樣大，目瞪口呆看著宋志遠，良久才道：「老宋，你的膽子可真肥啊！如此滅九族之罪，你就這樣輕輕巧巧當著我的面說出來，你就不怕我去向陛下揭發？」

宋志遠桃花眼亮晶晶的，對著他親暱道：「你不會。你是我弟弟，做弟弟的如何會去檢舉揭發哥哥？」

黃蓮無詞以對。

是，他還真不會去坑害宋志遠。

知己難求，更何況是宋志遠這樣能讀懂他的知己，他這輩子也就宋志遠一個了。

要是沒了宋志遠，人生該多麼寂寞無趣啊？

黃蓮沈吟了一下，道：「如今的禮部尚書錢鞏是韓王的妻舅，立場自不必說，可是欽天監監正余東海，卻是吏部侍郎賀大人的連襟，賀大人是你的野丈人，怎麼做你自己揣摩吧！不過你得把今晚之事和你的打算告訴甜姐兒，讓她知會豫王。」

宋志遠笑了。「我從來不會做好事不留姓名，我幫了豫王，自然會讓他知道，讓他對我家甜姐兒更好一些。」

黃蓮自是知道宋志遠為人，便道：「別急著走，我讓人上羊肉鍋子，再讓人燙壺酒，咱們就著鍋子吃酒。」

宋志遠自然答應了下來。

夜深了，柳條街宋宅內燈火已經寥落，遠遠望去，只有後面園子的小樓還有燭光透出。

宋甜還沒有睡。

傍晚時趙臻被宣入宮。沒有得到趙臻那邊的消息，她哪裡能睡得著？

紫荊端著金姥姥為宋甜燉的一盅雞湯走了過來，勸道：「姑娘，已經快子時了，豫王應該也歇下了，您也早些睡吧！」

宋甜搖了搖頭，道：「他知道我在擔心他，一定會有消息傳來的。」

紫荊聽著外面呼嘯的風聲，還是覺得豫王今夜不會過來了。

她走到外面廊下，正要把掛在外面的鳥籠拎進室內，卻聽到一陣急促的腳步聲，抬眼看去，卻見有人打著燈籠走過來，待那人走近，卻原來是錢興媳婦。

錢興媳婦走得氣喘吁吁。「紫荊，姑娘歇下沒有？秦嶂領著一個人來見咱們姑娘！」

宋甜在房內聽到錢興媳婦的話，當即提高了聲音道：「快請進來！」

小樓一樓地板下面燒著銅地龍，房間內頗為溫暖，大約是宋甜用了玫瑰花油的緣故，玫瑰花的芬芳在房間裡氤氳浮動著。

趙臻從寒風呼嘯的外面甫進入溫暖馨香的房間，強烈的反差令他有一種進入洞天福地的感覺，分明身子依然寒涼，心裡卻已是暖意融融。

宋甜親自服侍趙臻脫去外面的斗篷，月仙紫荊送上熱水和香胰子，錢興媳婦帶著繡姐兒送來了炭爐和金姥姥做好的雞湯鍋子。

不過一盞茶工夫，趙臻便舒舒服服坐在炕房內，面前黃花梨木炕桌上擺著被小炭爐煮得咕嘟咕嘟直冒泡的雞湯鍋子，對面則是穿著家常衣裙的宋甜。

紫荊送上一壺燙好的桂花酒，月仙擺好放置各種葷素菜餚的高几，這才一起退了下去。

宋甜不急著問趙臻進宮後發生的事，而是先盛了碗雞湯遞給趙臻，溫聲道：「喝碗熱湯暖暖身子。」

趙臻接過素瓷小碗，低頭看去，卻見雞湯冒著熱氣，上面浮著幾片翠綠的芫荽，香氣撲鼻。

他慢慢啜飲著，美味的雞湯喝下，整個人漸漸暖和了起來。

宋甜把在雞湯鍋子裡煮好的薄羊肉片挾出來，放進趙臻面前的小碟子裡，又挑了趙臻平素還算愛吃的葷素菜餚放到雞湯鍋子裡煮。

待趙臻吃得有三分飽了，宋甜這才斟了兩盞桂花酒，遞了一盞給趙臻。「放了桂花蜜的桂花酒，你嚐嚐如何。」

她爹實在是太愛吃甜食了，就連她家的桂花酒也與別家不同，加了上好的桂花蜜，甜蜜而黏稠，正好，趙臻也愛甜食。

趙臻喝了一口，抬眼看向宋甜，眼睛一亮，道：「好甜啊！」

宋甜給他挾了一箸煮好的小青菜，口中道：「我爹喜歡吃甜酒，太太就命人準備了好多甜酒。」

她抬眼看向趙臻，眼中柔情脈脈。「不過酒甜些也好，你吃的苦太多了，我想送你一些甜。」

趙臻凝望了宋甜片刻，垂下眼簾低聲道：「老天不是把妳送到我身邊了嗎？有妳，哪裡還有苦。」

宋甜沒想到一向沈默寡言的趙臻居然會說甜蜜蜜的情話，不由得微笑應和。「嗯，有我在，我會保護你。」

趙臻又飲了幾盞酒，這才把御書房發生的事簡單說了一遍。

宋甜聽了，氣得說不出話來，伸手握住趙臻的手。「臻哥，咱們一起想法子。」

前世這件事應該也是發生過的，可是趙臻並沒有因此前往桂州，可見這件事是被他解決掉了。

這一世趙臻的勢力更大，準備也更足，想來並不是難題。

宋甜冷靜下來，又給趙臻斟了一盞酒。「臻哥，你有什麼打算？」

趙臻心中早有了決定，當下道：「我先想法子推遲婚期，然後待各方時機成熟，再促成一件不用我去桂州的事情發生。」

宋甜笑了。「我也覺得先推遲婚期是最好的法子！」

她想起欽天監監正余東海正是賀蘭芯的親姨父，忙道：「臻哥，推遲婚期這件事，可以交給我爹去做。」

趙臻聞言，詫異地看向宋甜。「岳父有什麼捷徑嗎？」

他自己是打算讓文閣老過問一下這件事。

趙臻已經和文閣老這一派系結盟，文閣老自然不希望他前往桂州，給趙致可乘之機。

見趙臻有些驚訝，宋甜笑得狡黠。「你就放心吧，我爹應該有法子的。」

趙臻抿著嘴笑了，道：「先讓岳父試一試，若是不行，我再出面。」

兩人商議好這件事，便開始專心致志品嚐美食。

趙臻見到宋甜，本來罩在外面的那層冰冷鎧甲一下子全消失無蹤，整個人放鬆了下來，不由自主多飲了幾盞酒，酒意上來，再加上為了趕路，一天一夜未曾睡覺了，因此有些昏昏欲睡。

他正和宋甜說著話，一句話還沒說完，人就歪在那裡睡著了。

宋甜陪著他飲了幾盞，也有些暈暈乎乎，便讓紫荊和月仙收走鍋盞杯盤等物，她和趙臻隔著小炕桌，各自枕著靠枕蓋著錦被隨意睡下了。

第五十五章

這會兒韓王府內院上房內，韓王妃錢氏卻還未入睡。

這時大公子乍一和親娘分開，哭個不停，雖然有奶娘哄著，卻依舊不依不饒，舞著胳膊、蹬著腿哭著。

錢氏原本便淺眠，被這小嬰兒一哭，更難入睡了，只得焦躁地坐在榻上，捧著奶娘張嬤嬤遞過來的蔘湯慢慢喝著。

張嬤嬤嘆了口氣，道：「都丑時了，大公子不知道要鬧到什麼時候去。」

錢氏放下湯盞，抬手揉了揉太陽穴，聲音帶著些疲憊。「他一個小孩兒，捨不得與他親娘分開才哭，這說明他聰明伶俐。」

張嬤嬤眼珠子滴溜溜一轉，抬手示意房裡侍候的人退下。

待無外人在場了，她這才輕輕道：「王妃，我聽人說，女子若是一直不孕，可以先抱一個小孩兒養在自己身邊，過個一年半載就會懷上自己的孩兒——這叫引窩。您要不要把大公子徹底留下，給您引個嫡子過來？」

錢氏看向張嬤嬤，問道：「引窩？徹底？」

張嬤嬤冷笑一聲道：「姚素馨那賤人，別的本事沒有，在床上卻的確有些本事，王爺現在生氣，說不定何時就想起了與她在床榻之間的情意，把她從莊子上給弄回來，到時候若是大公子又被她抱走，您不是白白費了這許多心力嗎？」

錢氏心裡一動，口中卻道：「嬤嬤的意思是——」

張嬤嬤做了個手勢。「乾脆把姚素馨弄死算了。」

見錢氏不說話，她接著道：「我弄到些藥物，聞著甜蜜蜜的，服用後似睡熟一般，就算是讓仵作來驗，也驗不出什麼來。」

錢氏閉上了眼睛。

姚素馨生的這個孩子，聰明又漂亮，她還真喜歡上了，想到孩子可能被姚素馨抱走，她心中興起不捨。她會好好疼愛這孩子的，總比這孩子在姚素馨手裡，被親娘當作邀寵的工具強。

片刻後，錢氏的聲音飄飄渺渺。「嬤嬤，這件事由妳經手，做得乾淨些。」

張嬤嬤答了聲「是」，道：「王妃，您就放心吧。」

這藥是她從兒媳婦馬氏那兒弄來的，聽說是定國公府內宅專門用來對付不聽話的姬妾用的，十分有效。

宋志遠在黃蓮那裡喝酒到半夜，索性歇在了那裡，早上便直接從黃太尉府出發去衙門點卯了。

從衙門回來後，宋志遠先在書房坐定，思索良久之後，起身漫步往後面園子去。

他有事要跟宋甜商量，也想順便看看宋甜的住處怎麼樣——張蘭溪再好，畢竟是繼母，想想以往宋甜住處的樣子，宋志遠覺得自己這當爹的還是多操點心的好。

宋甜正睡得香甜，朦朧間聽到紫荊在叫她。「姑娘，老爺來了，您快起來吧！」

糟糕，趙臻還在我這裡呢！

宋甜當即從床上爬了起來，睜開眼睛去尋趙臻，卻發現自己好端端睡在床上，床上只有一個枕頭一條錦被，根本沒有趙臻睡過的痕跡……昨晚的一切似乎是一場夢。

紫荊見宋甜發呆，知道她還沒清醒，端著一盞溫開水過來餵宋甜一口一口喝了，低聲道：「半夜時王爺就起來了，他把您搬到了二樓，把您放在了床上，又幫您蓋好被子整理好枕頭才離開了。您呢，睡得沈乎乎的，跟小豬似的，都被人從樓下抱到樓上了，卻一直都沒醒……」

宋甜這才意識到昨夜並不是夢，趙臻是真的和她一起吃酒聊天了。

想到是趙臻抱她上樓的，她心裡甜甜的，有些幼稚地問道：「他怎麼抱我上樓的？」

紫荊把空茶盞放回床前小几上，雙臂伸出，做了個托舉的姿勢。

宋甜忍不住又笑了。「我可不輕，難得他有力氣把我運上來。」

這時月仙走了進來，道：「姑娘，老爺說讓妳快些起床洗漱，他說完話還有事要忙。」

宋甜應了一聲，掀開錦被預備下床，卻發現自己身上只穿著寢衣，心道：咦，誰幫我脫去外衣的？

她看向紫荊。

紫荊看懂了，低聲嘀咕道：「是王爺幫您脫掉的，他不大會脫，忙了好久。」

宋甜心中越發甜蜜，麻利地洗漱梳妝，打扮齊整，下樓去見她爹。

等待時，宋志遠已經把一樓各個房間都看了一遍，大到門窗、木地板和家具的材質，小到屋裡的擺設，都細細檢查了，最後發現都還不錯，滿意地點點頭。

張蘭溪是個用心的好繼母，他也得投桃報李，待張蘭溪更好一些。

這時候宋甜從樓上快步下來了，見她爹正負手彎腰盯著起居室的枝型燈細看，便叫了聲「爹爹」。

宋志遠一轉身，見宋甜下樓的步子太快，嚇了一跳，忙道：「慢點慢點！」

宋甜見只剩下三個臺階了，索性一下子跳了下來，穩穩落地，笑吟吟走過去道：「爹爹，到底有什麼事？」

宋志遠屏退侍候的人後，把事情的來龍去脈說了，然後吩咐宋甜。「我下午就帶著禮物去見賀大人，妳把這件事跟豫王說一聲——咱們做了好事，得讓豫王知道。」

宋甜點了點頭答應。「爹爹，你只管去，我來跟豫王說。」

宋志遠灑然起身。「等著爹爹的好消息！」

他大步流星往外去了。

紫荊陪宋甜目送宋志遠的背影，待完全看不見了，這才道：「姑娘，也不知怎麼回事，這世間那麼多男子，我覺得只有豫王和咱們老爺走路好看。豫王像是仙人，說不出的優雅；咱們老爺則瀟灑得很，跟風吹竹林一般，就是好看。」

宋甜瞟了她一眼，道：「我爹是宛州第一美男子兼風流人物，這名頭自然不是白得的，我敢說他連走路的姿勢和擺衣袖的樣子都是練過的，妳信不信？」

紫荊想了下，不禁掩口笑了。「我信我信！」

轉眼間就到了臘月三十。

宋志遠宋甜父女倆整個上午都忙得腳後跟打後腦勺——宋志遠忙著給徐太師府和黃太尉府送利錢；宋甜忙著給京中各鋪子的掌櫃和夥計按約定分利。

一直忙到了中午，父女倆這才鬆快了一會兒，一起到上房陪張蘭溪用午飯。

一家三口難得聚在一起，十分的放鬆。

張蘭溪盛了一碗菌菇鮮湯遞給宋甜，道：「我剛從齊夫人那裡聽到了一個消息。」見宋志遠和宋甜齊齊看向自己，兩雙眼睛說不出的相似，都是眼珠子黑而大，黑白分明，十分清澈，張蘭溪不禁笑了，道：「齊夫人說，韓王府姚側妃歿了，好像是前夜從樓上躍下來，到了天亮被人發現，人都凍硬了。而姚側妃所出大公子，被韓王交給韓王妃撫養了。」

宋甜沒有說話，心裡卻道：姚素馨不像是會自殺的人，她到底是怎麼死的？是誰害死了她？

根據誰得利誰出手的思路，害死她的人，極有可能就是錢氏。

喝了一口湯之後，宋甜看向宋志遠。「爹爹，婚期的事情你辦得怎麼樣了？」

宋志遠沈吟一下道：「怕是得過完年才會有消息傳出來。」

宋甜也知這個場合不便多說，便轉移了話題，問張蘭溪。「太太，妳方才提到的齊夫人，是不是上次帶三位姑娘來咱們家做客的那位齊夫人？」

張蘭溪道：「正是。她家三位姑娘一嫡兩庶，都到訂親事的年紀了，齊大人瞧上了黃太尉的姪子，想著咱家跟黃太尉家走得近，讓齊夫人尋我打聽打聽呢！」

宋甜一聽，忙道：「黃太尉的姪子？是那個黃子文嗎？」

見張蘭溪點頭，宋甜心裡一驚，想起那三個姑娘跟自己打過葉子牌，都是挺可愛的姑娘，可不能被黃子文給糟踐了，忙道：「太太，這黃子文可不是什麼好人，誰嫁他誰倒霉——不信妳問我爹！」

張蘭溪聞言看向宋志遠。

宋志遠沈吟了一下，道：「子藻這個姪子，是個口氣大沒本事愛嫖妓的二混子，子藻派他去收帳，結果他把收來的銀子都花在那麗香院頭牌鄭銀翹身上。」

他又詳細道：「前些時候鄭銀翹被定國公長子沈剛贖了身，接到國公府做姨娘了，那黃子文哭鬧了幾日，子藻想著他總該消停了吧，誰知如今又和一個叫鄭嬌娘的小妓女好上了，據說那鄭嬌娘還是鄭銀翹的姪女，真是噁心人。子藻覺得他這姪子和他哥哥一樣是個廢物，只知道依靠別人，出事了就把責任往別人身上推，因此正煩心呢！」

張蘭溪聽了，嘴巴半天沒合上。「那我可得趕緊跟齊夫人說一聲，她家好好的姑娘，可不能嫁給黃子文這樣的人！」

宋志遠瞅了張蘭溪一眼，道：「齊大人自己時常奉承子藻，難道不知道子藻家裡這點爛事？怕是他想藉這件事巴結子藻罷了！妳若攔著人家，人家說不定還以為咱們故意攔著他與子藻結親家呢！」

張蘭溪一時有些遲疑。

宋甜在一邊聽著，心道：齊家那三個姑娘都是好的，無論是哪一個，都不能被黃子文給糟踐了，須得想一個法子，讓黃子文自己滑下去……

她思索片刻，含笑看向她爹道：「爹爹，其實黃叔叔不必如此煩惱，與其讓黃子文日日在京中礙眼，不如幫黃子文贖出鄭嬌娘，再給他幾百兩銀子，讓他帶著鄭嬌娘回原籍安身，這樣黃叔叔眼不見心靜，黃子文也得償所願有情人終成眷屬，豈不四角俱全？」

宋志遠瞅了宋甜一眼，心知女兒這是在坑害黃子文。

可是站在黃蓮立場上，這樣做還真是合適，至少能解了黃蓮的煩心事……

宋志遠用銀湯匙舀了些湯，慢慢吃下，然後道：「嗯，我見了妳黃叔叔，和他說一聲。」

宋甜笑咪咪挾了一個小巧玲瓏的桂花糕給她爹，溫聲道：「爹爹你最好快一些，免得齊大人按捺不住，直接尋官媒上門，把女兒許給了黃子文。」

物傷其類，前世她的悲劇，不能讓別的女孩子再重複一遍了。

趙臻從外面回來，忽然命陳尚宮把庫房簿冊送到松風堂。

陳尚宮不知趙臻要做什麼，忙帶著手下的女官抬著庫房簿冊去了松風堂。

這些簿冊分門別類記錄著豫王府庫房裡的物件。

趙臻直接吩咐人取出記錄珠寶首飾的簿冊，翻開後細細看了起來。

他專門看了庫房裡最貴重的珠寶。

書房裡靜悄悄的，只有趙臻翻動書頁的聲音清晰入耳。

片刻後，趙臻緩緩道：「這匣寶石，這匣南海珍珠，這套紅寶石頭面，這套翡翠頭面，待會兒都送來我看看。」

陳尚宮隨即用硃砂筆做了個標記。

趙臻又命人取來記錄庫房中綾羅綢緞的簿冊，選了幾樣貢品錦緞，讓人也送過來。

陳尚宮吩咐人去庫房取趙臻點名的珠寶綢緞，回頭看趙臻，卻見他坐在書案後面，眼睛瞧著書案上的花瓶，神情略有些冷清，忙問道：「王爺，您怎麼了？」

趙臻抿了抿嘴。「沒什麼。」

宋甜那樣的好，他想把自己最好的東西都給宋甜，可是剛才看簿冊，他才發現自己手上還真是沒什麼好東西，心裡不免有些酸楚。

待那些珠寶綢緞送到，趙臻又仔細看了看，吩咐陳尚宮把珠寶全換成新的檀木雕花匣子，綢緞則用上好的大紅紗羅重新包好，又認認真真寫了帖子和禮單，叫來棋書，讓他帶人送到柳條街宋宅給宋甜。

棋書行罷禮，又謹慎地問了一句。「王爺，小的是大張旗鼓送過去，還是悄悄送過去？」

趙臻瞅了他一眼，道：「悄悄送到宋宅就是，不要招搖過市。」

棋書答了聲「是」，自去安排此事。

書房裡只剩下趙臻和陳尚宮了。

陳尚宮打量著趙臻，發現比起去遼東前，趙臻個子更高了，肩膀也更寬闊了，五官俊俏，背脊挺直，腰身挺拔，是個男子漢的樣子了。

當年端妃娘娘懷中的小嬰兒，已經長成頂天立地的男子漢了。若是端妃娘娘還活著，看到豫王如今這樣子，不知道多開心……

趙臻正在想心事，聽到抽噎聲，看了過來，卻見陳尚宮在流淚，心裡也是一嘆，低聲道：「陳尚宮，妳陪我去給我母妃上炷香吧！」

從供奉著端妃娘娘牌位的梨香樓出來，陳尚宮忽然問道：「王爺，今日除夕，宮中是否有宴會？」

趙臻負手而行，口中道：「是有宴會，只是不知道會不會宣我前去。」

先前除夕夜的宮宴由厚道的曹皇后主持，自然有他一席之地。

如今趙室病情嚴重，曹皇后在後宮越發沒了存在感，後宮女主人也換成了蕭貴妃，而先前的除夕夜宴也變成了永泰帝、蕭貴妃和趙致的家宴。

不過明日一早的正旦大朝會，他還是要參加的。

陳尚宮心中難過，道：「若是端妃娘娘還活著，看到陛下這樣偏心，不知該多難過。」

趙臻沒有說話，只是加快了步伐。

他不愛聽這樣的話。

先前他也會因為父皇的偏心難過，也會因此沈浸在自怨自艾的情緒中，可是認識了宋甜之後他才發現，與其沈浸在幽怨難過中，怨婦一樣抱怨別人對自己不好，不如自己去努力，想要什麼就自己去拿，靠自己也能過得開開心心。

趙臻大步流星越走越快，似乎這樣就能遠離幽怨的情緒。

陳尚宮拭去眼淚，卻發現趙臻已經走遠了，不禁愣住了。

王爺可真是——走那麼快做什麼呀？

她想要趕上去，卻發現自己到底有了年紀，根本追不上趙臻，索性扶著丫鬟慢悠悠走著，欣賞著這王府的除夕夜色。

團年飯用罷，宋志遠、張蘭溪、宋甜再加上錦姨娘，四人圍坐打葉子牌。

一直玩到了亥時，宋甜有些累，便讓田嬤嬤幫她打葉子牌，自己帶著紫荊回後面園子去了。

宋甜還沒走到院門口，遠遠就看見秦嶂正和一個小廝立在院牆外竹林邊說話，便停住腳步。「秦嶂，前院不是給你們備了酒席嗎？你不在前院吃酒玩耍，到後面來做什麼？」

秦嶂答應了一聲，帶著那小廝從陰影裡出來，給宋甜行禮。

就著院門口的燈籠光，宋甜才發現那小廝原來是棋書，不由得笑了。「棋書，你怎麼來了？」

棋書微微一笑，恭敬地奉上帖子和禮單，低聲道：「宋姑娘，我們主子命我給您送新年禮物，這是主子親手寫給您的禮單和帖子。」

宋甜接過禮單和帖子，想要看，卻又捨不得直接看——趙臻不愛寫信寫帖子，偶爾得到他的信札，宋甜總是用香胰子洗淨手，然後珍而重之地坐在書案後拆開細讀。

她捏著禮單和帖子，輕聲道：「到裡面去說吧！」

看罷帖子，宋甜抿嘴笑了——趙臻跟她爹可真不一樣！

宋甜小時候看過她爹寫情書。

她爹會先把錦箋熏得香香的，然後在錦箋上抄寫一首清客代筆的纏綿情詩，最後往錦箋上灑幾滴桃花水，冒充思念的淚水，待陰乾了才裝入信封。

而趙臻的帖子，只有寥寥兩、三句話——我選了些禮物給妳，禮物並不貴重，妳自己隨意處理即可。

可宋甜就是不喜歡她爹那種情書，覺得太肉麻，她更喜歡趙臻這樣有一說一簡單明瞭的信帖，就像趙臻的為人，穩重實在，大大方方。
這時候月仙已經研好了墨，等著宋甜寫回書。
宋甜提筆蘸了些墨，懸在那裡想了又想，最後放下筆看向正等著回信的棋書。
「你們王爺今晚要不要進宮？」
棋書心知王爺有事是不瞞宋甜的，當下老老實實道：「今晚陛下要陪貴妃娘娘和韓王，除夕宮宴取消了，王爺不用進宮。」
宋甜吃了一驚，忙道：「那你們王爺今晚在哪裡？在做什麼？」
棋書想了想，道：「王爺就在松風堂，依王爺的性子，應該會習練一會兒刀劍和騎射，然後就回去歇著了。」
宋甜心中一陣酸澀，除夕原本是闔家團圓的日子，趙臻卻一個人孤零零地度過……
她聲音有些啞，道：「我想這會兒去看你們王爺，可以安排嗎？」
棋書眼睛亮了，連連點頭道：「小的是乘馬車來的，您若是不介意，可以穿上斗篷，坐上馬車隨小的去王府。」
王爺那樣孤單，若是能見到宋姑娘，一定開心得很！
宋甜大喜，吩咐月仙。「把我那件墨綠織錦面的斗篷拿出來！」
又吩咐紫荊。「把我新做給他的那幾套衣服和靴子也都帶上！」

一刻鐘後，一輛瞧著極普通、極常見的馬車緩緩駛出了宋府的後門。
宋甜帶著月仙坐在馬車裡，想到要見趙臻了，心跳有些快，臉頰也有些熱。
她正要和月仙說話轉移注意力，誰知馬車突然停了下來。
宋甜剛要開口詢問，卻聽到車外傳來低而好聽的男聲——是趙臻的聲音！
宋甜瞬間體會到了心花怒放的感覺。
她雙手放在膝上，身子前傾，眼中滿是歡喜，笑盈盈看著車門處。
車門打開，車外立著一個頗為高挑的人影。
宋甜忍耐不住，輕輕叫了聲「臻哥」。
那人輕笑一聲，探身進來。
一陣幽幽寒香傳來，正是趙臻身上的氣息。
宋甜一下子撲進了他的懷裡，緊緊抱住了他，將熱呼呼的臉貼在了趙臻光滑猶帶寒意的臉上，滿心都是歡喜。
趙臻把宋甜抱下馬車，放在地上，伸手摸了摸她的臉頰。「我……想來看看妳。」
宋甜仰首看他。「我也想去看看你。」
兩人相視，一時都有些癡了。

趙臻伸出手臂，把宋甜緊緊摟住，許久沒有說話。

宋甜環抱著他勁瘦的腰，把臉貼在他的頸窩裡，聽著趙臻的心跳聲。

良久之後，趙臻鬆開了宋甜，輕聲道：「我送妳回去。」

外面太冷了。

雖然沒有下雪，也沒有颳風，可是這刺骨寒氣似能透過衣服，割在人的肌膚上。

宋甜「嗯」了一聲，卻仰首看著他，笑盈盈道：「我們走回去，好不好？」

她看見趙臻就歡喜，臉上的笑容自己都有些控制不住，臉頰都有些作酸。

第五十六章

趙臻自然是答應了，挽著宋甜的手，一起進了宋宅的後門。

宋宅後門的門房，是秦嶂安排的人。

月仙和秦嶂打著燈籠在前面走，琴劍和秦峻跟在後面。

宋甜這次直接帶著趙臻去了小樓的二樓。

她推開二樓她的臥室隔壁房間的門，用燈籠照著讓趙臻看清楚。「臻哥，這是我為你準備的房間！」

房間潔淨而乾燥，白色青色的帳幔，黃花梨木家具，深色的木地板，素瓷擺件——全都是趙臻的喜好。

他看向宋甜，沒有說話，可是鳳眼含笑。

宋甜用火摺子點亮了書案上的燭臺。「以後你再留宿，就舒舒服服在床上睡。」

每次趙臻留下，都是在榻上隨便應付，她有些心疼。

趙臻輕輕「嗯」了一聲，燭光中鳳眼發亮，五官精緻，好看得很。

宋甜看得一陣心悸，她不敢再看，扭頭指著黃花梨木床道：「我讓人用清水綿做了厚厚的床褥軟枕，你今晚試試怎麼樣？」

趙臻的臉莫名有些熱，他抬手摸了摸臉頰，道：「我餓了，有沒有吃的？」

宋甜注意力馬上被轉移了。「當然有了，我帶你下去用宵夜！」

金姥姥自從來到京城，也沒別的事情可做，老是覺得宋甜瘦了，只要宋甜在家，每天晚上都要給她準備宵夜。

用罷宵夜，趙臻回房在屏風後洗澡。

宋甜換上寢衣，剛卸了妝，正要睡覺，錢興媳婦忽然過來稟報，說錦姨娘來了。

宋甜有些詫異。「讓她在樓下起居室等著，我這就下去。」

她略一思索，隨意綰了頭髮，披上披襖下了樓。

宋甜一進起居室，錦姨娘便上前行禮道：「大姑娘，請屏退侍候的人，妾身有話要跟大姑娘說。」

見錦姨娘如此神秘，宋甜也好奇起來，擺了擺手。

月仙和紫荊都退了出去。

錦姨娘見這兩個丫鬟被宋甜訓練得如此默契，忍不住笑了，道：「大姑娘，方才老爺都要睡了，忽然寫了張紙條封好交給我，讓我悄悄給大姑娘送來。」

宋甜接過封帖，拆開一看，卻見帖子上香香的，潦草地寫著一行紅字——「林七的船明日子時到運河白楊樹莊碼頭」。

她心中大喜，面上卻不動聲色，舉到鼻端，吸了吸鼻子，道：「這是用香膏寫的嗎？」

錦姨娘的臉有些紅，眼睛快要滴出水來，聲音也柔柔的。「老爺是用奴的簪子蘸了奴的香膏寫的……」

她不識字，不知上頭寫的是什麼，老爺也不肯說。

宋甜抿了抿唇。

她這個爹可真不愧是風流俏宋郎，真是夠了。

宋甜打量著錦姨娘，發現錦姨娘白皙高眺，形容秀麗，是個頗有風情的少婦了，心道：怪不得我爹喜歡！

她爹不喜歡年輕女孩子，不怎麼動家裡的丫鬟，就喜歡這樣有風情的少婦。

錦姨娘被宋甜這麼打量著，非但不羞澀，反倒迎著宋甜的視線，甜蜜蜜嬌滴滴問道：「大姑娘還想問奴什麼？」

宋甜略覺肉麻，當即正色道：「……我爹還說了什麼？」

錦姨娘以前不是這樣的啊，如今得了寵，怎麼舉止也越來越甜滋滋了？

宋甜和她爹可不一樣，她喜歡趙臻那樣沈默冷靜有擔待，身上摸著硬硬的男人，不喜歡甜蜜蜜有風情渾身上下軟綿綿的少婦。

錦姨娘想了想，道：「老爺說見了人，報出他的名號即可。」

宋甜點了點頭，道：「我知道了。錦姨娘，多謝妳跑這一趟。」

錦姨娘有些害羞。「老爺讓奴做什麼，奴就做什麼，大姑娘不必謝奴。」

宋甜到底還是送了錦姨娘一對蓮瓣金簪，送了她出去。

想到趙臻得知這個消息一定很開心，宋甜有些按捺不住，急著要去告訴趙臻。

她淘氣得很，悄悄溜進趙臻的房間，隔著屏風跺了跺腳，叫了聲「臻哥」，然後笑嘻嘻道：「臻哥，我要過去啦！」

正泡在浴桶裡想事情的趙臻猝不及防嚇了一跳，忙用浸濕的手巾遮在身前。「甜姐兒，妳別亂來！」

宋甜嘴裡說著「我可真過去啦」，卻掇了張圈椅在屏風後坐下，然後道：「臻哥，我有一個好消息要告訴你。」

趙臻有些好奇。「什麼好消息？」

宋甜小貓一樣窩在圈椅裡，輕輕道：「林七的船載著六百支鐵火槍和幾十箱火藥彈，明日子時到達運河白楊樹莊碼頭，你派人報出我爹的名字直接接走。」

趙臻許久沒答話。

他正在策劃一件大事，這批西洋鐵火槍至關重要。

如此的大事，岳父竟然就這樣告訴宋甜，而宋甜就這麼輕輕鬆鬆地告訴他，彷彿不是什麼大事，不曾幫到他什麼一般。

趙臻不由自主微笑起來。

甜姐兒父女倆……可真是可愛呀！

宋甜又道：「我爹爹在鄢陵縣溫泉鄉跟黃太尉合買了個莊子，明日爹爹要帶著全家去鄢陵泡溫泉，估計等我回來，都過正月十五了……」

隔著屏風，趙臻似乎看到宋甜像隻小貓咪似委屈巴巴的模樣，心裡軟軟的，柔聲道：「我忙完這邊的事，就去尋妳，到時候我帶妳出去玩。」

宋甜聽了，開心得很，跳下圈椅道：「我要去看看你！」

不待趙臻說話，她就跑了過去，兩手撐著浴桶壁，探身過去，在趙臻的唇上用力親了一下，杏眼彎彎笑道：「臻哥，我會想你的！」

宋甜都離開好久了，趙臻還在抬手摸自己的嘴唇，心道：甜姐兒的唇，又軟又熱又香，真的好想親……

這時他總算發現了自己身子的異常，有些無奈，忙轉移注意力，開始盤算明日的安排。

明日不知道趙致又要出什麼么蛾子，他得提早做防備。

此時韓王府內院上房內燈火通明。

韓王妃錢氏洗好澡出來，正端坐在妝檯前打理晚妝，隱隱聽到東廂房那邊傳來嬰啼聲，忙吩咐丫鬟。「去看看大郎怎麼了。」

丫鬟很快就引著張嬤嬤和奶娘過來了，奶娘懷裡還抱著大郎。

奶娘抱著大郎施了個禮。「啟稟王妃，大郎睡醒了，哭了兩聲，吃了些奶就不哭了。」

錢氏伸手摸了摸大郎白嫩的臉頰，見他不哭不鬧，眼珠子隨著自己轉，甚是可愛，喜歡得很，又逗弄了一會兒，這才讓奶娘抱回了東廂房。

張嬤嬤笑嘻嘻道：「王妃，大郎如今和您親著呢，早晚會引來二郎、三郎。」

她又低聲道：「到時候大郎只認您是母親，哪裡還記得姚素馨那賤人！」

錢氏聞言，屏退服侍的人，低聲問張嬤嬤。「我記得給姚素馨用的那藥，是妳兒媳婦馬氏從定國公府弄來的？」

張嬤嬤滿臉堆笑。「正是呢！」

她又道：「王妃，說起我這媳婦，可真是千伶百俐，她如今在定國公府內院小灶上做廚娘，善調湯水，十分得國公夫人歡心。她家這是家傳的手藝，如今她妹子也學成出師了，正要找一個大戶人家安身立命。」

錢氏一聽，道：「既如此，和妳兒媳婦說一聲，讓她妹子來咱們王府試一試吧！」

張嬤嬤就等著王妃這句話呢，滿臉堆笑福了福。「多謝王妃恩典，我明日就和她說。」

初一早上，紫荊早早就把宋甜給叫醒了。「姑娘，豫王天還黑著就走了，說是要進宮參加什麼大朝會，吩咐我們不要叫您，讓您多睡一會兒。」

宋甜抱緊懷裡的繡花軟枕，閉著眼睛，帶著鼻音「嗯」了一聲。

今日是宋家祭祖的日子。

因祠堂還在宛州，宋志遠就因陋就簡，帶著妻子和女兒遙遙拜了拜，然後一家人乘馬車出城往京畿的鄢陵縣泡溫泉去了。

到了自家的溫泉莊子，宋甜發現整個莊子似乎都被白霧籠罩著，莊子裡種了許多梅花，正在盛開，香氣襲人。

她家剛安頓下來，齊大人、齊夫人就帶著齊家三個姑娘趕來了。

宋甜有了玩伴，開心得很，四個年紀相仿的女孩子住在一棟小樓裡，一起泡溫泉，一起賞花，一起打葉子牌，一起讀書，煞是開心。

轉眼間到了正月初五。

這日宋甜正和齊家三個姑娘在梅林裡散步，張蘭溪的丫鬟綺兒卻從前面過來傳話。「大姑娘，太太說了，外面來了男客，讓妳們先別去前面！」

宋甜吃驚道：「男客？誰呀？」
若是趙臻，她爹不可能不讓她去見的。
綺兒道：「大姑娘，是黃太尉的姪子黃公子！」
聽說來客是黃子文，宋甜心裡一陣嫌惡，帶著綺兒到一邊說話。
她原本想著這一世跟黃子文不再見面，不再有交集就是最好的結果，誰知這黃子文居然又來了。
宋甜看向綺兒問：「黃子文來溫泉莊子做什麼？」
綺兒也有些納悶。「按說黃公子若是奉了太尉老爺之命來拜訪老爺，也應該拿著太尉老爺的拜帖，可是他剛才來時，讓人送進來的是他自己的帖子。」
宋甜一聽，便猜到黃子文這次應該是自作主張過來的，黃太尉並不知道。
她略一思索，吩咐綺兒道：「妳跟我回房，我有事要交代妳。」
宋甜跟齊家三姊妹說了一聲，便帶著綺兒回房去了。
她寫了張紙條，疊好交給綺兒。「妳尋個機會悄悄給我爹。」
綺兒小心地把紙條收起來，這才退了下去。
溫泉莊子前院的廳堂內，宋志遠正和齊大人一起陪黃子文說話。

小廝宋竹出來斟茶，順道悄悄把一個疊好的紙條給了宋志遠，低聲稟報道：「老爺，大姑娘給您的。」

宋志遠打開紙條看了看，卻見上面寫著一句話——「爹，黃子文若是開口借銀子，就借給他五百兩，讓他寫欠條按手印」。

看罷紙條，宋志遠嘴角含笑，若無其事地把紙條疊好放進衣袖中，繼續聽黃子文與齊大人扯淡。

齊大人先前曾打算從女兒中挑選一個嫁給黃子文，以拉近與黃太尉的關係，誰知他去試探黃太尉的態度，剛開了一個頭，黃太尉便抱怨自己這姪子不上進，專愛救風塵。

他一揣摩，猜到黃太尉大概並不想管這個姪子的閒事，而且也有不想結親之意，便也不再提起，轉而專心致志拉近與宋志遠的關係，曲線巴結黃太尉。

黃子文與齊大人扯著閒篇，心裡有些著急，一雙眼睛骨碌碌直轉悠，尋找著向宋志遠開口借銀兩的機會。

他叔叔先前也不知道怎麼了，突然肯拿出銀子幫他給鄭嬌娘贖了身，他正歡喜著，結果他叔叔就給了他三百兩銀子，讓他帶嬌娘回原籍鄂州居住。

他不敢違逆叔叔，只得帶嬌娘上路。

黃子文得了這三百兩銀子，跟鄭嬌娘又正在興頭上，就先去給鄭嬌娘買了件貂鼠皮襖、打了幾樣金首飾。

等黃蓮命人送他和鄭嬌娘離開，他才發現三百兩銀子只剩下二、三十兩碎銀子了。他大手大腳慣了，回到家鄉，這二、三十兩碎銀子哪夠他花用？

因此黃子文路過鄢陵時，想起黃蓮提到過宋志遠帶著家眷在溫泉莊子上過年，便順路拐到溫泉莊子，想尋宋志遠打個秋風。

齊大人是個聰明人，見黃子文一雙靈活的眼睛不停地瞟向宋志遠，便知他有話要和宋志遠密談，當下藉口更衣，起身到後面去了。

見齊大人離開，黃子文忙起身做了個揖道：「姪兒奉了叔叔之命回籍探親，一時缺少盤纏，求宋伯父不拘五百兩，或者六百兩，多少借予姪兒些，他日定如數奉還。」

宋志遠聞言笑了，心道：甜姐兒倒是先猜到了，這廝果然是來借銀子。

他沈吟了一下，道：「也不是不行，不過我是生意人出身……」

黃子文一聽有戲，急急道：「宋伯父，姪兒可以給您寫欠條、摁手印！」

宋志遠叫來宋竹，低聲吩咐了幾句。

宋竹去了後面，不多時就提著一個提盒過來了，行罷禮便打開給宋志遠看。「老爺，總共五百兩銀子。」

提盒裡齊齊整整放著的大元寶，明晃晃亮閃閃的，看得黃子文都移不開視線了。

宋志遠微微頷首道：「給黃公子吧！」

黃子文接過匣子，滿心歡喜，忙不迭地感謝著。「多謝伯父！」

宋志遠命人請出齊大人做中人，當場讓黃子文寫了借據、摁了手印，也不留飯，便直接送黃子文離開了。

打發走黃子文，宋志遠吩咐宋竹去跟宋甜說一聲。

宋甜正坐在西暗間炕房臨窗的炕上看書，聽了宋竹的回報，點了點頭，道：「我知道了。」

宋竹離開之後，宋甜看著手邊的書，發了一陣子呆。

按照黃子文和鄭嬌娘的性子，無論多少銀子，到他們手中，總會很快揮霍一空。

黃子文沒了銀子，鄭嬌娘自然會離開他，重拾舊業。

黃子文這人既沒有本事，又沒有膽量，只會在婦孺面前揮拳頭。

宋家如今有他的欠條，他怕宋家討帳就不敢進京，以後還不知道會流落到哪裡呢。

想到這裡，宋甜眼睛酸酸的。

前世的她，從小被繼母教授三從四德，在家從父，既嫁從夫，最終被黃子文拽著墜入深淵，臨死前的決絕，是她積攢了多少年壓抑的反抗……

重生後，換了一種活法，自己做自己的主，自立自強，宋甜才發現原來人生這麼美好。

如今眼睜睜看著黃子文一步步滑向深淵，宋甜有一種詭異的解脫感——原來前世用夫權和暴力把她踩在腳底下的黃子文，不過是這樣一個愚蠢的可憐蟲！

轉眼到了正月十三，後日就是正月十五上元節了，京城要舉辦上元燈會。

齊大人還有三個姑娘未曾許人，自然不想錯過上元節賞燈走百病的熱鬧，因此一大早一家五口就辭別宋家人，乘上馬車回京城去了。

宋甜跟齊家三個女兒玩得很好，乍一分別，心裡不免空落落的。

張蘭溪見宋甜沒了玩伴，有些落寞，當下便命人去請隔壁溫泉莊子的女眷來家中做客。

隔壁溫泉莊子名叫寒梅山莊，主人乃是翰林院的翰林學士崔明哲，崔明哲如今在京城輪值，住在寒梅山莊的是他的夫人崔夫人、兒子崔涵和女兒崔姑娘。

崔夫人個子不高，身材圓潤，長相富態，一看就是個生活平順無憂無慮的官家夫人。

崔姑娘約莫二十一、二歲年紀，生得高而苗條，只是顴骨略有些高，眉毛也挑起，顯得性子有些厲害。

宋甜見到了崔姑娘，彼此通了姓名，才知崔姑娘正是有名的女詩人崔夢雅。

她雖然不會作詩，卻喜愛讀詩，因此開心得很，熱情地與崔夢雅攀談著。

崔夢雅原先想著宋大姑娘身為未來的豫王妃，卻管著家裡的生意，即使美麗，卻定然鄙俗之極，因此雖然彼此是鄰居，卻也不曾主動來拜訪過。

誰知見了面、聊了天，她才發現宋甜不但是一個身材高䠷、長相甜美的美貌少女，而且談起詩詞文章頗有見地，頓時大生好感，當天上午來宋家溫泉莊子做客，下午她便下帖子請張蘭溪和宋甜到她家寒梅山莊賞梅玩耍。

崔家的寒梅山莊面積只有宋家溫泉莊子的一半，卻更精緻風雅。

宋甜隨著張蘭溪來到崔家，正與崔夫人和崔夢雅坐在起居室說話，崔家的丫鬟進來稟報。「啟稟夫人，大公子帶著表公子過來了！」

崔夫人已經很多年沒見表妹家的外甥了，聞言大喜，忙道：「快請進來！」

崔夢雅忙起身道：「母親，我帶宋妹妹去後面梅園賞花去。」

崔夫人笑吟吟看向張蘭溪。「宋夫人，您看——」

張蘭溪笑了。「讓孩子們自己去玩，咱們在這裡自在說話。」

如今男女大防雖然不像前些年那樣嚴格，可宋甜畢竟是未來的豫王妃，該小心謹慎些的，還是當注意。

崔夢雅帶著宋甜出了起居室，沿著走廊往東走，預備從東邊的月亮門去後園。

誰知她們剛走出去，便見到丫鬟引著兩個年輕人過來了。

崔夢雅與宋甜都是大大方方的人，既然遇見，便停下腳步彼此廝見。

宋甜早聽說崔涵是去年的探花郎，心中甚是好奇，早想見識一番了，當下看了過去，卻見兩個年輕人一個身材高瘦，一副文弱書生模樣，與崔夢雅長得有幾分相似，應該就是崔涵了；另一位約莫二十一、二歲模樣，肌膚白皙，形容俊秀，卻正是林琦林游擊——她在北境的熟人！

見到林琦，宋甜先是一驚，接著就想起自己在北境時可是「宋總兵」的未婚妻，頓時有些慌亂——林琦可別當面揭穿她呀！

她當即朝林琦使了個眼色。

林琦自然認出了宋甜，因為過於驚喜，連話都說不出來了。「宋……宋姑娘？」

崔涵和崔夢雅兄妹在一邊看了，都有些驚訝。

崔夢雅忙道：「表弟，你認識宋姑娘？」

林琦發現宋甜給他使眼色了，一時不知道該怎麼回答，眼睛滿是惶急地看著宋甜。

宋甜已經鎮靜了下來，微笑道：「我曾在舅舅家見過林游擊。」

林琦到底是經歷過戰場廝殺的人，這會兒也恢復了平靜，鎮定自若道：「嗯。不過我因為立下軍功，沈總兵替我向朝廷請封，如今我已經是參將了。」

他也說不清自己是什麼心思，提到「沈總兵」三個字時，眼睛直盯著宋甜。

當時的宋總兵，如今恢復原來身分，成了沈總兵，甚至調入京城，做了京畿大營的指揮使，而他作為沈總兵的屬下，也跟著調入京城。

崔涵在一邊聽了，笑著道：「表弟，我記得你說過，你的頂頭上司沈總兵，乃是薊遼總督沈大人的兒子，先前隱姓埋名在軍中歷練，因戰功升任總兵後才恢復本姓。」

林琦看了宋甜一眼，道：「正是。」

宋甜在一邊聽著，總覺得再站在這裡攀談下去，自己的身分怕是要被揭穿，到時候定是說不清楚，當機立斷，含笑開口道：「既然都認識，崔公子、林參將，不如你們先去見崔夫人，然後大家一起去後面梅園賞花吧。」

第五十七章

到了後面的梅園，宋甜才明白為何崔家的莊子叫寒梅山莊。

滿園的白梅在寒風中盛開，如白玉雕就一般玲瓏剔透，風中氤氳著幽幽梅香，似乎梅香也是寒冷的。

崔夢雅性子聰慧細膩，早看出宋甜主動提出到梅園散步，是有話要與林琦說，當下向崔涵開口道：「哥，北坡那邊的梅花似乎開得更好，你陪我去折一枝吧！」

崔涵含笑點頭，與崔夢雅一起往前去了。

待崔氏兄妹走遠，宋甜這才看向林琦，道：「你跟著沈博一起進京的？」

她一直在想如何跟林琦開口，這會兒已經有了主意。

林琦注視著宋甜。「正是。」

他試探宋甜。「妳見過沈總兵了？」

宋甜搖了搖頭，道：「在北境時，我與沈博所謂的訂親是假的，離開北境，我們自然不會再見面。」

林琦驚訝地睜大了眼睛。

宋甜伸手拈了一朵梅花，放到鼻端嗅了嗅，在幽冷梅香中輕聲道：「我是獨生女，將來要繼承家中生意，自然得多多歷練，可我畢竟是女孩子，孤身一人，總會遭遇到種種非議，在北境時，我之所以聲稱與沈博訂婚，是為了避免麻煩。」

林琦神情苦澀。「我，也是所謂的麻煩嗎？」

宋甜看向他，眼神清明。「是。我本無心，何必要誤導你？」

林琦心裡難受極了，比上次得知宋甜是總兵大人的未婚妻更難受。

他是個理智的人，心裡清楚，宋甜說的是對的，做法也是對的，她既然對自己無意，若是黏黏糊糊、糾葛不斷，那才是不對的。

可他還是難受極了。

過了一會兒，林琦鬼使神差般問出了一句。「那現在呢？現在我有機會了嗎？」

宋甜沒想到林琦會這樣問，她詫異地看向他，決定還是不給他希望才好。「我已經有未婚夫了，我很喜歡他。」

林琦再次遭受重擊，他抬手撫在胸前，扭頭看別處，過了一會兒方道：「這次是誰？不會又是騙人的吧？」

想起趙臻，宋甜聲音變得溫柔起來，解釋道：「這次不是騙人。不信你可以去問別人，我是天子欽定的豫王未婚妻。」

林琦常年待在北境，初到京城，還真不知道這樁親事，他看向宋甜，心中滿是詫異，想要問，又擔心傷了宋甜的心，斟酌了又斟酌，這才開口道：「豫王貴為親王，陛下為他選擇王妃，不是該從……從……」

「該從世家高官之女中選擇？」宋甜坦然地看著林琦，替他把接下來的話說了出來。

前世的她因為自卑，覺得自己配不上趙臻，因此每次相遇都是默默看著他，然後離去。

這一世確定了趙臻對她的心意之後，宋甜想起前世之事，朦朦朧朧有一些後悔。

前世的她，若是再勇敢一些，也許她和趙臻就會有不一樣的人生。她和他也許還會死在政治算計中，可是他們會曾經相知相守，相濡以沫過……

林琦俊臉脹紅，卻沒有再開口。

宋甜微笑起來。「若是從政治利益上計算的話，他自然是迎娶名門高官之女更好，可是誰讓他那麼喜歡我呢？喜歡就喜歡了，愛就愛了，他也沒法子啊！」

林琦盯著宋甜看了片刻，忽然想通了——這樣自信驕傲又堅定的宋甜，不也是他喜歡的宋甜的模樣嗎？

林琦笑了起來。「我知道了。」

他端端正正向宋甜揖了揖，祝賀道：「我就恭祝賢夫婦白頭偕老，多子多福！」

宋甜端莊地還以一禮。「我也祝你早日尋到心儀之人。」

她抬眼看向遠處正在折梅的崔夢雅，又看了看眼前的林琦，抿嘴笑了。「我要先回去了，你幫我跟崔姑娘、崔公子說一聲吧！」

見到張蘭溪之後，宋甜尋了個藉口，先帶著紫荊回自家溫泉莊子了。

正月十五晚上，一家三口聚在一起用晚飯，張蘭溪這才說起隔壁崔家的事。

「……原來崔家邀請林參將到莊子上來，是兩家有意結親，先讓林參將和崔姑娘彼此相看，不過我瞧林參將生得甚好，怕是看不上崔姑娘。」

宋甜在一邊聽了，含笑道：「太太，我倒是覺得崔姑娘聰明善良，蘭心蕙質，錦繡在懷，若林參將有眼光，一定會看上崔姑娘。」

張蘭溪聽了，抬眼看向一邊默默用飯的宋志遠，笑盈盈道：「老爺，你怎麼看？」

宋志遠優雅地用帕子拭了拭嘴唇，道：「若是我選擇妻子，最重要的是看聰不聰明，心胸和眼界是否開闊，長相倒是其次了。」

反正他想要漂亮女人，那還不是手到擒來？妻子嘛，考慮到後代，自然是聰明智慧更重要，若是陪嫁豐厚，那就更完美了。

宋甜和張蘭溪相視一看，都笑了。

她們了解宋志遠，覺得他沒說實話，對宋志遠來說，選擇妻子，有錢才是最重要的吧！

用罷晚飯，宋志遠帶著宋甜去了書房。

書房內半透明料絲燈燈光瑩潔，獸金爐內焚著百合香，書案上大花瓶裡插著一大束紅梅，頗為風雅。

宋志遠用紅泥小炭爐煮了泉水為宋甜泡茶。

他把淡綠色茶水注入素瓷茶盞，放到了宋甜面前，道：「我年輕時也曾去杭州販過茶。」

宋甜聽到那句「我年輕時」，不由得抬頭細細打量宋志遠。

她這爹爹才三十多歲，本來就英俊，又善於保養，瞧著像二十多歲似的，這般口口聲聲「我年輕時」，聽著略有些不搭調。

宋志遠自己卻不覺得，以販茶經歷引入，開始談自己這些年做生意的經驗。

他只有這一個女兒，既然打算把生意全都交給女兒，自然要開始傳授做生意的訣竅了。

大約是宋志遠善於教學之故，雖然是生意經，宋甜卻絲毫不覺得枯燥，認真地聽著，遇到疑問還會發問，父女倆飲茶談天，時間過得很快。

趙臻來到書房外面，恰好聽到書房內宋志遠正在談如何對待金銀。

「……金銀之類，最要緊是流動起來，若是得了金銀，全都窖藏起來，又有什麼意思？

有了金銀，就要去做生意，讓金銀進進出出，越來越多，還有對掌櫃和夥計不要吝嗇，他們是為妳賺錢的人……」

一直到宋志遠的談話告一段落，趙臻這才示意宋竹通稟。

見到趙臻，宋甜歡喜極了，杏眼清亮。「這麼晚，你怎麼來了？」

趙臻對她一笑，然後對宋志遠揖了一揖，提出要接宋甜去他的莊子上看煙火。「……岳父大人，我讓人在莊子上扎了幾架煙火，想請甜姐兒去看看，懇請岳父大人允準。」

宋志遠是個聰明人，自然不會拒絕，不過是依禮問了幾句，便同意了。

宋甜笑容燦爛，辭別宋志遠。「爹爹，你去跟太太說一聲，讓她不必懸心。」

她很尊敬張蘭溪，卻始終喊不出「母親」這兩個字。

她的母親，從來只有一個，就是她的生母金氏。因此不管是對前繼母吳氏，還是對如今的繼母張蘭溪，她都是以「太太」來稱呼。

趙臻牽著宋甜的手到了外面，早有馬車等在那裡了。

待宋甜進了馬車，趙臻也跟著上了馬車。

待馬車開始行進，宋甜這才好奇地問趙臻。「你剛才說什麼莊子，我怎麼不記得你在這附近有莊子？」

趙臻不禁微笑起來，道：「其實不是莊子，是位於運河邊的京畿大營，我擔心岳父大人不同意妳去，才故意說是莊子。」

宋甜一聽是軍營，頓時有些遲疑。「我如今是女裝，進軍營合適嗎？」

趙臻看了看宋甜，伸手從倒座上拿起一個包袱遞給了宋甜。「這裡面是一套男裝，妳先換上，這樣跟著我就沒事了！」

宋甜眨了眨眼睛，問道：「在這裡換？」

在馬車裡，當著趙臻的面換衣服嗎？

車廂裡掛著氣死風燈，亮堂堂的。

燈光中趙臻俊臉微紅，低聲道：「我背對著妳就是。」

宋甜見他連耳朵都紅了，有心逗他，伸手去撫他的眼皮。「那你得閉上眼睛！」

趙臻慌忙閉上眼睛，還轉過身面對車壁。

宋甜笑了起來，解開趙臻給她的包袱，發現裡面是一套青色的小廝衣服，甚至連髮帶和靴子都幫她準備好了。

趙臻閉著眼睛面對車壁，耳畔傳來窸窸窣窣衣物摩擦的聲音，腦中不由自主浮現出宋甜雪白玲瓏的身子……

察覺到自己的遐思，他忙試圖轉移注意力，開始盤算今夜與文閣老見面要談的事。

趙臻正想得入神，肩上忽然被拍了一下。

「臻哥，我換好了！」

趙臻睜開眼睛轉身看去，卻見對面倒座上一個清秀的青衣少年正笑咪咪看著自己。

他細細打量了一番，覺得除了宋甜胸前略有些破綻外，別處都還行，便在車裡翻動一番，尋出了一件玄色罩甲遞給宋甜。「穿在外面，身形就不顯了。」

宋甜當著趙臻的面展開罩甲穿在身上。

趙臻見她不會束男子腰帶，便道：「我來幫妳。」

他探身過去，幫宋甜束帶。

趙臻修長的手指在宋甜腰間忙碌著，清澈的氣息瀰漫在宋甜身周，宋甜直覺一股酥麻之意從腰間泛起，瞬間傳遍全身，更奇怪的是聞到趙臻身上的氣息，她渾身有些發軟……

趙臻給宋甜束好帶子，一抬頭發現宋甜眼睛水汪汪的，豐潤的紅唇近在咫尺——他一時有些癡了，怔怔看著宋甜。

宋甜見他傻乎乎一直不動，決定聽從自己的心，伸手摟定趙臻後頸，然後吻住了他……

馬車駛入了運河之畔的軍營。

趙臻戴上兜帽，下了馬車，與迎接的人會合，大步流星向前而去。

宋甜混在隨從中，緊跟在後面。

約莫一盞茶工夫過後，趙臻等人進入一個訓練場。

訓練場上擺著無數架煙火，每架煙火後都站著一個士兵，而訓練場另一端則豎著無數靶子。

幾個士兵簇擁著一個穿著甲冑的人上前迎接，齊齊向趙臻躬身行禮。

宋甜立在趙臻後面，就著士兵手中火把的光，發現來迎接的那人長得與趙臻很像，只是年齡要大一些，肌膚更黑一些，身形更壯一些——這位應該就是新任京畿大營指揮使沈博了，也就是先前假扮趙臻的人。

趙臻與沈博低聲說了幾句話，便隨著沈博登上了觀禮的高臺。

宋甜作為趙臻親隨，自然也跟了上去。她立在高臺上往東眺望，東方一片燈火輝煌，如同天上宮闕，應該就是上元節的京城了。

沒過多久，只聽一聲號令，幾十架煙火被齊齊點燃，噼哩啪啦的爆竹聲中火光閃耀光芒萬丈。

宋甜察覺到不對，悄悄往高臺邊看了看，卻發現在爆竹聲煙火光中，無數火光齊齊射向靶子，鞭炮聲與鐵火槍射擊聲響成一片，煙火氣息瀰漫在整個演武場——原來趙臻是趁著今晚元宵節燈會讓士兵練習射擊！

演習結束後，趙臻與沈博及幾位親信軍官在大營裡商談，宋甜靜立一側，負責沏茶。

待沈博等人離去，趙臻伸了個懶腰，含笑看向宋甜。「甜姐兒，累不累？」

宋甜搖了搖頭。「我不累。」

她在圈椅上坐了下來，內心猶在震撼。

趙臻已經做好動手的準備了！和前世不同，這一世他是真的要反抗了！

趙臻見宋甜不說話，有些擔心，走過來道：「是不是哪裡不舒服？」

宋甜猛地站起，一把抱住了趙臻，雙手攬緊趙臻的腰，臉埋在趙臻胸前。「臻哥，無論你做什麼，我都會陪著你。」

聽了宋甜的話，趙臻胸臆之間春風激盪，鼻子酸酸的，他抬起手臂，擁緊宋甜，低聲道：「我今夜帶妳過來，就是想讓妳看看我在做什麼，我想讓妳有心理準備……」

他和宋甜是一體的，榮辱與共禍福同享，他不想瞞著宋甜，讓她被蒙在鼓裡，而是想讓她自始至終參與在自己的大業中。

宋甜深吸一口氣。「嗯。臻哥，我會一直陪著你。」

趙臻心情激盪，鬆開宋甜，伸手抬起宋甜的下巴，吻住了她的唇……

上元節過後，宋志遠攜妻女回到京城柳條街家中，一家人的生活又恢復了常態——宋志遠每日去衙門應卯，宋甜照管生意，張蘭溪管著中饋。

轉眼到了三月初一。

這日傍晚，黃蓮戴著眼紗微服來到柳條街宋宅。

送走黃蓮後，宋志遠命人叫來宋甜，屏退侍候的人，輕輕道：「甜姐兒，蕭貴妃病重。」

宋甜杏眼瞬間睜得圓溜溜。「爹爹，她是真病還是假病？」

宋志遠如今管著皇店，跟宮裡那些人常打交道，算是看清了許多門道，笑了笑，道：「真病還是假病都不重要，重要的是她要藉這個病做什麼。」

宋甜雙手合十，在屋子裡踱著步，腦子急速運轉著。

這一世的走勢已經與前世不同，她得好好想想。

片刻後，宋甜轉身看向宋志遠問：「爹爹，蕭貴妃總不會是想表演臨終託孤的把戲，藉此逼永泰帝與大臣對峙，封韓王為太子吧？」

宋志遠皺著眉頭道：「她病倒的消息還未放出，妳先讓人把消息傳給豫王，讓豫王早做打算。」

宋甜點了點頭，自去安排刀筆傳話。

刀筆離開之後，宋甜還有話要問她爹，便又去了外書房，卻沒能進去，被宋梧攔在了外書房院子大門外。

宋梧有些尷尬，結結巴巴道：「大姑娘，賀娘子剛過來，正在與老爺說話……」

宋甜點了點頭，道：「那我先回去了，你得空跟我爹說一聲。」

經過許多波折之後，她爹與賀蘭芯一直來往著，也不知道誰是誰的外室，如今連她繼母都懶得理會了。

如今正是三月，天氣多變，前幾日還陽光燦爛薔薇盛開，轉眼間就春雨綿綿，整整下了五、六天，時至今日，晚上還是有些寒冷。

宋甜裹緊身上的淺粉繡花披風，沿著薔薇花小徑向前走。

紫荊走在前面打著燈籠，遇到好看的薔薇花，還特地舉高燈籠照給宋甜看。「姑娘，妳看著這片薔薇花，是深紅複瓣的，真好看！」

「姑娘，這裡居然有雪白的薔薇花，我還是第一次見呢，可惜是單瓣的。」

主僕倆一路走走看看說說，愜意得很，原本兩盞茶工夫的路程，卻被她們倆整整走了半個時辰。

待走到後園門外，紫荊遠遠便看見繡姐兒打著燈籠，與錢興媳婦立在那裡，似在張望，便道：「姑娘，繡姐兒和她娘在大門口候著咱們，怕是有什麼事情！」

宋甜也看到了，「嗯」了一聲，腳下早加快了步伐。

林七上次進京，與她爹和黃太尉敲定今年繼續合夥做海上生意，如今錢興作為宋家的夥計，已經跟隨林七再次往海外去了，因此錢興媳婦和繡姐兒娘倆還跟著宋甜住在園子裡，專門負責應門。

見紫荊打著燈籠引著宋甜過來，錢興媳婦忙帶著繡姐兒迎上來，福了福，湊近宋甜低聲道：「大姑娘，王爺來了。」

宋甜又驚又喜，忙加快步伐登上臺階，進了園門。

小樓起居室內，趙臻正坐在榻上，面前小炕桌上擺著幾樣酒菜。

金姥姥正眉開眼笑立在一邊服侍，見宋甜進來，忙道：「姑娘，您也餓了吧？快洗洗手來用宵夜吧！」

宋甜一看便知道金姥姥給她準備了宵夜，見趙臻來了，愛屋及烏，先給趙臻擺上了。

她笑咪咪答應了一聲，在月仙服侍下脫去披風，又用香胰子洗了手，這才在趙臻對面坐了下來。

金姥姥看看嬌美可愛的宋甜，再看看清俊貴氣的趙臻，只覺得他們如一對金童玉女一般，福氣得很，心滿意足退了下去。

待金姥姥退下，屋子裡服侍的人也都退下，宋甜這才嘟著嘴道：「姥姥老是覺得我太瘦，每晚都要給我做宵夜，說要把我養胖一些──你看，我臉都圓成什麼樣子了！」

趙臻細細打量宋甜，也覺得她胖了些，不過他喜歡宋甜胖一些，抱在懷裡軟軟的，捏著也軟軟的，便道：「妳的臉圓圓的，多好看呀！」

他的下巴太尖，他不喜歡，就是喜歡宋甜大大眼睛、圓圓臉。

反正宋甜無論長成什麼樣子，他都喜歡，若是再胖一些，他就更喜歡了。

宋甜癟了癟嘴。

她懶得搭理趙臻了，端起酒壺，斟了兩盞酒，遞了一盞給趙臻。「喝酒！」

趙臻察覺到宋甜不開心了，卻不知為何，端起酒盞嚐了嚐，決心再補救一下，解釋道：「甜姐兒，妳胖一些氣色更好，又白又嫩，白裡透粉，多好看呀！」

宋甜瞟了他一眼，想到他不知道姑娘家在想什麼，總比自己爹爹對女人心事瞭若指掌來得強，便笑了起來，道：「我讓刀筆去報信，你見到他了嗎？」

趙臻搖了搖頭。

他這陣子很忙，今晚跟文閣老在龍泉茶樓秘密見面，談完事情忽然很想宋甜，就微服悄悄過來了，根本就沒有回王府。

宋甜便把蕭貴妃重病之事說了。

趙臻其實已經知道這個消息了。

他端著酒盞，垂目思索著，濃長的睫毛垂了下來，被燭光鍍上了一層金光，有一種神聖的美。

宋甜凝視著趙臻，等待他思考，欣賞他的顏色。

片刻之後，趙臻抬眼看向宋甜，似是做了決斷，微笑起來。「貴妃不管真病還是假病，我都會讓她真病。」

殺母之仇，不共戴天，不管是永泰帝，還是蕭貴妃，他都不會放過的。

宋甜從來都很相信他，伸手握住他的手，兩眼亮晶晶的。「臻哥，我相信你。」

飲罷兩盞酒後，趙臻忽然開口道：「甜姐兒，我倆的婚期已經定下了，就在下個月，四月初六。」

如今趙室因病隱退，避居嵩山別業，而永泰帝龍體虛弱，常年多病。

東宮不可一日無主，永泰帝與內閣因太子人選問題，已經多次對峙，永泰帝甚至從二月開始罷朝到現在。

除了趙室，永泰帝膝下只有韓王趙致和豫王趙臻兩個皇子，永泰帝堅持立長，內閣堅持立賢，如今正相持不下。

蕭貴妃在這時「病倒」，怕是要逼永泰帝狠下心來，讓趙臻早些大婚，然後前往桂州就藩，從此退出大安朝權力核心的爭奪。

宋甜原本正放鬆地坐在榻上，手裡把玩著一朵薔薇花，聞言立刻坐直了身子。

「怎麼這麼急？」

趙臻伸手握住她的手。「這就是蕭貴妃為何要病倒呀！」

若是先前，永泰帝還會考慮到內閣及群臣的立場，緩行他大婚就藩桂州之事。

如今蕭貴妃下午剛病倒，傍晚永泰帝就宣文閣老等入宮，駁回了欽天監呈上的吉日吉時——十月十六，而是當場定下四月初六作為豫王婚期。

文閣老等人以日期過於倉促為由再三進諫，可是永泰帝充耳不聞，拂袖而去，徑直下旨讓禮部開始準備大婚之事。

從宮裡出來，文閣老當即命人傳話，與趙臻秘密見面，就是為了商談如何應對此事。

要與趙臻成婚了，宋甜心情卻有些沈重——趙臻的大婚，意味著他要離開京城，前往桂州，遠離大安的權力中樞，這讓她如何開心得起來？

趙臻卻笑了，他緊緊握著宋甜的手，鳳眼似有星光閃爍。「早些成婚也好，我倆能日夜相守相伴。」

宋甜知他志向高遠，眼睛濕潤了，道：「事到如今，你有什麼打算？」

第五十八章

此時韓王府內院上房內點著赤金枝型燈，滿室通明，如同白晝。

韓王妃穿著寬鬆的錦袍，扶著腰在明間內踱著步。「不知貴妃娘娘如今到底怎樣了……」

她又問道：「王爺還沒回來嗎？」

她的親信嚴女官靜立一側，聞言道：「王妃，王爺還沒回來，也沒派人回來傳話。」

韓王妃回到錦榻上坐下，依舊有些焦慮。

這時候張嬤嬤走了進來，跟在後面的小丫鬟手裡提著食盒。

張嬤嬤先福了福，笑吟吟道：「王妃，您如今有了身孕，可得勤補著些，不為您自己考慮，也得為腹中的小公子考慮呀！這是小馬氏給您燉的補湯，您嚐嚐怎麼樣？」

如今她那兒媳婦馬氏的妹子小馬氏來到韓王府，專門在內院上房負責王妃的小灶。

小馬氏果真廚藝高妙，得了王妃和王爺不少賞銀，她這引薦人也算面上有光。

韓王妃接過張嬤嬤奉上的湯盞嚐了嚐，不知不覺吃完了一盞，便道：「這湯不錯，妳去吩咐小馬氏，讓她再燉一盅，溫著給王爺做宵夜。」

她很喜歡小馬氏燉的湯，鮮美清淡，甚是滋補，不像一般廚子燉的湯那樣油膩膩的。

如今朝中氣氛越來越凝重，韓王忙碌得很，有時回到王府已是夜半，須得好好補身。

趙臻沒有立即回答宋甜的問題。

如今他和趙致表面看兄友弟恭，其實劍拔弩張，都在等對方先出手。

宋甜一直看著趙臻，看到了他眼中的掙扎，便道：「你的選擇，一直都是對的，我相信你。」

趙臻抿嘴笑了，道：「也就這段時間了。」

事情必須在他大婚前後解決，這應該是他和趙致的共識了。

趙臻又與宋甜說了會兒話，因明日還有事情要做，便起身要離開。

他安排好了藍冠之帶著人在梧桐斜街街口接他，不能讓藍冠之一直等著。

宋甜幫他繫上斗篷的繫帶，仰首看他，忽然心裡有一種亂亂的不安感，當下開口問趙臻。「你是騎馬來的，還是坐車來的？」

趙臻笑了。「自然是騎馬。」

天氣又不冷，他一個大男人，哪裡會矯情到坐馬車這個地步？

宋甜忽然環住他的腰。「你今晚不要騎馬。你乘坐我的馬車離開，就是你命城外莊子上的工匠為我做的能隔音、車壁很厚的那輛馬車。」

趙臻哪裡會為這件小事違逆宋甜，當即答應了下來。

宋甜命繡姐兒去叫來秦嶂、秦峻兄弟，讓他們倆趕車護送趙臻回豫王府。

那輛特製的馬車停在宋宅後門內。

待趙臻上了馬車，宋甜探頭進去，就著氣死風燈看了看，見車簾是碧色錦緞，車壁糊著月白潞綢，上面繡著綠色藤蔓，車座上布著的錦緞是碧色的，就連車座上放置的錦緞靠枕都是深碧色的，不由得微笑起來——這可真是姑娘家乘坐的馬車呀！

她認真地檢查了一遍兩邊窗子，確定都緊緊閉上，拴上窗閂，這才作罷。

趙臻見她擔心，柔聲撫慰道：「跟著我的人，都是精挑細選過，妳就放心吧！」

宋甜笑咪咪「嗯」了一聲，忽然湊近趙臻，在他耳邊低聲道：「你一回去，就立刻弄死蔡和春。」

既然趙臻和趙致的對峙已經開始，那蔡和春怕是也要動手了，須得先下手為強。

趙臻抬眼看她，鳳眼中似有暗火燃燒。

宋甜不再多說，下了馬車，看著馬車門閉上。

棋書等人騎馬簇擁著馬車，出了宋宅後門，往街上駛去。

時近子時，雖未宵禁，京城街道卻依舊靜悄悄的，街上一個行人也沒有，只有馬車轆轆的行駛聲和馬蹄達達聲清晰可聞。

進入梧桐斜街之後，樹蔭漸漸濃密，街道很是陰暗，饒是馬車上掛著氣死風燈，也只能照出前面不遠的路。

趙臻端坐在馬車之中，肌膚忽然有一種刺刺麻麻的感覺。

這是他在戰場上曾多次感受到的，一種可以稱之為殺氣的氣氛。

趙臻抬手在板壁上有規律地敲了幾下。

在前面趕車的秦嶂和秦峻接收到趙臻的指示之後，秦峻從嘴裡發出幾聲鳥叫，把趙臻的指令傳達了出去——「有埋伏，大家做好準備」。

片刻之後，街道上方的梧桐枝葉忽然震動起來，氤氳在四周的梧桐花的甜香似被利刃截斷，無數利箭從四面八方而來，全都奔著車廂而去，卻都只是「嗖」的一聲，箭簇插在車廂上車身上，不能深入，箭尾顫動幾下，便又落了下去。

在暗箭射來的瞬間，趕車的雙胞胎配合默契，秦嶂趕著馬車，秦峻用盾牌護著秦嶂，馬車在箭雨中疾馳而過。

第一波攻擊未曾奏效，第二波攻擊接踵而來，無數黑衣人從茂密的樹冠間躍下，雪刃閃著寒光砍了過來。

趙臻的扈從舉刀迎戰。

在一片混戰中，秦嶂、秦峻趕著馬車疾馳向前，很快便與前來接應的藍冠之會合。

藍冠之把帶來的人分成兩批，一批繼續護送趙臻馬車回王府，一批隨著他衝進了梧桐斜街。

回到豫王府，趙臻端坐在松風堂內，等待著外面的消息。

小廝走了進來，通稟道：「王爺，蔡長史求見。」

趙臻右嘴角挑了挑，似帶著些邪意。「讓他進來。」

王府長史蔡和春很快就走了進來，行罷禮起身，滿眼慈愛問道：「王爺這麼晚了，為何還沒睡呀？是不是失眠了？」

他又道：「陳尚宮不知道去哪裡了，這幾日都不見影蹤。」

趙臻似笑非笑看著他。「嗯，孤這幾日晚上都睡不著，也不知為何。」

陳尚宮被他派去見皇后了，自是不在王府。

蔡和春笑了起來。「王爺這是心事太重了，因此失眠，微臣倒是有一個法子，保准王爺一覺到天亮。」

趙臻垂下眼簾，修長的手指放在黃花梨木方桌上。「什麼法子這麼靈驗？」

蔡和春滿臉和煦，如溫和的長者。「王爺，微臣失眠時，讓人熱些桂花釀，香香甜甜喝下，暖暖和和入眠，哪裡還會失眠？」

趙臻抬眼看他。「哦，那就請蔡叔給我也安排一些熱桂花釀吧！」

蔡和春眼中滿是慈愛，溫聲應了。「是，王爺，老奴這就去給您熱桂花釀。」

趙臻目送蔡和春退下，臉上的笑容緩緩收斂，一點點消失。

蔡和春，沈管家，陳尚宮，都是他母妃留給他的老人。

沈管家和陳尚宮對他的忠誠屢經考驗毋庸置疑，倒是蔡和春，終於露出了狐狸尾巴。

蔡和春親自端著托盤，送了熱好的桂花釀過來。

他微笑著把酒壺和酒盞放在了黃花梨木方桌上，一邊用開水燙酒盞，一邊絮絮道：「壺是銀壺，酒盞也是銀盞，倒是省了驗毒了……」

蔡和春當著趙臻的面，斟了兩盞酒，一盞推到了趙臻面前，一盞放在了自己面前，口中道：「王爺，老奴陪你飲一盞。」

說罷，他端起酒盞作勢欲飲。

趙臻嘴角翹了翹，端起另一盞酒，藉衣袖的掩飾，飛快地往酒盞裡放了些藥末子，然後道：「蔡叔，我飲你那一盞，你飲我這一盞吧！」

他把自己那一盞酒放到了蔡和春面前。

蔡和春就等趙臻說這句話呢，端起趙臻遞來的酒盞一飲而盡，口中道：「哎，王爺還是這樣小心，連你蔡叔都不信嗎？」

他早服用過解藥了，根本不怕中毒。

趙臻凝視著蔡和春，輕輕道：「蔡叔，我的確不信任你呀！」

蔡和春正要打個哈哈，卻發現舌頭已經僵硬，根本無法調動，一股麻痺之意從舌根生發，漸漸向喉嚨、向鼻孔，向全身瀰漫，他發不出聲音，不能呼吸，喉嚨也似被堵住，撲通一聲栽倒在地上。

趙臻低聲道：「拖出去。」

四個小廝閃身進來，兩個飛快地拖走了蔡和春，另外兩個揭走了地上的地氈，換上了新的細草地席，了無痕跡。

韓王府內院上房。

韓王妃畢竟是雙身子，用罷宵夜便有些疲憊，倚著靠枕歪在榻上歇息。

張嬤嬤心疼她，斜著身子跪在一邊，為她按摩有些浮腫的腳。「王妃，王爺說不定早去沈側妃或者哪個夫人侍妾哪裡了，您還是早些上床歇息吧！」

韓王妃合目，面帶微笑。「妳不知，如今他再不和先前一樣，回來得再晚，都會先來看看我的。」

張嬤嬤低下頭，繼續為韓王妃按摩有些浮腫的腳背。

她雖不懂朝中之事，可是常聽王妃跟王爺談起，也知如今韓王與豫王在爭奪太子之位，以文閣老為首的北方官員支持豫王，以王妃堂兄為首的江南官員支持韓王。

這種時候，王爺不巴結奉承王妃才怪。不過即使到了這時候，王爺對那些側妃、夫人、侍妾，不也還是想睡就睡嗎？只是先到王妃這裡點個卯罷了。

正在這時，外面傳來一陣腳步聲，接著便是丫鬟的通稟。「啟稟王妃，王爺回來了！」

韓王妃忙扶著張嬤嬤坐起身，抬手抿了抿鬢髮，微笑著看著大步流星進入明間的趙致，柔聲道：「王爺回來了！」

見趙致眉開眼笑，滿臉喜氣，她又問道：「王爺有喜事？」

趙致在她身邊坐下，一邊舉手由丫鬟服侍著用香胰子洗手，一邊道：「明日一早會有好消息傳來，妳就等著瞧吧！」

他派人跟蹤趙臻多日，終於發現了趙臻今夜的異常行蹤，安排下多重殺招，想那趙臻定然脫身不得，今夜便是趙臻殞命之時。

想到這裡，趙致笑容加深，道：「我有些餓了，讓人送些宵夜來吧！」

韓王妃看向張嬤嬤。「妳帶著人把宵夜拿過來。」

別人去她不放心。

張嬤嬤忙福了福，答了聲「是」，退了下去。

韓王妃了解趙致的飲食習慣，安排的宵夜清淡美味，幾樣精緻小菜，半碗碧粳米飯，一盅補湯。

趙致今日勞心勞力，體力消耗極大，難得用了不少宵夜，連那盅補湯也全喝了。

用罷宵夜，趙致又安撫了韓王妃一會兒，便道：「我睡覺打鼾，影響妳休息，我還是到書房歇著吧！」

韓王妃笑容溫軟。「去吧！」

趙致離開沒多久，張嬤嬤派去打探的小丫鬟就跑回來通報。「啟稟王妃，王爺去了紅梅閣。」

韓王妃臉上的笑意早不見了。

紅梅閣住著定國公長子沈剛送趙致的女人，京城名妓鄭銀翹。

不知過了多久，韓王妃才嘆了口氣。「隨他去吧，我也該歇息了。」

朦朦朧朧睡到半夜，韓王妃被張嬤嬤叫醒了。「王妃，王……王爺出事了！」

韓王妃乘坐著過肩輿來到了紅梅閣，扶著張嬤嬤和嚴女官的手進去，卻見房內亮堂堂的，趙致精赤身子躺在床上，身下一灘血水。

床架上吊死了一個女人，正是鄭銀翹，而床尾也吊著一個光身子女人，卻不認得是誰。

韓王妃一下子暈了過去。

不知過了多久，韓王妃幽幽醒轉，聽得有男聲在隔壁說話，忙側耳傾聽，發現是大太監黃蓮在和太醫說話。

「確定是脫陽之症嗎？」

「太尉，王爺酒色過度，腎水竭虛，太極邪火聚於欲海，又服用了虎狼之藥，夜御二女，唉！」

「我這就回宮稟報陛下，貴妃娘娘臥病，還不知此事呢！」

聞言，韓王妃再次暈了過去。

松風堂明間內點著燭臺。

隨著竹簾外的光線漸漸明亮，室內的燭光變得黯淡起來。

趙臻端坐在黃花梨木方桌旁，手邊放著一盞濃茶。

雖是一夜未睡，他也只是眼下略有些青暈，眼睛依舊明亮，年輕的肌膚依舊泛著光暈。

終於有人送來了趙臻等待的消息。「啟稟王爺，韓王昨夜暴斃。」

趙臻點了點頭。「我知道了。退下吧！」

宋甜給他的毒藥，他交給手下的能人，加入了別的成分，若是服下，死因便是縱慾過度，其他什麼都驗不出來。

權位之爭，不是你死就是我亡。

昨夜若不是宋甜提醒他，讓他乘坐那輛馬車，說不定今早活下來的人就是趙致了，而他則會帶著一個不光彩的名聲死去。

來報信的人輕手輕腳退了下去。

趙臻端起茶盞飲了一口，品味著茶液苦澀之後的回甘，並未有回房歇息之意。

他還有許多事情要忙。

過了一會兒，一陣急促的腳步聲傳來，接著便是藍冠之的聲音。「王爺！」

小廝撩開門簾。

藍冠之昂首進來，笑吟吟向趙臻拱手行禮。「王爺，藍某幸不辱使命！」

趙臻原本緊繃的臉，瞬間放鬆了下來。「坐下喝點茶，我讓人送上早飯，你我一起用。」

藍冠之答應了一聲，笑嘻嘻道：「王爺，我得先用香胰子洗洗手臉！」

趙臻就著燭光看去，發現藍冠之臉上尚有血跡，當下笑了，吩咐人送來熱水、手巾和香胰子，服侍藍冠之清洗手臉。

藍冠之洗好手臉過來，見早飯已經在方桌上擺好，很是豐盛，當下便伸手先拿了一個小包子塞進口中。「忙了大半夜，我快給活活餓死了！」

趙臻親自遞給他一雙銀箸。「用箸吃吧！」

藍冠之把包子嚥了下去，這才道：「王爺，您和以前真不一樣了。」

趙臻挑眉看他。

藍冠之又吃了一個小包子，這才道：「若是先前，我這樣滿身血腥進來，你必定會讓小廝把我弄走洗剎乾淨，換上潔淨衣物，才會讓我再回來，如今您沒以前那樣瞎講究了。」

聞言，趙臻不禁微笑，過了一會兒方道：「我也是上過戰場的人。」

經歷過戰場的血雨腥風之後，他過往的許多矯情毛病如今都沒了。

藍冠之先填了個半飽，這才道：「昨夜我帶了人殺入梧桐斜街，那些人到最後，全都自殺了，沒有留下一個活口。我按照你的吩咐，接著就去了柳條街暗中護衛宋宅。宋宅倒是靜悄悄的，這一夜未曾受到騷擾。」

趙臻跟著用銀湯匙舀了些粥吃了，這才道：「你繼續安排人保護宋宅，她或者宋大人若是出門，就讓人喬裝跟隨。」

如今正是特別時期，他不得不小心謹慎，保護好宋甜。

藍冠之答應了一聲，又補充道：「王爺，您就放心吧！」

用罷早飯，趙臻洗漱一番，這才回房睡下了。

黃蓮安撫韓王妃良久，又安排太醫給韓王妃看脈息，確定韓王妃無礙，這才回去向永泰帝覆命。

永泰帝趺坐在寶榻上，臉色蒼白，聽黃蓮回稟完，啞聲道：「確定致兒不是中毒？」

黃蓮斟酌著語句道：「啟稟陛下，據太醫院何正奇、榮域之兩位太醫的檢驗，韓王的死因乃是脫陽之症。」

永泰帝拿起太醫何正奇呈上的醫案——「酒色過度，腎水竭虛，太極邪火聚於欲海，病入膏肓，又服用了虎狼之藥，夜御二女，精盡血出，脫陽而亡」。

他的眼淚流了出來，低聲道：「封鎖消息，別讓貴妃知道。」

永泰帝一直都知道，他這個兒子好色，可他一直覺得，少年人哪有不好色的？等過了那個血氣方剛的年紀就好了，就會清心寡慾專心做事了。

誰知，趙致永遠不會活到清心寡慾的年紀了……

黃蓮答了聲「是」，退下前覷了永泰帝一眼，眼睛瞬間睜大——永泰帝居然一夜白頭！

昨夜命他出宮前往韓王府時，永泰帝還是滿頭烏髮，雖是體虛，但瞧著氣色還不錯。

不過一夜之間，永泰帝居然就白了頭。韓王的死，對永泰帝的打擊居然這麼大！

退出御書房後，黃蓮立在廊上，望著廊外的月桂樹，一時有些怔忡——如今正是多事之秋，他無論做什麼事都要深思熟慮，不可輕舉妄動。

他計議已定，正要離開，忽然聽到一聲壓抑的慟哭從御書房裡傳來。是永泰帝的聲音。

黃蓮半日未動，最後搖了搖頭，慢慢離開了。

永泰帝正歪在寶榻上假寐，外面忽然傳來一陣喧譁聲，中間夾雜著撕心裂肺的哭聲——是蕭貴妃的聲音！

她還是知道了。

永泰帝心臟一陣緊縮，眼淚再次流了出來。他扶著小太監的手坐起，等著蕭貴妃進來。

蕭貴妃衝了進來，撞進了永泰帝懷中，差點把他撞倒。「三哥哥，我們的致兒他、他去了呀！到底是誰害死他的？一定是趙臻！對，一定是趙臻！三哥哥，你要為致兒報仇啊！三哥哥！三哥哥啊——」

永泰帝用力抱著蕭貴妃，柔聲撫慰著。「妳放心，我一定會為致兒報仇的。」

蕭貴妃頭髮散亂，滿臉淚痕，嗚咽著道：「定是趙臻那討債鬼害的！致兒沒了，他是唯一的得利者，一定是他，一定是他……」
永泰帝擁抱著自己心愛的女人，喃喃道：「妳放心，我不會放過凶手的，我會為咱們的致兒報仇的……」
把蕭貴妃哄睡之後，永泰帝坐在寶榻上，默默想著心事，一直到小太監進來通稟。「啟稟陛下，錦衣衛指揮使葉襄葉大人到！」
永泰帝低聲道：「讓他去偏殿候著。」
約莫一盞茶工夫後，永泰帝去了偏殿，候在偏殿的葉襄忙行禮迎接。
永泰帝把昨夜韓王府發生的事情簡單說了，然後吩咐道：「朕給你十天時間，調查出韓王之死真相，務必抓住真凶，以慰韓王在天之靈。」
葉襄恭謹地答了聲「是」，等著永泰帝接下來的吩咐。
永泰帝沈吟了一下，忽然問道：「昨夜趙臻在做什麼？」
錦衣衛按照他的吩咐，這幾年一直在監視趙臻。
葉襄是永泰帝的親信，猜到他會問這個問題，早已準備好了答案，當下就開始敘述。
「……亥時三刻，豫王離開豫王府，前往柳條街宋宅，自宋宅後門進入，一直到將近子時才乘坐馬車離開宋宅。子時初刻，豫王一行人行至梧桐斜街，受到刺客襲擊，豫王馬車逃出重圍，回到豫王府，一夜未出。」

永泰帝閉上了眼睛，身子靠回寶椅中，過了一會兒方道：「查探韓王死因時，以豫王為主。」

葉襄答了聲「是」。

永泰帝又吩咐道：「繼續派人監視豫王府，另外……宋宅也派人看起來。」

葉襄退下後，永泰帝命人叫來黃蓮，吩咐道：「朕記得致兒有一個庶長子，養在王妃膝下，你去一趟韓王府，把這個孩子連同他的奶娘、丫鬟都帶進宮吧！」

趙臻是不是想著趙致死了，就該輪到他繼承皇位了？哼！想得美！

他寧願讓皇孫繼承，也不會便宜趙臻這個狠毒殺兄的餓狼猛虎。

第五十九章

黃蓮很快就把韓王庶長子趙遜，以及服侍他的奶娘和丫鬟都接進了宮裡。

永泰帝把小皇孫和侍候的人安置在御書房後的崇明樓，讓親信女官照看。

蕭貴妃如今病得發昏，根本沒有精力照看小皇孫了。

不過有小皇孫在宮裡，她日日能見著，早晚會把注意力放在趙致的骨血身上，漸漸就會忘記致兒亡故的悲傷了……

安排好小皇孫，永泰帝繼續忙碌，命人宣定國公沈潛和京畿大營指揮使沈博進宮。

如今負責京城防衛的京畿大營指揮使沈博，乃是沈潛的孫子，須得再叮囑沈潛一番，讓他督促沈博做好戰備，免得將來收拾趙臻時，宛州衛所那幾萬人造反，京中會無人防守。

宛州距離京城並不算遠，趙臻又極會練兵和收買人心，因此得早做防備。

一直到了下午，宋甜被宋志遠叫到了書房裡，才得知了韓王趙致的死訊——這時韓王趙致因馬上風暴亡一事，已經傳遍了整個京城。

宋志遠嘆著氣道：「昨晚妳賀姨過來，是來告訴我，妳和豫王的婚期定了下來，就在下個月初六。我本想著今日再告訴妳的，誰知竟出了韓王暴斃之事，也不知道妳和豫王的婚事會不會受到影響。」
宋甜沒有說話，卻把一盞放了槐花蜜的松子泡茶奉給了她爹爹。「爹爹，你吃盞茶靜靜心。」
宋志遠只吃了一口茶，就把茶盞放下了。
他心事重重，到底坐不住，起身走到窗前，打開窗子往外張望，見刀筆立在廊下守著，就連宋竹也在外面，心下大定，便轉身回來，低聲問宋甜。「甜姐兒，如今太子病了，韓王死了，是不是該輪到豫王做太子了？」
宋甜沈吟良久，這才道：「陛下跟貴妃娘娘，這會兒怕是正咬牙切齒懷疑是豫王做的手腳，他們恨不得立時三刻弄死豫王，哪裡會讓豫王做太子？」
宋志遠納悶道：「聽說太子現在半瘋，一天到晚念叨著寫青詞，陛下不選豫王，難道選旁支子弟？就算是傻子也不會不要自己兒子做繼承人，反而要旁支的人繼承家業呀！更何況是天子呢？」
宋甜從一邊的花瓶裡掐了一朵月季花，放到鼻端聞了聞花香，然後輕輕揪了一片月季花瓣，低聲道：「爹爹，一則陛下跟一般人不一樣，在陛下心中，只有貴妃娘娘和韓王是無比重要的，豫王隨時都可犧牲；二則韓王雖死，他卻有一個庶長子養在韓王妃膝下，更何況韓王妃還有了身孕，也許又是一個小皇孫。」

宋志遠實在是弄不清永泰帝的心思，悻悻道：「豫王都要二十歲了，小皇孫才多大？再說了，豫王生得好看，為人聰明靈慧，寬容善良，不讓他做太子，讓一個奶娃娃做太孫——陛下可真是腦子有病！」

可不是有病嗎？

宋甜清楚，永泰帝和蕭貴妃一定會讓趙臻一命抵一命，不管趙致是不是趙臻弄死的。天子步步緊逼，趙臻也不得不奮起反抗了。

宋家，也得想好如何應對了。

至於她，她是一定要陪著趙臻的，無論生死。

想到這裡，宋甜看向宋志遠。「爹爹，韓王暴斃，豫王岌岌可危，京中風雨欲來，不如你尋個理由，帶太太前往江南避禍，若是真出了什麼事，你就帶著太太前往青州，隨林家的人出海到海外去，自在逍遙。」

宋志遠嚇了一跳。「那妳呢？」

宋甜笑了。「爹爹，我自然是要陪著他的。」

宋志遠盯著女兒看了一會兒，最後抬手一抹臉。「妳要留在京城，爹爹自然是要陪妳。」

除了宋甜，他又沒有別的孩子。

他家多代單傳，連個旁支都沒有，若是宋甜出了事，那宋家可真的絕後了，既如此，他還不如跟著閨女，將來有富貴就享富貴，前面若是深淵，父女倆就一起跳進去吧！

宋甜雖然知道爹爹之所以這樣說，也不過是因為如今只有自己一個女兒的緣故，心中卻依然感動。這一世，終究與上一世不同。

她鼻子有些酸酸的，眼睛也濕潤了，看著宋志遠道：「爹爹，你還是去跟太太商議一下，真不行，咱們先把太太送走避禍也行。」

宋志遠點了點頭，道：「我待會兒去跟她說。」想了想，他又道：「不過她早和我說了，她愛我，無論生生死死都要和我在一起。」

宋甜登時無話可說了。

她爹可真有自信。

一下沒了緊張，父女倆卻都不再說話，書房裡靜了下來。

京城春季多風，風吹得窗外的竹葉簌簌作響。

宋甜走到窗邊，道：「爹爹，若有來世，你別這麼風流了，喜歡誰，就娶回家裡，互相守著好好過日子，這樣不好嗎？」

宋志遠很認真地想了想，搖頭道：「嗯，那樣的話，咱們家裡的女人也太多了，管理後宅也很麻煩的。」

宋甜張口結舌，她反應過來正要說話，眼尾掃見窗外有人走了過來，扭頭定睛一看，卻是秦嶂，忙道：「爹爹，秦嶂來了。」

片刻後，外面果真響起了刀筆的通稟聲。

秦嶂自然是來尋宋甜的。

進書房後，他先行了個禮，然後看向宋甜，又看了看宋志遠，最後又看向宋甜。

宋甜見狀，道：「不須迴避我爹。」

秦嶂這才又施了個禮，開始傳達趙臻的叮囑。「啟稟老爺，大姑娘，王爺說這三日京城形勢複雜，還請老爺、姑娘儘量不要出門，老爺最好也能尋個理由向朝廷告假。王爺派了人喬裝改扮在外保護宋宅安全，若是有事發生，也能護得一時。」

宋甜點了點頭。「我知道了，你下去吧！」

趙臻既然這樣說了，那麼這三日內京城應該會發生大事，她能做的，就是安安穩穩待在家裡，以避免成為別人威脅趙臻的棋子。

秦嶂離開後，宋志遠沈吟了一下道：「甜姐兒，我這就派人去向衙門告病。」

宋甜還沒來得及說話，外面便又傳來通稟聲。「啟稟老爺，清香蓮糕餅鋪的人來送您訂的點心了！」

宋甜挑眉問：「爹爹，這時候訂什麼點心？」

宋志遠挑了挑眉。

清香蓮糕餅的人來送點心，是他和黃蓮約好的遇到緊急事情時的聯絡方法。

宋甜心思機敏，見宋志遠神色，一下子便明白了實情。

清香蓮糕餅鋪來送點心的夥計是個瘦瘦的清秀少年。

他給宋志遠行罷禮，瞅了宋甜一眼。

宋志遠直接道：「你說吧，這是我女兒，不礙事的。」

那小夥計這才道：「我們老闆讓小的來傳話，說京城這幾日多風多雨，忽冷忽熱，宋老爺身子不適，儘管向衙門告假，畢竟身子要緊。」

宋志遠點頭道：「我知道了。」

他賞了那小夥計一兩銀子。

待小夥計離開了，宋志遠這才道：「看來妳黃叔叔的意思也是要我裝病告假。」

宋甜做事不喜歡拖延，看著她爹寫了告假的帖子，命宋竹騎馬送到衙門去了，這才鬆了口氣，問宋志遠。「爹爹，方才那個小夥計瞧著不像是一般僕役，他是黃叔叔的親信？」

前世她沒見到黃蓮身邊有這樣一個人。

不過前世這時候……黃蓮也已經去世了。

宋志遠斟了一盞清茶遞給宋甜。「妳嚐嚐這貢茶。」

他自己也斟了一盞，端起來嚐了嚐，覺得有些苦澀，就又放了下去，道：「這是妳黃叔叔剛收的義子，名叫江津，是妳黃叔叔資助的孤兒。」

宋甜試探著問道：「黃叔叔先前不是想過繼他那個叫黃子文的姪子嗎？怎麼改變心意了？」

宋志遠搖了搖頭，嘆了口氣，道：「那個黃子文不學好，帶了那個叫鄭嬌娘的妓女回原籍鄂州後，不被家人接納，就又跑去渝州做生意，把從我這裡借的銀子揮霍得乾乾淨淨，又不敢進京，怕妳黃叔叔打他，也怕我討帳，兩口子竟然成了渝州一個富商的外室。」

宋甜詫異道：「兩口子成了外室？」

宋志遠又嘆了口氣，道：「聽說渝州那邊有些男子好男風，好多人蓄養男寵，那富商水旱並進，家裡養了不少小廝……」

宋甜心情複雜，沈默片刻，轉移了話題。「爹爹，雖然外面有豫王的人保護，可咱們自己也得安排好家裡的防衛，我們來商議一下吧！」

宋志遠也不想提黃子文的糟心事了，答應了一聲，開始與宋甜細細研究起來。

夜幕降臨，皇宮燈火通明，遠遠望去，如天上宮闕。

御書房內燃著特製的速水香，卻因落地窗緊閉，略有些悶。

永泰帝端坐在御案後，看著正在行禮的定國公沈潛和京畿大營指揮使沈博。

沈潛已經鬚髮皆白，可是身板挺直，老當益壯。

這麼多年來，沈潛一直站在他身邊，即使端妃去世，沈潛對他的忠心也未曾改變。

他信任沈潛。

永泰帝又看向沈博。

沈博很年輕，瞧著二十多歲的樣子，如此年輕，卻是一個天才將領，化名宋越在北境戰場屢敗遼人，這樣的天才，又屬於忠心耿耿的沈家，自然能青雲直上。

唯一不足的是，畢竟是表兄弟，沈博長得與趙臻太像了，只是比趙臻稜角更分明，膚色更黑、更壯實一些罷了。

永泰帝看著沈博，想到了趙臻，心中泛起恨意——直到如今，趙致暴亡的消息傳遍京城，趙臻卻還沒有露面，甚至不曾來向他這失去了愛子的父皇表示慰問。

這豈不正說明，趙臻正是趙致暴亡背後黑手的鐵證？

思索片刻後，永泰帝緩緩道：「朕收到消息，宛州軍衛八萬人已經暗中開拔進京，如今已經趕到了尉氏縣。」

聞言沈潛又驚又怒。「陛下，豫王這是——」

永泰帝觀察著沈博的神情，見他神態冷靜，心下讚許，道：「趙臻害死趙致，如今更是要起兵造反。」

沈潛當即單膝跪下。「陛下，區區八萬宛州兵不足為懼，老臣願領兵出戰！」

沈博沒有說話，卻也隨著祖父跪了下來，神情堅毅。「陛下，末將願為陛下分憂！」

永泰帝要的就是沈家這個態度，當即道：「京畿大營指揮使沈博，領朕旨意，今夜子時，帶兵攻占豫王府，不留活口，然後出城迎戰宛州軍隊。」

沈博低頭，聲音鏗鏘有力。「沈博謹遵陛下旨意！」

永泰帝看了一邊侍立的黃蓮一眼。

黃蓮捧著指揮禁衛軍的虎符，奉給了沈博。

沈博帶著虎符離開了，沈潛卻被留了下來。

永泰帝神色很是和藹可親。「沈博身負重任，定國公還是陪朕下棋，等候沈潛的好消息吧！」

如今禁衛軍和京畿大營的指揮權都交到了沈博手上，為了保險，定國公沈潛及定國公府的人這幾日都要留在宮中。

沈潛自然知道其中利害，面不改色，當即笑道：「陛下棋藝高妙，老臣可是陛下手下敗將，還請陛下多多容讓。」

君臣絮絮說話下棋，不知不覺到了子時。

聽到西洋金自鳴鐘報時的聲音，永泰帝和沈潛停止了下棋。

永泰帝起身在御書房裡踱步，心道：這會兒沈博應該圍住豫王府，開始屠殺了。

趙臻估計活不了多久了……

想到趙臻還不到二十歲就要慘死，永泰帝心裡略有一絲不忍，可是轉念想到因趙致之死瘋了的蕭貴妃，他的心就瞬間冷硬起來。

趙臻居然敢動手弒兄，就要承擔後果！他死不足惜，死得活該！

想到這裡，永泰帝心情變得愉快起來，吩咐黃蓮。「讓人傳膳，朕要與定國公小酌。」

黃蓮答應了一聲，剛出去沒多久，就跌跌撞撞跑了回來。「陛下，沈博率軍入皇宮！」

永泰帝一下子僵在那裡。

沈潛反應很快，忙起身跪倒。「陛下，這裡面一定有誤會，請允許老臣去見沈博！」

永泰帝冷笑一聲，抬手把棋盤裡的白玉棋子全掃在了地上，正要說話，錦衣衛指揮使葉襄衝進來稟報。「陛下，宛州軍已經由西城門進入京城！」

永泰帝氣得發抖，吩咐道：「把沈家的人都綁了，一個個推到沈博面前，他若是一意孤行，就當著他的面，把他的家人一個個斬了！」

定國公心中寒涼，一下子癱軟在地——沈博的父親沈介，其生母乃是他年少時的侍女，死得不明不白，也因此沈介一直跟定國公府有隔閡，沈博受他爹的影響，怕是定國公府闔府死在他眼前，他也不會眨一眨眼。

果真被定國公猜中，錦衣衛把定國公府成年男丁全部綁到陣前，一個個斬殺，並沒有令沈博的進攻停下。

錦衣衛的人與京畿大營的人一番混戰，錦衣衛雖然以善施酷刑出名，可是與京畿大營那些在北境戰場上百煉成鋼的真正軍人相比，全然是不堪一擊，更何況京畿大營一方，居然還有裝備了鐵火槍的火槍隊做先鋒。

剛過丑時，皇宮淪陷，永泰帝攜蕭貴妃跳水自盡。

天亮之後，內閣首輔文大人出面宣佈蕭貴妃因韓王之死瘋狂，弒君後自盡。

永泰帝遺旨，著豫王趙臻登基為帝。

到了晚上，京畿大營接管皇宮扈衛，宛州軍接管京城防衛。

夜深了，宋志遠在內院上房陪伴張蘭溪。

宋志遠在屋子裡踱步。張蘭溪也心事重重，看著丫鬟擺好宵夜。

待丫鬟退下去，張蘭溪這才低聲道：「如今豫王做了皇帝，先前跟咱們甜姐兒的婚約，也不知道還算不算數？」

夜雨淅瀝。

宋志遠走到窗前，推開糊著碧紗的窗子，看向外面。

廊下掛著好幾盞燈籠，廊外的芭蕉沐浴在雨中，映著燈籠光，顯得油綠發亮。

大丫鬟綺兒和小丫鬟綠羅正在廊下說著話。

庭院裡空盪盪的，地磚因為落了雨，濕漉漉的。

宋志遠轉身走了過來，在張蘭溪對面坐下，低聲道：「我也拿不準。」

他是商人出身，跟那些正經科舉的高官相比，到底有些不上檯面，若是新帝嫌棄甜姐兒的出身，他也沒法子。

張蘭溪不太懂這些，拿起銀箸遞給宋志遠，口中道：「坊間話本中總是說，不受寵的皇子一朝登基，為了鞏固帝位，總得迎娶權臣的女兒；若是堅持立原配為后，原配就會被權臣想法子給害了──那齣戲叫《故劍記》，還是叫《南園記》？」

宋志遠笑了起來，道：「那是漢宣帝的故事。漢宣帝面對霍光這樣的權臣以女許嫁，卻堅持立原配許平君為后，結果許平君還是被霍光的妻子毒死，霍光的女兒做了皇后，最終，漢宣帝為許平君報了仇。」

他從湯盅裡撈了片海參放在自己面前碟子裡，道：「新帝跟漢宣帝可不一樣。新帝手裡有軍隊，文閣老倒也拿捏不了他，要不要遵照婚約迎娶甜姐兒，全看他自己了。」

張蘭溪又道：「若是豫……陛下悔婚了呢？」

宋志遠笑了起來，聲音不由自主提高了些。「悔婚就悔婚，到時候我便辭了官，帶著妳和甜姐兒天南海北地做生意去，若是有了興頭，咱們還可以隨著林七的船隊到海外見見世面，多快活？那皇后不做也罷！」

恰在這時，外面傳來宋甜脆生生的聲音。「爹爹說得有理，若真是那樣，我還真的想去海外看看！」

宋甜說著話，掀開細竹簾門簾走了進來，屈膝福了福，笑盈盈道：「我來陪爹爹和太太用宵夜。」

張蘭溪見宋甜杏眼明亮，笑容甜美，顯見並不擔心，這才放下心來，忙親自給宋甜擺箸，又給她盛湯。「甜姐兒，這佛跳牆味鮮，妳應該喜歡。」

宋甜陪宋志遠和張蘭溪用了宵夜，又聊了一陣子京中閒話，待雨停了，這才起身告辭。

紫荊打著燈籠，陪著宋甜往園子裡走。

走到僻靜處，她忍不住問宋甜。「姑娘，妳真不擔心嗎？」

宋甜想了想，道：「我不擔心。」

她伸手在路旁濕漉漉的冬青葉片上彈了彈，道：「我相信他。」

就算趙臻真的迫於壓力，另娶高門之女，她也能理解。

不過若真是如此，她就要想法子離開京城了。就像爹爹說的那樣，天南海北，四處可去，天高地遠，任她遨遊——這也是一種很有意思的人生呀！

第二天早上，宋甜起身正在梳洗，繡姐兒跑了進來高喊著。「姑娘，刀筆回來了！」

刀筆隨後急匆匆進來，行罷禮，呈上了一封信。

宋甜撕開信封，從裡面抽出了一張紙，展開後發現紙上乃是鐵畫銀鉤兩個字——「等我」。

墨跡淋漓，似是匆匆寫就，是趙臻的筆跡。

宋甜捏著信紙看了又看，心裡甜滋滋的，含笑看向刀筆，嘴上卻道：「你去和他說，就說我說了，我只等三個月，三個月後，我就要出發去江南開鋪子了。」

刀筆答了聲「是」，行了個禮，恭謹地退了下去。

雨一直淅淅瀝瀝下著，到處都濕漉漉的。

雲板聲、宗室壓抑的哭聲、負責禮儀的官員的聲音交織在一起，令趙臻覺得煩心。

他依禮率領眾宗室跪倒、叩首、起身，再跪倒，叩首、起身。

四周都是哭聲，他卻一滴眼淚都沒有。

趙臻甚至懶得再行禮了。再次跪倒之時，他順勢讓身子一軟，倒了下去。

耳邊響起驚呼聲。「陛下！陛下——」

接著便是黃蓮沈痛的聲音。「陛下過於哀痛，暈過去了，快去請太醫！」

接下來的這段時間，趙臻以「過於哀痛，龍體受損」為理由，再未出現在先帝葬禮上。他藉這段時間，與以文閣老為首的內閣達成了協議，開始進行朝野清洗，錢氏的勢力徹底退出大安朝的權力中樞，由皇帝親自掌控軍隊，內閣掌控朝政的新政局初現雛形。

永泰二十三年四月戊申，新帝即位於崇政殿，以隔年為清平元年，同時冊封宗人府左宗正宋志遠之女為皇后。

登基大典結束後，封后大典便緊跟著開始。

新帝清平帝先派官員祭天、地和太廟，接著親自前往奉先殿行禮，然後派禮部官員持節齎冊寶，冊立宋氏女為皇后。

番外

清平四年三月三上巳節。

清平帝在崇政殿舉行朝會，朝會後賜宴，有身分夠等級的文臣武將濟濟一堂，甚是莊嚴肅穆。宋皇后則在後宮望雪樓召見眾命婦並舉行宮宴。

宮宴結束後，眾命婦按品級一一退下，只有宋皇后的繼母宋夫人被留了下來。

紫荊帶著四個宮女，引著宋夫人分花拂柳往寧馨閣方向走去，口中道：「……娘娘素日多在坤寧宮後的寧馨閣起居，這坤寧宮只是召見外命婦時才用的，夫人自不是外人，因此皇后娘娘叮囑奴婢接引夫人前往寧馨閣相見。」

張蘭溪一邊聽紫荊說話，一邊打量著紫荊。

紫荊如今穿著五品女官服飾，雖不美貌，卻勝在端莊可親，比昔日在宋宅時倒是強了十倍不止。

看她侃侃而談笑容和煦的模樣，在宮中定是極得宋皇后看重的。

想到這裡，張蘭溪鬆快了一些——雖然貴為皇后，甜姐兒還是很顧念娘家的。

寧馨閣裡，幾個皇室貴婦正陪著宋皇后說話。

宋皇后乃是清平帝結髮之妻，共過患難的，雖然為人和煦溫和，可誰又敢對她不敬，因此都是恭恭敬敬，奉承得宋皇后甚是歡喜。

聽宮女通稟宋夫人來了，眾貴婦知機，忙尋個理由起身告辭。

張蘭溪隨著紫荊進了正殿，正要行禮，卻聽上房傳來一聲輕笑。「母親不必如此！」

紫荊笑著扶起張蘭溪，引她在一邊紫檀圈椅上坐下。

張蘭溪坐定，定睛看向宋甜，卻見她穿著皇后常服，頭戴鳳冠，越發顯得小臉白皙圓潤，一雙杏眼熠熠閃亮，顯見是十分舒心的模樣，心下也是歡喜，道：「娘娘，老爺多時不見娘娘，甚是牽掛，吩咐妾身好好看看娘娘，回去好說給他聽呢！」

宋甜聽了，噗哧一聲笑了，道：「母親，我爹爹還是這麼肉麻——對了，我爹如今怎樣？」

自從她做了皇后，她爹也順勢退了下來，雖然還居著宗人府的官，卻不再理事，專一在家享福。

張蘭溪聽宋志遠說話慣了，被宋甜這一笑，方覺宋志遠這話確實有些肉麻，不禁也笑了，道：「回娘娘話，老爺如今常與黃太尉來往，兩人常常泛舟湖上，吃酒聽曲，甚是愜意……外面那些倒是不怎麼理會了。」

自從清平帝登基，黃太尉也功成身退，如今雖有太尉之名，也早已退出朝堂，在家中榮養。

宋甜一聽，便知張蘭溪的意思是宋志遠不像以前那樣愛在外面拈花惹草了，不禁微笑，又問道：「母親，家中一切可好？」

張蘭溪遲疑了一下，這才道：「啟稟娘娘，家中如今倒是有一件喜事……」

宋甜雙目盈盈看著她，等著她接著往下說。

張蘭溪吞吞吐吐道：「娘娘，錦兒她……有了身孕……」

宋甜聽了，先是一驚，接著又是一喜。「錦姨娘有了身孕？這倒是喜事！」

先前為了自己，宋甜還真不想要爹爹的妻妾有孕。

如今她已經出嫁，而且貴為皇后，倒也無所謂了。

不過爹爹如今都四十多歲了，妾室有了身孕，也算是喜事一樁。

張蘭溪見宋甜分明是歡喜的模樣，心中一塊石頭落了地，道：「將來落地，不管是男是女，還得仰仗娘娘扶持。」

錦兒是張蘭溪的貼身丫鬟，對張蘭溪一向忠心耿耿，她有了身孕，張蘭溪自是歡喜，只是宋甜成親多年，至今未有身孕，因此張蘭溪今日進宮說此事，心中頗為忐忑。

如今見宋甜歡喜，她到底鬆快了許多，陪宋甜說了些家中趣事，待宋甜露出倦意，這才起身告退。

趙臻無論白日如何繁忙，晚膳是必定回寧馨閣陪宋甜用的。

他下午召見鎮守兩廣的武將，聽這些武將回稟兩廣防務，一直忙到了天擦黑時分，這才命這些武將退下，自己擺駕回了寧馨閣。

用膳時趙臻瞧宋甜有些懨懨的，心中擔憂，用罷晚膳，便命服侍的人退下，自己牽著宋甜在落地長窗前的寶榻上坐下，看向宋甜。「甜姐兒，為何不開心？」

宋甜依偎著趙臻，蹙眉道：「臻哥，我爹爹房裡的錦姨娘有了身孕。」

趙臻「哦」了一聲，不以為意。「太好了，希望岳父大人一舉得男，這樣咱們的兒子就不用過繼了。」

宋甜有些心煩。「咱們哪裡有兒子呀！」

前世她早夭，也沒有過兒女，本來不甚在意，可這些年下來她與趙臻關係親密，卻一無所出，想起自家血脈一向稀薄，宋甜懷疑自己有不孕之症。

趙臻已知她心煩什麼了，道：「那是朕不夠努力！」

他一把抱住宋甜，吻住了她，含含糊糊道：「不努力耕耘，哪裡會有收穫？」

宋甜原本滿心的煩惱，只是趙臻頗有耐性，鍥而不捨地逗弄宋甜，她不知不覺就軟成了一灘水，把那些煩惱拋在了爪哇國，整個人化在了趙臻身下。

轉眼又過了幾日。

這日正是小朝會，趙臻上朝去了，宋甜聽罷六局掌印回話，安排了宮務，有些疲憊，便帶著紫荊起身去了寧馨閣後的小花園賞花散心。

小花園內春花盛開，春風宜人，宋甜正心曠神怡，心腹女官月仙匆匆趕來。「皇后娘娘，前朝出事了！」

宋甜一問，才知今日小朝會，朝中數位言官聯合進言，說中宮無子，清平帝膝下空虛，須得開放選秀，充實後宮，綿延皇嗣。

聽罷月仙的回話，宋甜默然不語。

紫荊忙問月仙。「陛下如何處置？」

月仙神情嚴肅。「陛下把他們斥責一通，攆他們回家閉門思過。」

宋甜原本輕鬆的心情有些沈重。

成親這麼多年，她一直未曾有身孕，就連爹爹也曾讓張蘭溪遞牌子進宮，私下問她要不要選送淑女進宮，誕下皇子後去母留子，養在她膝下。

宋甜並不願讓趙臻與別的女子親近，這件事就擱置了下來，沒想到還是壓不住，朝堂上臣子開始關注此事，不知竟該如何了局。

不過幾日工夫，宋甜心事重重，茶飯減少，竟瘦了不少。

趙臻看在眼裡，當下便安排好朝中之事，微服帶著宋甜出京散心去了。

清平四年三月二十，春風和暖，牡丹盛放，洛陽城大街小巷氤氳著花的芬芳。

洛陽城富貴鏡坊的女掌櫃梁三娘喜愛牡丹，富貴鏡坊裡裡外外擺滿了各種牡丹，牡丹正值花期，開得姹紫嫣紅，極為富貴繁華。

午後時分，一向摩肩接踵的坊市終於安靜了下來，熱鬧了半日的富貴鏡坊也得了一時清靜。

梁三娘吩咐人安排茶點，擺在二樓欄杆內，與眾夥計一邊吃茶、一邊商談端午節上新的事。眾人七嘴八舌，正說得熱鬧，忽然聽到樓下傳來說話聲——

「咦，這鏡坊裡為何沒人。」

不等梁三娘吩咐，女夥計劉妙姿就起身曼聲應道：「客人莫急，奴這就下去！」

她說著話，裙裾輕擺，麻利地下樓迎客去了。

客人是一名年輕的少婦，黛眉杏眼，櫻唇微豐，小臉白皙圓潤，梳著簡單的攢髻，插戴著一支珠釵，身著淺粉對襟春衫，繫了條石榴裙，容顏美麗，身形窈窕。

與這客人相比，她帶來的丫鬟就有些普通了，不但長得十分普通，右臉頰上還有一塊佔據了半張臉的深紅胎記，不過眼睛清澈，觀之可親。

劉妙姿不過中人之姿，卻妙在極會察言觀色，令客人如沐春風，即使最後客人說下次再來買，劉妙姿也始終溫言細語、笑容燦爛，耐心地陪著客人賞看鋪子內的貨物。

待劉妙姿送走客人，梁三娘沈吟著道：「這女客瞧著容顏美麗，氣質不俗……最後竟沒有選購咱們的貨物嗎？」

劉妙姿嫣然一笑。「也許下次就來買了呢，我熱情周到一些，也許就為咱們鋪子得了一個未來顧客。」

眾夥計笑了起來，繼續商談接下來端午節推出新品的事。

卻說那年輕美麗的少婦帶著侍女出了富貴鏡坊，外面街邊停著兩輛馬車，幾個青衣家丁牽著馬簇擁在馬車周圍。

一個身材高眺的青年從前面馬車裡下來，立在青石街面上，含笑看著從富貴鏡坊前臺階上下來的少婦。

兩個小姑娘相攜走過，恰好看了過來，卻見這青年鳳眼清澈，鼻梁挺直，肌膚雪白，身穿圓領白袍，腰圍黑帶，越發顯得寬肩細腰，身形修長，俊美清貴如天上神仙一般。兩個小姑娘眼睛發亮只顧盯著看，臉紅了，耳朵也紅了，兩人手牽著手同手同腳在青年面前走了過去。

那少婦見狀，不禁微笑起來。「臻哥，你又招蜂引蝶了！」

那青年抿了抿嘴，上前牽了少婦的手，道：「甜姐兒，這個鋪子如何？」

原來這青年正是陪著宋甜微服私訪的清平帝趙臻。

宋甜一向喜動不喜靜，在宮裡待得久了，趙臻怕她無聊，又擔心她憂慮無子之事，就陪她出來巡視距離京城較近的幾個州城的鋪子。

宋甜笑盈盈道：「洛陽分店裡的掌櫃是女子，夥計大多都是女子，招待客人十分細膩周到，與鄭州城分店簡練乾脆的風格又是不同。」

她和趙臻是先去了鄭州，看了城內的鋪子，遊玩了兩日，這才又來洛陽城的。

趙臻扶著宋甜上了馬車，自己也進了馬車，在宋甜身側坐下。

待馬車轆轆而行，他這才道：「中午咱們去品嚐洛陽水席。」

宋甜眼波流轉。「下午呢？」

她知道趙臻性格嚴謹，既然帶她出來，一定把每一日的行程都安排好了。

趙臻果然認認真真道：「下午去邙山謁陵，我想帶妳去母妃陵墓祭掃；晚上歇在邙山行宮，那裡的牡丹園據說還不錯。」

宋甜聽趙臻提到去邙山謁陵，不由一怔，良久方道：「好。」

她的身子靠近趙臻，依偎在他懷裡，前塵往事一幕幕在眼前浮現。

前世趙臻來遲了一步，他到來的時候，宋甜已經把利刃刺入心臟。

宋甜看到趙臻打橫抱起她鮮血淋漓的屍體，轉身向外走去。

到了如今，那一刻趙臻的模樣她還記得清清楚楚。他沒有表情，可是凝神細看的話，宋甜發現他嘴唇緊抿，鳳眼含淚……

想到這裡，宋甜仰首去看趙臻。

趙臻是典型的北方漢人長相，鵝蛋臉，平顴骨，尖下巴，肌膚白皙，再加上丹鳳眼和高鼻梁，實在是清俊之極。

察覺到宋甜在看自己，趙臻詫異地看向宋甜。「看什麼？」

宋甜這才發現這時候趙臻的眼睛也是微微濕潤的，不由得一愣，心中迷惑道：前世那時候他到底哭了沒有？難道她以為趙臻眼睛含淚，其實只是他的常態？

宋甜心中疑惑，口中卻道：「看你好看呀！」

趙臻沒說話，有些不自在地移開了視線。

宋甜發現他臉頰微紅，就連耳朵都紅了，不由得暗笑：成親都好幾年了，趙臻還是這樣容易害羞！

她伸出手臂，環抱住趙臻勁瘦的腰，把臉貼在他的胸膛上，聞著他身上清新的氣息，聆聽他的心跳聲。

趙臻察覺到宋甜對自己的依戀，伸手撫摸她的背脊，柔聲道：「那幾個糊塗言官已經被我貶到嶺南了，以後誰再敢干涉咱們的家事，我都照此辦理。」

他認認真真道：「我又不管他們的家事，他們管我做什麼？若是我倆一直無子，那麼多皇姪，咱們好好挑選一個過繼不就行了？」

宋甜心情複雜，有惆悵，有歡喜，有擔憂，有希冀……過了片刻，才輕輕道：「好。」

琴劍早在洛陽城最有名的酒樓洛水居安排好了雅間，待棋書、紫荊等人陪著趙臻和宋甜來到，他便指揮著人擺上席面淨手服侍。

宋甜未曾品嚐過真正地道的洛陽水席，因此興致勃勃道：「我聽說洛陽水席中有一道菜叫蓮湯肉片，肉片滑嫩爽口，湯水鹹酸利口，十分美味——不知是哪一道？」

旁邊侍候的琴劍忙指揮著人把這道蓮湯肉片呈上。

碗蓋掀開，鮮美的肉香撲面而來，十分誘人。

宋甜聞到這氣味，忽然覺得有些煩噁欲嘔，抬手遮掩，就控制不住地乾嘔起來。

趙臻忙扶住她。「甜姐兒，妳哪裡不適？」

宋甜蹙眉道：「不知為何，一聞見肉的氣味，就忍不住乾嘔——」

她話未說完，一陣煩噁湧上來，忙又捂住了嘴。

趙臻當即扶起宋甜。「咱們回去再說。」

來到別業給宋甜看脈息的，乃是洛陽城有名的老太醫陳太醫。

陳太醫擅長兒科產科，在京中太醫院供奉多年，趙臻幼時就由他請平安脈，醫術十分高妙，去年才因年高體衰告老還鄉，琴劍就把他給請了過來。

看罷脈息，陳太醫不禁微笑，起身行禮。「恭喜陛下，恭喜娘娘，皇后娘娘這是喜脈！」

宋甜愣在那裡，怔怔道：「真的？」

陳太醫笑著又躬身行了個禮。「微臣不敢欺瞞皇后娘娘，娘娘真的有喜了！」

宋甜看著趙臻，大大杏眼似罩著一層水霧。

趙臻眼睛早濕潤了，他握著宋甜的手，低低道：「甜姐兒，我們要有自己的孩子了。」

對於孩子，他雖不在意，可是他知道宋甜所承受的壓力……

琴劍擺了擺手，眾人流水般退了下去，臥室裡很快只剩下趙臻和宋甜。

趙臻俯身在宋甜唇上吻了一下，又在她臉頰上吻了一下，把宋甜擁在懷裡，滿心都是憐惜與歡喜。

宋甜緊緊貼著趙臻，想到腹中已有自己與趙臻的骨肉，心中也是歡喜，喃喃道：「臻哥，真的像作夢一般……」

她真的怕如今是一場美夢，這夢是那樣的美，她還活著，趙臻也活著，她和自己喜歡的趙臻在一起了，還懷了孩子……

趙臻輕輕撫摸著她的背脊，柔聲道：「自然是真的。這是咱們第一個孩子，若是男孩子，自然是要封太子的；若是女孩子，就是公主，我倆好好給她選一個封號……」

他絮絮說著，最後宋甜忍不住笑了——她發現趙臻其實也很緊張，只是他習慣了掩飾而已，如今絮絮叨叨本不是他的風格。

宋甜反抱住了趙臻，把臉埋進他的頸窩，悄悄笑了起來。

清平四年十月十六，宋皇后誕下清平帝的長女。

清平帝喜得長女，大為歡喜，為長女起了個小名喚作康兒，把江南富饒的潤陽給了長女做封地。

宋志遠畢竟是外臣，不方便進宮探望女兒，就讓夫人張蘭溪代他進宮來見宋甜。

張蘭溪擔心皇后生了女兒心中煩悶，絮絮安慰道：「……俗話說『先開花後結果』，皇后娘娘是有福之人，下一胎準是皇子——」

宋甜笑盈盈打斷了她。「母親，女兒也很好，陛下很喜歡潤陽。」

張蘭溪一時啞然，眨了眨眼睛。

紫荊在一邊服侍，笑嘻嘻道：「陛下很喜歡潤陽公主，還親自給潤陽公主換尿布，夫人您和老爺就別擔心了！」

雖然宋甜和紫荊都這麼說，張蘭溪心中還是擔憂，生怕清平帝為了得到皇子，廣納嬪妃。

宋甜見狀，也不好解釋，便笑著引開話題。「母親，弟弟如今可好？」

錦姨娘前些時候生產，誕下了一子，宋志遠欣喜若狂，給兒子起了個小名喚作「一郎」，滿心祈望著還有「二郎」、「三郎」、「四郎」乃至「五郎」誕生。

張蘭溪聽了，忙道：「啟稟娘娘，一郎甚好，白白胖胖，玉雪可愛，據老爺說，長得像娘娘幼時。」

宋甜聽了不禁笑了起來，道：「我小時候長什麼樣子，我爹爹估計早忘記了！」

不待張蘭溪解釋，她便又轉移了話題，問起了京中如今各行各業的行市。

張蘭溪雖身居內宅，卻也瞭解宋家生意狀況，便細細說了起來。

都說宋皇后生了潤陽公主，是先開花後結果，第二個孩子一定是位皇子，誰知到了清平六年，宋皇后又生了一位和陽公主。

宋甜有了孩子，又有趙臻細心安撫，已不在意此事。而朝臣因先前上書要求清平帝廣納後宮的言官都被貶到了嶺南，哪裡敢進言？因此即使宋皇后連生了兩位公主，朝堂和後宮卻也平穩安定。

清平八年，宋皇后生下了第三位公主——原陽公主。

趙臻連得了三位公主，心中早已習慣，雖是歡喜，卻也不再像長女潤陽公主出生時那樣欣喜若狂了。

他悄悄跟宋甜說道：「咱們倆怕是女兒命了，每個女兒都是上天恩賜的珍寶，個個都是罕世寶珠，朕打算把她們全留在京城，公主府建在一處，我倆去看望她們，倒也便宜——去一次，幾個女兒全都看了。」

宋甜見他想得這麼長遠，心情複雜，道：「臻哥，連生三個女兒，我真有些擔憂。」

皇位總得有人繼承，若全是女兒，這可怎麼辦？

趙臻攬著妻子，思索良久，道：「一百多年前我朝倒是出過女帝，若我倆一直沒有兒子，女帝也不是不可。」

宋甜熟讀史書，自是知道那段歷史。

女帝雖然曾經有過，卻只是曇花一現，到底不敵傳統一派，若是她，她並不害怕挑戰，可她並不願女兒受此壓力。

半晌，宋甜道：「這件事以後再說。」

趙臻總覺得他和宋甜一定會有兒子，便笑了起來。「反正我都有安排，甜姐兒，妳不必憂心。」

丈夫什麼都為自己考慮到了，宋甜心中暖洋洋的，依偎進趙臻懷裡，撒嬌道：「臻哥，你再陪我去趟洛陽，祭掃孝端太后之墓，順便散散心，好不好？」

孝端乃是趙臻母妃端妃的封號。

趙臻愛宋甜到了極點，哪裡會拒絕她？自然是滿口答應了。

這次前往洛陽，趙臻陪宋甜住在邙山行宮，一直等到牡丹花期過去，這才擺駕回京。

回到京城沒多久，後宮就傳來喜訊——宋皇后又有了身孕。

九個月後，宋皇后終於誕下了她和清平帝的嫡長子趙晟。

清平帝立時頒下立趙晟為皇太子並大赦天下的聖旨。

「承祧行慶，端在元良。嫡長子晟，天資粹美，授瑞以冊寶，立為皇太子，以重萬年之統，以繫四海之心，大典告成，謹告天地，宗廟，社稷……」

——全書完

豪門一入深似海，從此恩人是良人／踏枝

2021年6月出版

炊妞巧手改運

文創風 961～963

身為一名廚子，注重色香味俱全，
既然色字排第一……
有點重「色」輕友也是正常的吧？

炊煙裊裊，純情萌動／白折枝

人都離不開吃，做吃的生意，絕對不愁銷路。
葉小玫來到此處，不願依循原身追尋「愛情」致死的命運，
而是停下腳步、挽起袖子，打算依靠她一手廚藝闖出一片天。
不過單打獨鬥並非明智之舉，所幸她很快找到能信任的對象，
與原書故事中的倒楣鬼男神——唐柒文一家合作，
只要避開狼心狗肺的「男主」，想必她與他的命運都能改變！
從大清早擺攤賣早點開始，日子樸實而忙碌，
雖說生活不如現代便利，可勝在踏實，還有斯文美男養眼。
這古代男神彬彬有禮、溫潤如玉的氣質，與現代人就是不同，
幫她取下髮絲間不小心沾上的草屑，也要先來一句「得罪了」。
可是，草屑取下後，他居然跟見鬼一樣地轉身就走了！
她摸了摸頭頂……嗚嗚嗚，昨天沒洗頭，把男神嚇跑了怎麼辦？
原身本該有的情緣，不會被她的油頭給毀了吧？

2021年6月出版

藥香蜜醫

文創風 958~960

他教她熬的膏糖甘潤如蜜，甜得她想貪心，
願以兩世相思當藥引，換取與他廝守一生的解方……

偷心蜜方，醫有獨鍾／榛苓

和哥哥隨著母親二嫁到白米村康家，成天挨餓受欺不說，還差點被康家人毒死，
保住小命實在不容易，重生的秦念決定養好身子，替母親和哥哥出一口惡氣，
往後得吃好穿好、兜裡有錢不說，想在這種虎狼窩討生活，不立起來可是不行！
而醫好她的韓醫工與韓啟父子真是她的大恩人，尤其韓啟，更讓她惦念了兩世，
他教她習醫採藥，練武強身；康家人趁繼父不在欺負他們母子，也是他使計維護，
還拿出韓家的中藥秘方，指點她熬出甘甜潤肺的梨膏糖，讓她拿到鎮上賣了換錢。
除了親爹娘與哥哥，唯有韓啟能這般待她了，但她心裡埋著一個存了兩世的疑問——
這樣出眾的他，為何甘願蝸居山中不肯出村一步，連陪她去賣梨膏糖都不行呢？
前世她沒找到答案，但今生她不會再錯過他了，定要與他醫生醫世醫雙人，
憑他倆的本事，就算一生待在山裡又何妨，也能活出甜甜蜜蜜的好滋味來！

2021年5月出版

逐香巧娘子

文創風 956～957

若是不值得的人，可不能輕易付出真心……
燒得一手好菜又會製香，還有神秘的泉水相助，
若只當她是不識好歹的臭丫頭，那可真是瞎了狗眼，大錯特錯！

溫馨氣氛營造高手／桃玖

沒了爹也沒了娘，竺珂知道自己的命好不到哪裡去，
不過無緣無故被自家舅母賣到青樓這種事，
她可是說什麼都不能忍！
拚著一口氣逃回家裡，整天面對酸言酸語就罷了，
誰知接下來竟是要被賣給別人當小妾?!
竺珂正難得有些氣餒，媒婆卻忽然找上門，
說是有人要明媒正娶帶她回家，
仔細一聽，乖乖，這不就是當初助她離開魔爪的男人嗎？
難道……他早就對她動了心？
看著他線條剛硬、平靜無波的側臉，
她決定當個巧娘子，賴在他身邊一輩子……

2021年5月出版

小漁娘掌家記

文創風 953～955

逃難到這個陌生朝代的小漁村，姊弟三人開啟了新生活，
只是滿滿的海鮮漁獲雖然好吃，要怎麼利用來發家賺錢呢？
還好她這個現代小海女有各種新鮮主意，不怕古人不識貨！

海闊天空新生活，當個島主來玩玩／元喵

上一刻玉竹還在跟霸占她財產的二姊爭論，怎麼眼一閉就變成五歲女童？!
而且這是什麼處境——家鄉遇難，他們三姊弟一路跟著流亡成了難民，
自己面黃肌瘦、營養不良，要不是靠著長姊跟二哥一路細心照顧，
這小身板真不知怎麼撐得下去……
幸好老天有眼，姊弟三人終能不再流浪，暫居在靠海的上陽村中；
只是長姊跟二哥雖然懂農事，卻完全沒到過海邊，
沙灘上滿滿的海物看得她眼睛發亮，她這個現代小海女可有發揮的機會了！

小女官大主意 3 完

國家圖書館出版品預行編目資料

小女官大主意 / 林漠著. --
初版. -- 臺北市 : 狗屋出版社有限公司, 2021.08
冊 ; 公分. --（文創風 ; 982-984）
ISBN 978-986-509-241-2（第3冊 : 平裝）. --

857.7　　110011125

著作者	林漠
編輯	林俐君
校對	吳帛奕
發行所	狗屋出版社有限公司
地址	台北市104中山區龍江路71巷15號1樓
電話	02-2776-5889～0
發行字號	局版台業字845號
法律顧問	蕭雄淋律師
總經銷	知遠文化事業有限公司
電話	02-2664-8800
初版	2021年8月
國際書碼	ISBN-13　978-986-509-241-2

本著作物由北京晉江原創網絡科技有限公司授權出版

定價260元

狗屋劃撥帳號：19001626

網址：love.doghouse.com.tw　E-mail：love@doghouse.com.tw